I0831591

Franz Blei

# Himmlische und irdische Liebe

Salzwasser

**Franz Blei**

# Himmlische und irdische Liebe

1. Auflage | ISBN: 978-3-84607-779-5

Erscheinungsort: Paderborn, Deutschland

Erscheinungsjahr: 2015

Salzwasser Verlag GmbH, Paderborn.

Nachdruck des Originals von 1928.

*F R A N Z  B L E I*

---

# *HIMMLISCHE UND IRDISCHE LIEBE*

## *IN FRAUENSCHICKSALEN*

---

*ALS VORWORT:*

# *DREI BRIEFE*

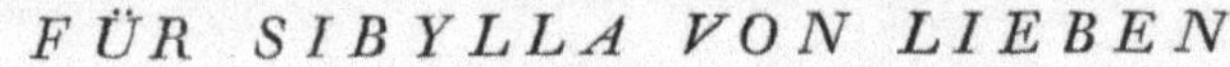

*FÜR SIBYLLA VON LIEBEN*

## *HELENA AN MENELAUS*

Es ist im siebenten Jahre Eurer großen Männer-Narrheit, mein lieber Mann und König, daß ich Dir dieses Schreiben durch einen heimlichen Boten von weither ins Lager vor Troja schicke, wahrhaftig von viel weiter her als Ihr vielleicht denken möget. Aber ich muß um Deiner und Deiner Kampfgenossen Vernunft willen wohl annehmen, daß sie den Anlaß ihres großen Zuges und Kampfes in all der langen Zeit von sieben Jahren völlig vergessen haben: nämlich meine unbedeutende kleine Person. Zu Beginn — weißt Du, als Ihr Eure Schiffe an den Strand zoget und weithin Euer Lager um die Mauer errichtetet — da machte mich solcher Anblick stolz, und daß die Besten des griechischen Volkes mit Dir ausgezogen waren, mich wiederzuholen, das ließ ich den jungen Prinzen Paris, meinen Entführer, ja nicht schlecht spüren in direkter Rede und allerlei Anspielung. Und der arme, hübsche Junge tat ja auch alles, um sich auf der Höhe Eurer bedeutenden Anstrengungen zu behaupten.

Es war wirklich nicht sehr lustig in Sparta für eine junge Frau von meiner Art. Die eifersüchtigen Nebenbuhlerinnen wollten mir da gar nicht wohl, weil ich immer die neuste Mode aus Athen bezog, während sie darin immer um zwanzig Jahre zurück waren. Auch mein persischer Koch fand nur ihr Mißfallen, wie das meine Eure schreckliche schwarze Suppe, die mir den Teint, Du weißt, beinahe ruiniert hätte. Und schließlich, Du, mein lieber Meni, warst auch nicht mehr der Jüngste. Aber ohne das Auftreten dieses trojanischen jungen Mannes wäre gewiß nichts passiert, und ich hätte mit der Zeit ebenfalls solche Hüte zum Fürchten getragen, wie die spartanischen Ehefrauen, und hätte jene Suppe gegessen, denn mit der Zeit wäre mir an meinem Teint nichts mehr gelegen gewesen.

Du magst nun darüber wie immer denken und es für die lügnerische Erfindung einer schuldigen Frau halten — es ist aber dennoch so, daß wir armen Frauen, die wir das Unglück haben, Euch Männer durch unsern Auftritt sofort ganz in Fleisch zu verwandeln, nicht anders aus und ein wissen, als daß wir uns von einer Hand geführt wünschen, die den uns bestimmten Weg kennt. Ach, wüßtet Ihr, wie wir unter der Schönheit, die Ihr uns gebt, leiden und uns ängsten! Ich glaube nicht, daß der Gewinn des lustvollen Augenblickes, den wir davon haben, die Angst und die Sorge aufwiegt, die uns immer verfolgt, weil wir unsere Schönheit zu verlieren fürchten und bei jedem kleinsten Pickel zittern! Es ist ein schweres Los, eine schöne Frau zu sein!

Und nun war ich nach Troja gebracht worden, gar als die schönste Frau, von der Göttin selber so ausgezeichnet! Ich kann Dir nur sagen, es war ein Hundeleben, das ich führte, unter den prüfenden Blicken und den gerümpften Nasen aller der trojanischen Damen. Mein guter Paris und seine Brüder und Freunde taten ja alles, um mir mein Los zu erleichtern. Aber als Ihr dann mit Euerm Krieg daherkamt und kein Mann mehr Zeit hatte, eine arme unglückliche Frau zu trösten und man sich auch wegen Eurer ewigen Schießerei nicht mehr damit trösten konnte, zu den Goldschmieden und Juwelieren und in alle die hübschen Läden zu gehen und man kein andres Kleid mehr auf den Leib bekam als das einer Hökerin — da, mein lieber Meni, war es mit mir ganz zu Ende.

Und als sich im dritten Jahr Eurer Belagerung die Gelegenheit ergab, daß ich mit der ägyptischen Gesandtschaft in guter Verkleidung die Stadt verlassen konnte, war niemand glücklicher als ich. Fünf Jahre sind es nun her, daß ich hier in der großen Stadt Alexandria lebe, während Ihr mich noch immer in Troja glaubt. Fünf Jahre erfreue ich mich eines Freundes in hoher Stellung, der mir das angenehmste Leben bereitet. Er ist der Oberpriester des Anubis. Noch ein Weilchen, so sagt er, und er ist mit mir so weit, daß er mich seinen Landsleuten als Göttin vorstellen kann. Die Sonne dieses heißen Landes hat mich braun gebrannt. Ich bin viel schlanker geworden, als Du mich kanntest. Die hiesige Mode steht mir entzückend, Du würdest mich gar nicht wiedererkennen, mein lieber, alter Meni. Wenn ich denke, daß Ihr noch immer vor der guten Stadt Troja liegt, in der Ihr mich glaubt und aus der Ihr mich heraushauen wollt, muß ich lachen.

Aber Ihr Männer seid schon so. Ihr habt den Anlaß längst vergessen und rauft Euch schon lange nur des Raufens wegen, und weil viele von Euch nicht gern nach Haus wollen. Die gute Penelope war ja schon vor sieben Jahren dreißig, wie sie sagte. Also wirklich vierzig.

Ich kann an alledem nichts ändern, mein Lieber. Leb wohl! Und wenn Ihr die Stadt einmal einnehmt, so grüß mir Paris! Er war ein netter Junge, im Anfang. Man sollte immer nur beim Anfang bleiben. Und der, der mir bald viel besser gefiel als der Junge Paris, sein älterer Bruder, der wollte wieder von mir nichts wissen, ganz seiner höchst langweiligen Gattin, der so sittsamen Andromache, ergeben wie er war. Ein kleiner Bub hat mich einem, verzeih mir, alten König weggenommen, und als ich einen Mann sah, sah der mich nicht. Nun hat mich als Letzter ein Zauberer. Er wird mich zur Göttin und glänzende Geschäfte damit machen. Los aller Frauen, die nichts als schön sind. Leb wohl.

## *XANTIPPE AN PRODIKOS*

ICH sende die kleine Magd mit dieser Botschaft nach Dir, o Prodikos, weil ich weiß, daß Du um diese Zeit immer auf der Agora bist, für Dich und die Deinen mit Lektionengeben sorgend, anders als mein unseliger Mann, dieser Hans Narr in allen Gassen, der nichts heimbringt als das Gelächter der Athener. Ich lasse Dich also wissen, daß Du ihm, wenn Du ihn treffen solltest, sagst, daß ich einen Knaben geboren habe, gestern zur Stunde um Mittag. Ich bitte gerade Dich um diese Freundlichkeit, weil ich weiß, daß er Dich nicht leiden kann und darum keine Unterhaltung mit Dir über das Gemeldete anfangen und gleich zu mir kommen wird, die ich ihn seit drei Nächten erwarte. Ich armes Weib! Ich weiß wohl, daß er über mich nicht am besten redet, beliebt es ihm überhaupt, in seiner feinen Gesellschaft von mir zu sprechen. Sagt er mir es ja oft genug, er übe sich an mir, von den Menschen das Schlimmste auszuhalten. So treibt er seinen Spott mit mir armen Weibe, wo ich nichts sonst tue, als das Haus ihm besorgen, wie es mir zukommt und es meine Pflicht ist. Sagt er mir, er wolle mich besser machen, so frage ich einen, was soll eine Frau noch Besseres sein? Wie käme mir solches zu? Ich will nichts gegen sein Philosophieren sagen und schweig still, redet er mitunter, es sei ein Gott in ihm und könne er sich also nicht um Haus und Tag kümmern. Aber das Philosophieren ist eine Sache, und das Kindergebären ist eine Sache. Und nicht geringer. Wer weiß, wie weit es die Philosophie noch mit ihm bringen wird. Er hat es mit ihr nicht dazu gebracht, die Not unsres armseligen Lebens zu lindern. Was tut er stolz, daß er für seine Kunst kein Geld nimmt wie ihr Sophisten, die ihr doch weiß Gott mit all eueren Neuigkeiten kurzweiliger seid als diese Tugendmahner! Was für ein Stolz, der nicht so stolz ist, die Not von einem armen Weibe zu wenden! Der böse Mann wird damit enden, daß er noch alle ärgert. Schon jetzt langweilt er die Leute dieser Stadt, die doch gewiß was übrig hat für die Schwätzer. Er hält den Schuster am Ärmel fest, sagt ihm, daß er nichts wisse und weiß doch selber wahrhaftig gar nichts von einem Stiefel. Das dünkt mich kein rechtes Philosophieren, das nicht auch mit allem Kleinen und Gemeinen, das uns das Leben gibt, zurechtkommt. Das ist alles nur stolze Rederei eines Narren. Ihr könnt so gut über alles reden, weil ihr allmitsamt Schelme seid. Ich liege nun da und die alte blinde Eunoya aus der Tischlergasse gibt mir das Kind an die Brust und kocht einen Sud dann. Und denke, Ihr lauft herum auf den Straßen und schwätzt den Leuten die Köpfe voll. Wenn Ihr schon nicht närrisch seid, dann müßt Ihr recht dumm sein. Und wenn mein Mann mir armen Weibe im Kleinsten nichts helfen kann, was schon soll er dann gar denen Herren helfen, die doch sicher ein schwerer Leben haben als ich Arme im Hauswinkel.

Ich bitte Dich, o Prodikos, sag es meinem Mann, wie es zu Hause mit mir ist, und daß er über den Wundern seines Geistes nicht das Wunder eines kleinen Kindes vergessen soll. Lebe wohl.

## *MARIA VON MAGDALA AN EINEN FREUND*

ICH bin allein, und Keines Gegenwart zwingt mich zum Verluste. Zu mir selber sprechend in der einsamen Nacht schreib ich es auf als einen Brief. Nicht des Propheten Auge macht mich verstummen, nicht zwingt mich Deine liebkosende Hand zum Schrei. Ich steh inmitten meiner Tränen.

Erinnerst Du Dich? Du warst mit andern Männern bei mir zu Gast, in meinem Hause an der Stadtmauer. Wir saßen im Vorraum, und ich hörte Euer Reden zu und spielte auf der Zither. Da kam dann einer, der erzählte von dem neuen Propheten wie viele in dieser Zeit. Und ich ward ärgerlich und sagte: „Propheten kommen nicht auf meinen Weg.“ Aber der Mann tat witzig: „Mußt keine Angst vor ihm haben, Maria. Er wird nicht hart gegen Dich sein.“ Und dann erzählte er von einer Ehebrecherin, die man steinigen wollte und vor den Propheten geführt hatte. Und der nahm sie in Schutz und sagte: wer von Euch nie mit einem Weibe gesündigt hat, der werfe den ersten Stein auf dieses Weib. Und da gingen sie alle fort, denn es war keiner unter ihnen, der es von sich sagen konnte. Darauf sprachst Du zu mir: „Kein Mann kann dich verdammen, Maria. Du bist zu schön.“ Und ich dachte: Wenn meine Schönheit alles ist, was mich vor der Verdammnis rettet, dann hab ich einen gar armseligen Schutz. Und Du sagtest weiter: „Selbst ein Prophet kann sehen, wie schön Du bist.“ Und ich fragte Dich: „Sah etwa Jochanan die Schönheit der Salome?“ „Jochanan war ein Besessener,“ sagte einer, „er hatte einen Dämon. Dieser Jesus ist ganz anders. Er weiß, was die Männer sind.“ Ihr standet alle ohne ein Wort, als ich da aufsprang und rief: „Kann irgendein Prophet die Männer besser kennen als wir Huren?“ Ja, den Namen gebe ich mir, auch wenn mich nicht jeder kaufen kann, aber jeder haben, nach dem es mich gelüstet. Nicht zu dem Gewerbe erzogen wurde ich, Du weißt es, aber so gab mir das Gesetz, dieser mein Leib, daß ich es mit ihm erfülle, um mich anders nicht zu verzehren in mir selber. Du weißt es, ich lag nicht auf dem Lager zu jedermanns Beute, ein dumpfes Tier.

Du hattest mir eine Alabasterbüchse mit köstlichem Parfüm mitgebracht, ein großes Geschenk. Das stand da auf dem Tisch in meinem Schlafzimmer. Dahin war ich gegangen, mich umzukleiden. Ich hatte gehört, der neue Prophet sei in des reichen Simons Haus, der ihm ein Fest gebe mit Tanzmädchen und Musikanten. Dahin wollte ich. Man würde mich schon einlassen. Ich nahm die Büchse in den Arm. Es drängte sich eine Menge vor Simons Haus, in das der Prophet eben getreten war. Man machte mir Platz. Einer spuckte vor mir aus.

Viele geladene Gäste waren in der Halle. Viele von ihnen kannte ich, andere hatte ich nie zuvor gesehen. Hübsche Gesichter waren da und häßliche, trübe und heitere, vorsichtige und närrische. Das sprach oder schwieg. Ich sah vom einen zum andern, und da blieb mein Blick haften an einem Antlitz. Schön war es, dieses Antlitz anzusehen. Es war eine Ruhe in ihm wie eines, der in einer Sicherheit weilte, größer als irgendein Mensch sie kennt. Dieser hat das Geheimnis des Lebens, und als ob ich diese Worte nicht nur gedacht, sondern laut gesprochen hätte, wandte sich der Blick dieses Mannes mir zu und sein Leuchten begegnete meinem. Die Ruhe verließ nicht dieses Antlitz, aber es kam ein Fragen in seine Augen und dann ein so gedankenvolles Wesen, daß mir das Herz zerging. Da fragte ihn jemand etwas und er wandte sich ihm antwortend zu. Es waren wohl die Tränen, die mir aus

den Augen liefen, daß man mir Platz machte, nicht guter Wille der Gäste. Ich lag zu seinen Füßen und goß über sie den Inhalt der Büchse und trocknete die Füße mit meinem Haar. Durch ein Brausen meines Herzens hörte ich seine Stimme und sie sprach: „Deine Sünden sind dir alle vergeben." Und wie der Hauch vom Flügelschlag einer Taube legte sich seine Hand auf meine Schulter, aber da rissen mich Männer auf und drängten mich aus dem Hause, und Simon kam gleich hinter ihnen her und schrie mich an, daß ihn der Prophet um meinetwillen gescholten habe. Wie er es verdiente. Denn er gab ihm keine Ehre. Er gab ihm keinen Kuß. Ja, nicht einmal etwas, daß er den Staub von seinen Füßen wasche. Der Prophet allein sah, warum ich das tat, was ich tat. Und eine Ehrung selbst von einer Hure erwiesen ist besser als gar keine.
Da war einer unter denen, die mich aus dem Hause stießen, der sagte zu den andern: Sie möchte den Propheten als Kundschaft haben. Ach, diese Narren, diese Narren! Sie können nicht sehen, daß er zu groß für diese Torheit ist. Er weiß um die Bitterkeit im Herzen einer wie ich, und nie könnte er zu dieser Bitterkeit ein Teil geben. Du sagtest: er wird dich nie so lieben wie ich es tue. Liebe! Jahre war ich das Gefäß der Lust für die Männer und nie war es Liebe, die sie mir brachten. Ich weiß es, denn ich habe geliebt. Liebe ist ein Geben. Und ich habe mit beiden Händen gegeben und nie bekam ich was anderes dafür als Lust. Und nie bis zu diesem Tage, da ich Jesus sah, hat ein Mann gesehen, daß ich liebte. Du sagtest: er wird dich verlassen. Aber bist Du so blind nicht zu sehen, daß

er eines jeden Menschen Seele liebt? Nie wird es ihn lüsten, den Leib zu besitzen. Nie wird mich der Freund verlassen. Er blickte auf mich, und ich weiß nicht was über mich kam. Es schien mir das Leben nicht so schlecht als ich bisher gedacht hatte, noch die Männer so schwach. Ich weiß nicht wohin ich gehe, aber ich muß ihm folgen. Es ist ein Größeres in dem Manne, der alle seine Kraft der Liebe nicht über ein armes Weib ergießt und sich selber trinkend trunken wird bis zum Ekel an Trank und Becher.

Also laß es einen Abschied sein. Du hättest mich nur in meinen größten Schwächen, Freund, nicht in meiner Kraft. Das Licht von Jenem, dem ich folge, fällt auf mich und durchdringt den letzten Rest der Nacht, die noch wo in mir nistet. Stell Dich nicht in diesen dürftigen Schatten, hoffend, mich mir untreu zu machen mit nichts als einer losen Lockung. Leb wohl.

# *MESSALINA*

DIE Legende hat ihren Namen zum Symbol gemacht und ihr Wesen zu einer Monstrosität. Eine übermäßige Sinnlichkeit wird dem Manne gut, der Frau schlecht geschrieben, gilt dort als Vorzug, hier als Laster. Die antike Welt schätzte die Keuschheit, aber nicht weniger auch deren Gegenteil: sie gab beiden Lebensäußerungen kultische Formen.
Auch wenn man den Skandalschriftstellern und Pamphletisten Roms, die sich über die Kaiserin ausgelassen haben, nicht alles glauben will, bleibt genug. Sie hat Liebhaber vergiften lassen oder ihnen befohlen, sich die Adern zu öffnen. Aber äußerste Macht über Menschen hat zu allen Zeiten jene, die sie innehatten, trunken gemacht, und die Verlockung, sich von jenen zu befreien, die man liebte und nicht mehr liebt, ist groß. Besonders wenn sie lästig werden. Rom hat den Tiberius und den Caligula gehabt — nach ihnen mußte ihm die Herrschaft des Claudius und der Messalina fast als ein paradiesischer Zustand erscheinen.
Verschliffene Kameen geben ein undeutliches Bild dieser Frau und vor allem einen wichtigen Zug nicht: den Blick ihrer tiefgrünen Augen. Das Gesicht ist auffallend kindlich, von runder, klarer, weiblicher Form, aufgebaut auf einem soliden,

festen, fast viereckigen Kiefer. Überreich quillt das Haar tief in die ganz kurze Stirn, ein Zeichen mächtigen fruchtbaren Blutes. Das Gliederwerk ihres Leibes war von höchster Zartheit. Fein und weiß die Haut bis auf eine kleine Stelle innen am rechten Oberschenkel, wo alle Salben der Welt ein behaartes Fleckchen nicht wegzubringen vermochten. Und Messalina verstand sich auf Salben und Parfüme, deren sie selber viele erfand, auf Bäder und auf Spiegel, von denen sie eine berühmte Sammlung besaß in jedem Material und in allen Formen.
Stand ihre Art unter dem nichts als animalischen Zeichen jenes Fleckchens am Oberschenkel? Suchte sie nichts als die sinnliche Lust des Augenblickes im ständigen Wechsel? Oder das fleischgewordene Abbild eines Mädchentraumes, der sie zum erstenmal besessen hatte ohne sie zu besitzen?
Ein alt-römischer Hochzeitsbrauch verlangte, daß die Braut vor der Eheschließung auf dem Hausaltar ihr Kinderspielzeug niederlegte: die Götter empfangen das bisnun Geliebte. Messalina opferte einen kleinen bronzenen Phallus.
Der alte Gartengott, aus Feigenholz und rot bemalt an seiner vorragenden Stelle, war in diesen kaiserlichen Tagen der Göttereinfuhr aus allen Zonen zu städtischen Ehren gekommen, wenn auch nur zu bescheidnen, denn sein Tempel stand in einem üblen Viertel jenseits des Tiber, im Quartier der Seiltänzer und Tierbändiger, vor der Porta Aurelia, wohin keine würdige Matrone den Fuß setzt. Außer sie ist voll Aberglauben an jede Gottheit, wie Lepida, der Messalina Mutter, von der die Sage will, daß sie Priesterin des Miphisileth war, wie nun

Priapus zu heißen sich gefallen lassen mußte, nachdem er, nicht mehr bäurisch, Gott des Urbs geworden und wie es die neue Mode verlangte asiatisch aufgemacht von einem Religionsunternehmer aus Phönizien, der seine Römer kannte. Die Sage will weiter, daß Lepida ihre zwölfjährige Tochter eines Nachts in diesen Tempel brachte, sie dem Miphisileth zu weihen durch Darbringung ihrer Jungfräulichkeit. Möglich so, denn die vor zweihundert Jahren erlassenen Gesetze gegen die bacchanalischen Weihen waren längst vergessen und außer Brauch. Die Stadt und das Reich waren zu groß geworden für einen sittlichen Rigorismus der Lebensführung ihrer Bewohner. Dennoch versäumten es Mutter und Tochter nicht, als sie am Frühmorgen jener Weihenacht auf dem Heimwege am Tempel der patrizischen Pudicitia vorbeikamen, ihr Gesicht zu verhüllen und abzuwenden, wie auch drei Finger ihrer linken Hand zur Beschwörung gegen den Tempel hin zu strecken. Frau Lepida war außerordentlich religiös erzogen und um gleiche Erziehung bei ihrer kleinen Tochter bedacht. Unterstützt darin von ihrer alten thessalischen Amme Thryphene, Meisterin in allen magischen Künsten, die Glück und vor allem Reichtum bringen sollten. Denn der Gatte Messala Barbatus war ziemlich ruiniert. Je geringer die Aussichten wurden, auf dem üblichen Weg der Geschäfte oder des Schuldenmachens diesen Ruin zu bessern, um so lebhafter wurde die Phantasie der Mutter. Hatte sie nicht trotz des dämmrigen Lichtes genau gesehen, wie im Tempel der Fortuna die Apollo-Statue ihr Knie vor ihr beugte, was doch Vorhersage großer Dinge bedeutet? Und flog ihr nicht aus dem Spiegel, in dem sie sich besah, Blinkendes von Gold und Geschmeiden entgegen? Sie rief gleich nach der fünfzehnjährigen Messalina, daß sie auch das Wunder sehe, aber als das Mädchen in den Spiegel schaute, war dieser wie jeder Spiegel und zeigte nichts als die lachenden, blinkenden, lustgierigen Zähne des kleinen Mädchens.

War es doch ein Wunderspiegel? Sollte man Glück und Reichtum von der Tochter erwarten? Der stumpfsinnige und frühalte Messala Barbatus hatte ja auch die Erscheinung eines Familiengenius, der, wie er behauptete, dem Sokrates bis auf ein Barthaar glich. Aber er sah ihn nur, wenn er allein und betrunken war, und er trank viel, damit er ihn sah. Der Genius schützte ihn vor nichts als vor den Schlägen seiner Gattin, die müde es aufgegeben hatte, vom Gatten etwas zu erwarten. Also die Tochter? Messalina hatte keinerlei Visionen. Kein Gott beugte vor ihr das Knie. Keine übernatürliche Stimme sprach zu ihr, wenn sie sich in den ersten Fiebern ihres Verlangens auf dem Lager wälzte. Sie schlief ohne Träume. Sie beklagte den Mangel an Phantasie. Kaum vor der Venus Libitina, in deren Tempel an der Stadtmauer sie sich zuweilen begab, fiel ihr etwas ein, mehr als ein undeutliches Gebet. Manchmal dachte sie daran, Vestalin zu werden. Aber die Mutter erinnerte sie an die Strafe, welche jene trifft, welche die Priester über den Zustand ihrer Jungfräulichkeit täuscht, die Strafe, lebendig begraben zu werden. Ammenmärchen, dachte Messalina, die Siebenzehnjährige, dachte aber nicht weiter an Vesta.

Eine eben in Rom eingetroffene Berühmtheit wie Simon den Magier kennenzulernen, dazu hatte Lepida, in allen okkulten Zirkeln bekannt, ein gutes Recht. Woher er gekommen war, wußte man nicht genau. Man behauptete, aus Samaria. Aber er besaß unermeßliche Reichtümer und ein köstliches Haus an der Via Appia, nicht weit vom Grabe der Cecilia Metella, und, so sagte man, sei da von syrischen Sklaven bedient, die ihn wie einen Gott verehren. Sagte auch selber, daß er Gott sei und tat Wunder. Manche meinten, er sei nur einer der vielen Scharlatane, die jetzt Rom überschwemmten, um die Neugierde auszubeuten. Immerhin stand fest, daß er sich nur durch die Kraft seines Geistes vom Boden erheben und fliegen könne. Auch nahm er kein Geld für Heilungen, die er durch nichts als Auflegen seiner Hände erziele. Er hatte einer gewissen Calpurnia ihre Perlen weggenommen im Zusammenhang mit einer Zauberei und sie hatte Mühe, sie zurückzuerhalten, weil Simon erklärte, ein böser Dämon, den er zitiert, hätte sie ihm gestohlen. Jene Frau drohte mit der Justiz. Da gab ihr Simon noch weit kostbarere Perlen, weil, wie er sagte, der Dämon sich, als er sie zurückbrachte, geirrt habe, und bat Calpurnia, darüber zu schweigen. Etwas später stellten sich die Perlen als falsch heraus. Aber diese alternde Calpurnia hatte immer solche Geschichten und man schenkte ihr darum wenig Glauben. Die Villa, die Simon bewohnte, war Eigentum eines gewissen Cethegus gewesen, im Getreidehandel reich und über den Tod seiner Tochter etwas närrisch geworden. Er hatte den Simon aufgesucht, ob er nicht seine

Tochter, die er ein Jahr zuvor verloren, vom Tode auferwecken könne. Das sei schon möglich, sagte Simon, aber nicht leicht. Er habe in seiner Jugend in Bethanien in Palästina dieses Wunder von einem jüdischen Propheten namens Jesus verrichten sehen. Aber jener Tote war ein Mann und erst seit vier Tagen tot. Bei einem Mädchen, das schon ein Jahr tot sei, wäre es schwieriger und brauche viel Zeit. Er müsse in dem Hause wohnen, das die Tote bewohnt habe. So zog er in jene Villa. Der alte Cethegus beschäftigte sich in der Erwartung des Wunders mit Gartenarbeit. Dabei fiel er von einem Baum und starb daran, nicht ohne zuvor ein Testament gemacht zu haben, in dem er seine ganze Habe dem Magier Simon vermachte. Der lebte zusammen mit einer gewissen Helena. Er leugnete nicht, sie in einem öffentlichen Hause zu Tyrus gefunden zu haben, wo sie ihr zweites Leben lebte. In ihrem ersten sei sie die trojanische Helena gewesen. Er schien sie sehr zu lieben. Aber der reiche Lucius Agrippa erzählte jedem, der es wissen wollte, daß er eine Nacht mit dieser Helena verbracht und dafür tausend Goldtalente bezahlt habe. Der hohe Preis und der bekannte Geiz des Agrippa machten die Geschichte unwahrscheinlich. Man erfand sie wohl aus einer Sonderbarkeit des Simon, der seine Gäste auf die Schönheiten der Helena damit aufmerksam machte, daß er Teile ihres Leibes entblößte und sie zu bewundern aufrief. Die Philosophen verglichen ihn dem Pythagoras und dem Platon. Die Schmarotzer dem Lucullus. Viele nannten ihn einen Schwindler. Aber er hatte großes Ansehn bei den Armen, die er heilte und deren Gesellschaft er den Reichen vorzog. Ein Eunuch beschwor, daß er ihm die Männlichkeit wieder verschafft habe. Er war eine Sensation Roms.

War es ein Zufall oder war es Zauberei des Simon, daß Messalina, als sie mit ihrer Mutter der Einladung des Magiers folgte, unter den Gästen die Männer traf, die in ihrem Leben eine Rolle spielen sollten? Als der Ostiarius die Türe aus Zedernholz hinter den eingetretenen Frauen hatte zufallen lassen, kam Lepida der rascher schreitenden Tochter nur langsam nach, so sehr war sie mit den Götter-Bildnissen aufgehalten, die im Prothyrum und Atrium aufgestellt waren, denn es gab für sie niegesehene darunter, die sie erschauern machten. Da war ein Melkart mit verschlagnem Gesicht. Ein Set Typhon voll Blödheit des Ausdrucks. Dann die babylonische Trinität Anu, Sin und Bel. Der Sturmvogel Zu baumelte erzen an einem Strick. Und stehen blieb sie gar erstarrt vor Erlik-Khan, dem Mongolengotte, der in Haaren strotzte, die ihm aus allen Teilen des Kopfes wuchsen. Konische Steine, wie sie die Thraker anbeten, standen da, und Götter halb Fisch, halb Vogel, Götter, die nur aus einem Schnabel bestanden oder aus einem ungeheuren Zahn.

Als die beiden Frauen ins Triclinium traten, sprach Simon gerade. Unter seiner breiten und hohen Stirn verschwanden die kleinen Augen völlig. Neben ihm lag Helena, zierlich und träge. Aber Messalina bemerkte gleich zufrieden das Gewöhnliche derber Knöchel an ihr. Claudius wollte den Damen entgegengehn, war aber schon etwas angetrunken und gab es mitten im Versuch seiner unbeholfenen Beine auf. Er hatte den Gedanken gefaßt, Messalina zu heiraten und hatte schon mit seinem Cousin Barbatus darüber gesprochen. Mach das mit Lepida ab, sagte der Betrunkene. Lepida überlegte noch. Das einzige, was für Claudius, diesen alten, bücherversessenen, weinfrohen, weibergeilen und schuldenzerfressenen Claudius sprach, war seine Verwandtschaft mit Caligula, dem Kaiser, dessen Onkel er war. Er wußte selber, daß das nicht viel bedeutete, aber doch alles.

Also das ist der junge Mann, von dessen Schönheit ganz Rom spricht, dachte Messalina, als sie den kaum zwanzigjährigen Caius Silius erblickte, und die beiden sahen sich an mit kaltem Haß in den Augen und sollten sich lieben bis in den Tod.

Valerius Asiaticus sah fast an Messalina vorbei, als er sie begrüßte. Er war nach einem Leben voll Leidenschaften und Abenteuern ein Meditativer geworden, nun, wo er an die Vierzig ging. Mehrfach Konsul, hatte er die Macht gekannt. Siegreich mit seinen Legionen in Britannien und Persien war ihm der Ruhm nicht unbekannt. Sein Reichtum war ungeheuer. Villa und Gärten des Lucullus waren sein eigen geworden. Er suchte die Gerechtigkeit und um ihretwillen sollte er einer der Hauptanstifter an der Ermordung des Caligula werden, was ihn populär machte. Er trank nicht und lebte keusch. Eine Liebe zu Poppäa, der Frau des verehrungswürdigen Scipio, soll das zustande gebracht haben. Da waren noch andere. Der auf Simon eifersüchtige Schulphilosoph Thegonius. Die etwas fette wundersüchtige Amaryllis. Ein Prinz Arbaces, des

armenischen Königs Mithridates Reisebegleiter, ganz weg von den Reizen der Helena.
Man sprach von den Vorteilen der Keuschheit und den Reizen ihres Gegenteils und wie beides an seinem Platze im Ablauf des Lebens das Rechte sei. Messalina verstand nicht alles, doch wählte sie mit dem Instinkt ihrer Sinne das, was ihr wohltat. Aber Lepida erwartete sich noch ein anderes von dieser Zusammenkunft bei dem Magier und hatte es ihn wissen lassen. Nun erhob er sich und winkte Mutter und Tochter, die ihm durch einen dunklen Gang in einen kleinen Raum folgten, in den von oben die Nacht der Sterne fiel. Er entzündete Kraut in einem Becken, goß Flüssiges darüber, daß ein scharfer Rauch entstand und begann in der Zukunft Messalinas zu lesen, auf den Boden hingehockt; und Schweiß lief ihm in Strömen übers Gesicht. Daß Claudius Kaiser werden würde, prophezeite er. Schon da er Konsul war, hätte sich ihm auf dem Forum ein Adler auf die linke Schulter gesetzt. Weniger deutlich sah er die Zukunft Messalinas. Er konnte nicht unterscheiden, ob, was sie einhülle, Blut oder Purpur sei. Vielleicht beides, sagte Simon. Und ein Schwert verdecke den Lotus, der über jedes Weibes Haupt schwebe.
Messalina war zwanzig, als sie Claudius heiratete, den immer schwitzenden Kahlkopf mit den lächerlich großen Füßen und dem stotternden Gang der schwachen Beine, die nur mühsam seinen fetten Leib trugen. An der kaiserlichen Tafel trieb man Späße mit ihm, der immer während des Essens einschlief. Und nur seine offenkundige Narrheit schützte ihn vor der Wut seines Neffen Caligula.

Immer war er in Angst, ermordet zu werden und machte sich, dem zu entgehen, noch kindischer und dümmer als er war. Er befand sich an jenem neunten Tage vor den Kalenden des Februar im Gefolge des Kaisers, als dieser sich ins Theater begab. Und als Caligula unter dem Schwerthieb ins Genick stürzte, lief er davon, um sich zu verstecken. Aber das Boskett verdeckte nicht seine großen Füße, über die der Soldat Gratus stolperte, ein Mann aus der Verschwörung. Der hatte oft den Namen des Claudius als den des künftigen Cäsar gehört. Und als er nun den Versteckten an den Beinen hervorzog und als den Claudius erkannte, fiel er vor ihm auf die Knie.

Er war alt genug geworden und von andern Neigungen besessen; darum wurde ihm die Bescheidenheit leicht, die ihn populär machte. Er weigerte sich, den Titel Imperator zu tragen. Er entschied nichts, ohne den Senat zu fragen. Er benahm sich in der Öffentlichkeit immer wie ein braver Beamter, der dem Volke dient. Drängte sich nicht vor, um seine gar nicht repräsentative Figur wissend. Sehr gelehrt in allerlei antiquarischen Sachen und der Grammatik — er erfand drei neue Buchstaben des Alphabetes, die sich aber nicht durchsetzten — versuchte er sich in burschikosen Anreden Untergebener, wie das Professoren lieben. Bücherschmökern, gutes und reichliches Essen und Trinken und viele Weiber —, das waren seine Erholungen von der Regierungsarbeit. In den Geschäften suchte er sich mit Glück tüchtige Leute unter den Freigelassenen und Namenlosen aus; den verschuldeten Rittern und den Spekulanten mißtraute er, weil er sie kannte. Seine Frau ließ er treiben was sie wollte. Messalina nannte ihn einen alten Trottel. War er nicht in der Hochzeitsnacht nach einigen brutalen Griffen eingeschlafen? War er nicht Schuld, daß sie sich bei Morgendämmern vom Lager erhob und in den Garten ging, wo ein junger Syrer wieder die Nachtigall nachahmte wie beim Hochzeitsschmaus?

Sie ertrug nur die plumpe Zärtlichkeit ihres Trottels und hatte zwei Kinder von ihm. Mit ihnen und ihren Künsten der Liebe, bei andern gelernt, hatte sie Macht über den Gatten. Da wurde er Imperator. Für die Kaiserin gab es keine Laune der Sinne mehr, die zu befriedigen sie sich versagen mußte. Fünfundzwanzig war sie und mit der zwiefachen Macht ausgestattet: der ihres Leibes und der ihres Titels. Sie zitterte vor dem plötzlichen heftigen Licht dieses Weges.

Frauen, welche wie Messalina ihr sinnliches Leben, ihre Liebe, nicht in den Dienst eines Ehrgeizes zu stellen brauchen und sie nicht zu einem Mittel entwerten müssen, was noch die letzte Straßendirne tut, die an das Geld denkt, mit dem sie sich dem bürgerlichen Dasein und Aussehn annähert, solche Frauen geben ihrem sinnlichen Leben die klassische Form. Sie stellen nicht die Liebe in den Dienst einer Macht, sondern jede Macht in den Dienst der Liebe, um derentwillen sie allein leben. Der fünfundzwanzigjährigen Kaiserin blieben jene Momente der Schwäche nicht erspart, wo sie weinend bedauerte, ihr Leben lang nicht einem einzigen Manne zu gehören. Aber sie schämte sich solcher Krisen des Gefühles und haßte jene, in deren Armen sie

sie erlitten hatte. Denn größere Aufmerksamkeit gab sie der Schönheit ihres Leibes und dem Genusse daran als jenen Flüchtigkeiten einer weichlichen Bewegtheit. Hundert Eselinnen wurden gehalten, in deren Milch sie badete. Sie machte die griechische Mode nicht mit, sich die Haare des Leibes auszuzupfen. Nur die Haare unter den Achseln entfernte sie, seit ein Arzt ihr gesagt hatte, daß der Leib durch alles andre Körperhaar Kräfte des Lebens einatme. Sie liebte es, auf ihrer weißen Haut Spuren der Umarmungen zu sehen, aber nicht zu behalten. So schrieb sie Preise aus für ein Mittel, diese bläulichen Spuren und Äderungen zu entfernen. Sie liebte nur Männer. Sie tat so als ob sie Frauen liebte und ihre Vergnügungen teilte nur in Gegenwart des Gatten, um dessen Zärtlichkeiten zu entgehen. Sie liebte nur Männer. Und sagte, daß nichts die Mühe des Lebens lohnte als jener Augenblick, in dem die Männer in der höchsten Lust brüllen und aufstöhnen wie wilde Tiere.

Die Laune entschied, welchen Mann sie sich nahm, welchem sie sich hingab. Einem, weil er sie um einen Pantoffel bat, den er dann als Amulett um den Hals trug. Aber sie mußte gleich erfahren, daß dieser Lucius Vetellius, ehmaliger Statthalter in Syrien, nur ein Narr war, der zu dem Schuh betete. Sie gab sich einem Gladiatorenhändler, weil er stark war. Einem Neffen des Claudius, weil er schwächlich war. Dem Sabinus, weil er langes Haar trug und ihr Parfüm liebte. Dem, weil er glatten, dem weil er stark behaarten Leibes war. In Baiae einem Fischer, weil er gerade vorüberging. Einem der Hände wegen, einem andern um seines Blickes willen.

MESSALINA

Aber sie nahm es dem Mnester, dem berühmtesten Komödianten und Springer Roms, den Caligula im Hippodrom vor allem Volke geküßt hatte, nicht übel, daß er ihr widerstand. Denn Mnester liebte nur Knaben, und sie hielt Freundschaft mit ihm und sie erzählten einander ihre Geschichten. Mnester war reich und verschwenderisch; viele Frauen hatten sich aus vergeblicher Liebe zu ihm das Leben genommen, obzwar er nicht hübsch war und mit dreißig Jahren Fett ansetzte. Messalina und Mnester dienten demselben Gotte, sie verstanden einander. Er brachte ihr seinen Giton, den fünfzehnjährigen Titus aus der guten Familie des Domitius. Er schenkte ihr den Knaben, an dem sie Gefallen fand für eine kurze Zeit. Der Kleine konnte aber nicht den Mund halten. Mnester warnte die Freundin. Die Mutter Lepida fürchtete, Claudius könne von der Sache erfahren. Titus mußte verschwinden. Er bekam in der letzten Nacht in einem Becher Gift zu trinken, das ihm die allzu geschwätzige Zunge aus dem Halse stülpte. Auch die alte Tryphenis ließ dabei ihr Leben. Als sie den sterbenden Titus beschimpfte, warf ihr Messalina eine goldne Amphore auf den Kopf und erdrosselte die nur an der Schulter Verwundete mit den Händen.

Einer, den sie begehrte, widerstand. Der Herr der Lucullischen Gärten, der Nachdenkliche, der seine Liebe nur mehr den Bäumen und Blumen seines Gartens schenkte, nur wenige Freunde um sich liebte, Ruhm und Frauen vergessen hatte, Valerius Asiaticus. Als Messalina nach Baiae kam, um ihn da zu treffen, verließ er sofort den Ort und ging nach

Rom zurück. Man log ihr vor, er habe seine alte Liebe zu Poppäa, der schönen Frau eines alten Gatten, wieder erneuert. Messalina haßte diese Frau, diese allein in ganz Rom, weil man ihre Schönheit mit der ihren verglich. Sie suchte Valerius auf. Der Vorwand: im Auftrage des Claudius käme sie, ihn um die Gründe zu fragen, weshalb er sich weigere, sich zur Armee in Germanien zu begeben. Er sprach Philosophisches. War ganz fern allen diesen lauten Dingen der Welt. Auch fern den Frauen. Messalina ließ alle ihre heimlichen und starken Feuer los. Aber sie brannten nicht auf diesen Mann, der gleichgültig war wie ein Stein und über sie wegsah. Da gab ihr die Wut die gemeinsten Worte. Sie sprach von Poppäa, von der man ja wisse, daß sie sich den Gladiatoren prostituiere. Und man wisse auch, was ihn mit Poppäa verbinde, die Liebe zu jungen Burschen, die sich von Kupplern der Suburra erziehen ließen. Aber Valerius sagte kein Wort. Ein Sklave brachte auf einer silbernen Platte Brotkrümel. Er nahm davon und warf es den Tauben hin. Verzeiht, sagte er, es ist die Stunde der Tauben.

Bei dem alten Cornelius Scipio war nichts auszurichten. Er wußte, daß Poppäa die Geliebte des Valerius gewesen war. Und nicht mehr. Wußte auch, was Poppäa sonst tat. Aber er war weise und alt und hätte noch weit mehr ertragen, denn diese Frau war, wie immer auch, das Glück seines Alters. So mußte man sich, um Valerius zu verderben, an Claudius halten. Der war ganz vergraben in seine karthagische Geschichte, die er diktierte. Aß nur mehr punische Küche, um die Seele Hanibals zu verstehen. Fürchtete nichts als Verschwörung gegen sein Leben. Suilius, stadtbekannt für jede falsche Zeugenschaft, wurde gekauft. Und der Mann mit dem Schuh Messalinas um den Hals tat was man von ihm wollte. Daß Valerius schon in Syrien gegen den Kaiser komplottierte, war sein wichtiges Zeugnis, denn Lucius war da hoher Beamter gewesen. Vor Claudius wurde der gefesselte Valerius gebracht. Als man ihm die Fessel löste und er die Anklage widerlegen sollte, machte er eine etwas heftige rednerische Bewegung mit der Hand. Claudius fuhr zurück. Er sah wohl gleich, daß in der Hand keine Waffe war. Aber er war nervös geworden. Und winkte das Urteil. Valerius vollzog es selber. Er ließ sich vor dem Scheiterhaufen, den ihm seine Leute in seinem Parke errichtet hatten, von einem Sklaven die Adern öffnen. Der Poppäa gab Messalina zu wissen, daß Claudius entschlossen sei, die alten Strafen gegen Ehebruch wieder einzuführen: die Ehebrecherin nackt auf Stroh in einem auf eine Gasse hin offnen Gefängnis und jedem gehörend, der sie wolle bis zum Einbruch der Nacht. Poppäa zog es vor, sich zu vergiften.

Es war ein Einfall des Mnester. Er erzählte von der Dirne Lysisca in einem Lupanar der Suburra am Mons Coelius nah beim großen Markt, die so sehr der Messalina gliche, daß man sie nur die Kaiserin nenne. Den Wirt Gnatänion kenne er seit langem, noch aus der Zeit, wo er das Haus als Bad betrieben hatte. Nach vorn sei es nun eine Kneipe. Nach hinten zu gäb es ein Atrium mit dem Badebecken. Aber die ehemaligen Badezellen dienten nur mehr den Huren, die sich da prostituierten.

Claudius war nicht in Rom. Man könnte diese Gelegenheit benützen. Es sei ein guter Spaß, in jenem Hause die Rolle der Lysisca zu spielen. Kein Gast würde sie erkennen, jeder sie für das Mädchen halten. Messalina machte große Toilette. Sie gab wie die alexandrinischen Kurtisanen violetten Puder in ihr Haar, das sie im Nacken festband. Auf ihre Brustwarzen einen kleinen Tropfen Karmin, aber keinerlei Schmuck bis auf eine Halskette aus kleinen phönizischen Phallusen. Sie rollte sich ganz nackt in einen Leinenschleier, worüber sie eine Cuculla aus grobem Tuch warf, deren Kapuze sie über den Kopf zog. Es war ein Uhr nachts, als sie den Palast auf dem Palatin durch eine Hintertüre verließ, wo Mnester sie erwartete.

Das helle junge Gesicht eines Legionärs, der in der Kneipe des Gnatänion saß, half ihr weg über den scharfen Gestank von Schweiß, der sich ihr an der Schwelle des Hauses entgegenwarf, so daß sie schon umkehren wollte.

Mnester verließ sie vor der Zelle, die nur ein flatternder Fetzen Tuch vom Atrium trennte. An der Wand daneben stand hingeschrieben: „Lysisca, ein Denar Silber." Eine verbrauchte Binsenmatte, auf der ein paar schmutzige Kissen lagen, ein Tischchen mit einer rauchenden Lampe, in einer Ecke ein Krug aus rotem Sandstein, — mehr gab es nicht in dem engen Raum. Ein Mädchen aus der Nachbarzelle kam herein und erzählte eine wohl gestern begonnene Geschichte weiter, von ihren Erlebnissen auf dem Friedhof: eine scrupeda, wie jene Huren heißen, die nach der Nacht im Bordell noch auf dem Friedhof strichen, entnahm Messalina aus

der Geschichte und freute sich, für die Lysisca zu gelten.
Dann trat der erste Besucher ins Gemach.
Und sie kamen einer nach dem andern, alte und junge, schüchterne und wilde, Narren und Tolle, kaum daß sich der Knecht eine Pause schaffen konnte, um das Wasser aus dem roten Krug über die Fliesen gießen zu können, das Hingespiene wegzuschwemmen, oder die Schmuckmagd Fett und Puder bieten konnte für das zerstörte Gesicht und die Blutmale am Leibe der kaiserlichen Dirne.
Gegen den Morgen zu taumelte ein betrunkener Centurion in die Kammer. Er stahl ihr was Messalina die Nacht über verdient hatte. Und als sie laut nach dem Lupanarius schrie, warf er sich über sie, daß die erzenen Buckel seines Wamses sich in ihr Fleisch gruben und sie schon dachte, sie ließe das Leben.
Es dämmerte, als sie aus dem Atrium in die Kneipe sich schleppte. Niemand war mehr da. Mnester lag schlafend auf einer Bank, verfallen und nichts als ein alter Jude.
Tacitus, Juvenal und Flavius Josephus geben den Klatsch für Wahrheit, indem sie sagen, daß Messalina fast jede Nacht in diesem Bordell zubrachte und den Platz jenes Mädchens Lysisca einnahm. Dio Cassius berichtet nur von einem einzigem Mal, was die Wahrscheinlichkeit für sich hat. Messalina riskierte das Abenteuer eines Einfalles. Aber sie war keine Pedantin, wie Juvenal ein Pedant war, der zudem ein grausliches Latein schrieb. Die pornographische Phantasie der Entrüsteten schwelgt in Vorstellungen der Quantität um so lieber, als

ihnen jedes und auch das kleinste Quantum fehlt, das ihnen zur Kontrolle dienen könnte. Die Qualität einer Ausschweifung sehen sie daher nur in der unendlichen Wiederholung eines Aktes. Aber nie ist ein Mensch eine monströse Maschine.

Messalina hatte in dem jungen Konsul Caius Silius einen Gegner, den sie fürchtete. Er bemühte sich um Popularität und bekam sie, als er vom Senat die Ausführung der alten Lex Cincia forderte, welche Advokaten verbot, Geld und Geschenke anzunehmen. Messalina hatte sich schon öfter solcher gekaufter Advokaten bedient. Versuche der Kaiserin, Caius Silius ums Leben zu bringen, waren mißglückt. Da es mit dem Haß nicht ging, mußte es der Liebe gelingen. Der Konsul galt als der schönste Mann in Rom.

Dieser Mann verfolgte sie, indem er schlecht von ihr sprach; er war also kühn; aber was war er für ein Mann, daß er ihrer Schönheit widerstand? Sollte die Tugend eine Macht sein und nicht nur das Gerede impotenter Greise? Messalina interessierte sich für diesen jungen Silius. Sie empfing ihn. Er verteidigte sich mit schöner Würde, als sie ihm seine Unklugheit vorwarf, sie öffentlich anzugreifen. Aber er erlag, als er Abschied nehmend sich erhob und Messalina auf dem Lager ihr Gesicht in den Schleier hüllte und dabei ihr nacktes Bein zeigte.

Caius Silius war Messalinas erste Liebe. Sie konnte kaum eine Stunde ohne ihn sein. Schickte nach ihm, wenn Claudius abwesend war, oft mitten in der Nacht, und Silius kam, ließ seine junge schöne Gattin. Oft holte ihn mitten aus einer Sitzung des

Senats ein kaiserlicher Befehl: er kommt und die Arme Messalinas erwarten ihn. Fahren sie über Land, verlassen sie das Fahrzeug, um sich in einem Graben am Wege zu besitzen. Bisse in sein Fleisch sollen seiner Frau Junia Silana sagen, daß er sie betrüge. Sie zwingt ihn zur Trennung. Eine andere Frau, die sich einmal der Gunst des Silius erfreut hatte, verbannt sie aus Rom. Eine, die sich dessen rühmt, läßt sie vergiften. Und die Lust kommt über sie, daß ganz Rom von ihrer Liebe erfährt. Zuerst sagt sie es dem Claudius; der dazu lacht. Dann den Vertrauten und Freigelassenen, den Dienerinnen. Jenem Vitellius zeigt sie die Liebesmale an Brust und Schultern. Im Zirkus stützt sie den Arm auf Silius' Nacken, flüstert ihm zu. Fährt sie des Abends über das Forum, müssen die Trompetenbläser vor ihrem Wagen den Namen ihres Geliebten ins Volk rufen. Calpurnia und Cleopatra, ihre Dienerinnen, macht sie hinter einem Teppich versteckt zu Zeugen ihrer Umarmungen. Vor allem Volke des Reiches: sie will Silius heiraten. Sagt dem Claudius, ein Traum habe ihr den Tod ihres Gatten verkündet, und daß man das Schicksal betrügen müsse, indem sie durch eine Scheinheirat mit Silius das Unheil auf dessen Haupt bringe und damit das Leben des Kaisers rette. Claudius sagt nicht nein und begibt sich nach Ostia, um die Ankunft eines Getreidetransportes zu überwachen als ein braver besorgter Beamter seines Volkes. Messalina plündert den kaiserlichen Palast und läßt alles in das Haus des Silius schaffen. Nach allen Riten und unter Assistenz vieler Freunde und Zeugen findet die Hochzeit statt.

Vielleicht sah der junge Silius keinen andern Ausweg aus diesem gefährlich werdenden Abenteuer, als in der Beseitigung des Claudius und Kaiser zu werden an dessen Stelle. Er war aus bester Familie und beliebt im Volke. Aber jung vertraute er mehr seinem Stern als guten Vorbereitungen des Anschlags, auch wenn er dazu mehr Zeit gehabt hätte als ihm Messalina ließ. In deren Bett verlor er den Kopf.

Alle Beamten des Staates und der Stadt kamen ja glückwünschend vor das Haus der neuvermählten Kaiserin. Aber die Vertrauten fehlten. Das Volk brüllte Thalassio! und bekam Geld und Wein. Morgen würde man den Staatsstreich ausführen. Rom ist für sie, scheint es ihnen. Diese Nacht soll nur dem Feste gehören. Vor allem Volke soll Silius sie auf dem Rasen besitzen! Aber die Gäste verliefen sich, einer nach dem andern. Sie hatten verdachtschöpfend die Abwesenheit jener bemerkt, denen Claudius sein höchstes Vertrauen schenkte. Der grobe Servinius ließ, da er keinen Vorwand fand, Messalina mitten in einem Gespräch stehen und rannte davon. Im Palaste gab es hastiges Laufen und Türenzuschlagen: selbst die Sklaven verließen das Haus. Und mitten in der Nacht kam Botschaft, daß die Reiter aus Ostia eingetroffen wären: der Kaiser wußte alles und war auf dem Rückweg nach Rom. Caius Silius sagte, er wolle morgen im Senat Erklärungen abgeben und ging heim. Auch mit seinen Freunden wolle er sich beraten. Messalina suchte den Schlaf auf einem einsamen Lager.

Als Claudius in Baiae die sichern Zeugnisse seiner

Leute bekam, schrie er und heulte aus Angst, aus Wut, aus nicht wissen, was tun. Er lief vom einen zum andern, fragte, ob nun, da der die Kaiserin geheiratet habe, der Silius nicht Kaiser wäre? Ob man nicht fliehen solle? Der Freigelassene Narcissus — einmal hatte ihn die Gunst der Messalina getroffen und Spott war sein dauernder Lohn für seine betrügerische, nichts haltende Schönheit gewesen — rettete die Situation. Er ließ sich das Kommando der Kohorten mit jeder Gewalt geben. Und marschierte auf Rom zu.

Messalina erwachte in einem leeren Hause. Sie mußte Claudius vor seinem Einzug in Rom sprechen: das war die Rettung. Sie mußte ihm entgegen. Aber nicht Pferd, nicht Wagen war im Haus, und kein Diener zeigte sich. Sie stürzte auf die Straße. Suchte einen Wagen. Die Straßen waren leer. An einer Ecke stieß sie auf einen Karren, der den Dreck der Stadt in einem Behälter sammelte und wegführte. Dem Kutscher, der sie nicht fahren wollte, entriß sie die Geißel. Und fuhr los, die Straße nach Ostia, über die Tiberinsel am Tempel des Äskulap vorbei.

Reiter, die dem Wagen unmittelbar vorausgaloppierten, in dem Claudius saß und ihm zur Seite Narciß, verlangsamten ihren Galopp in der Nähe der Stadt. Da rief ihnen ein Weib, das neben einem gestürzten Mistwagen stand, Halt zu mit dem kaiserlichen Zeichen der Hand. Narciß begriff. Und er gab mit einer Geste den Hornbläsern Befehl, zu blasen und dem Claudius das Täfelchen, auf dem alle Namen von Messalinas Liebhabern geschrieben standen, drückte seinen Kopf im Nacken hinunter, damit er lese. Denn Claudius sträubte sich. Ist denn das möglich? stotterte er und versuchte einen Blick auf Messalina, die staubig und beschmutzt und zerfetzt mitten auf der Straße stand inmitten der Trümmer eines Wagens, der Abfall, Kot und Kehricht entleert hatte.

Silius und seine Freunde fanden, was sie sich als Gnade erbaten: den Tod auf der Stelle. Für Messalina wollte die Mutter sprechen, auch Britannicus und Octavia. Narciß ließ sie nicht vor Claudius erscheinen. Messalina könne sich gut selber verteidigen. Claudius wünschte, daß sich Messalina am nächsten Tage vor ihm verteidige. Narciß wußte, diese Verteidigung bedeute sein Todesurteil. Darum gab er, als er das kaiserliche Gemach verließ, sofort den Befehl an den Tribun der Garde, Messalina auf der Stelle zu töten. Und hieß einen ihm ergebenen Freigelassenen namens Evodus jener folgen, um sich zu vergewissern, daß der Befehl ausgeführt werde.

Messalina war bei der Mutter. Das Laub im Garten vergilbte herbstlich, aber Messalina war voll Lebens und hoffte. Geräusch ließ sie ins Gemach blicken. Da stand Evodus, der den Soldaten vorausgelaufen war, um die Frau vor dem Tode zu beschimpfen. Da, bei dem Anblick dieses Menschen, gab sie die Hoffnung auf. Dieser gelehrte Schreiber ihres Mannes, dieser häßliche kurzgesichtige Mensch mit der gekrümmten Schulter war, das wußte sie, ihr Todesverkünder. Da ihm der Haß die Rede in den Mund hinunterdrückte, riß er Messalina die Stola vom Leibe und schlug auf die bloß werdende Brust. Sie stöhnte auf vor Schmerz.

Der Tribun war hinzugekommen und riß den Burschen weg, sagte etwas von der lautloseren Gerechtigkeit des Cäsar. Lepida, die Mutter, hatte ihrer Tochter einen Dolch gegeben, den sie unter dem Gewande verbarg. Der Tribun hieß die Soldaten den Evodus hinausschaffen und wandte sich wartend, schweigend ab. Messalina setzte den Dolch an die Brust. Noch einmal. Und wieder. Sie konnte nicht. Ein bißchen Blut floß aus einer kaum geritzten Wunde, und sie schauderte davor und barg ihr Gesicht in den Schleier. Da näherte sich ihr leise der Tribun von hinten. Mit einem Hieb seines Schwertes schlug er Achsel und Leib durch. Messalina brach zusammen. Eine reglose Flaumfeder vor ihren offnen Mund gehalten, aus dem das Blut quoll, überzeugte den gewissenhaften Beamten und er entfernte sich mit den Soldaten.

# *HELOISE*

DA war in Paris ein junges Mädchen namens Heloise, die Nichte eines Kanonikus Fulbert. Dessen eifriger Wunsch war es, daß sie in den Wissenschaften die beste Erziehung haben sollte, die es gab. Sie war nicht häßlich und ihre Kenntnisse hatten nicht ihresgleichen. Dieser bei Frauen so seltene Umstand hatte ihr großes Ansehn gegeben. „Ich hatte bis zu diesem Zeitpunkt enthaltsam gelebt, doch schlug ich nun meine Augen auf und sah, daß sie alles besaß, was Liebende suchen. Ich zweifelte auch nicht an meinem Erfolg bei ihr, wenn ich meinen Ruhm bedachte und meine hübsche Figur und auch ihre Vorliebe für die gelehrten Kenntnisse. Von der Liebe durchdrungen, dachte ich daran, wie ich am besten mit dem Mädchen in vertraute Nähe kommen könnte. Es ergab sich, daß ich bei ihrem Onkel Quartier bekam, unter dem Vorwand, daß Arbeit im Haushalt mich vom Studium abzöge. Freunde brachten dies bei ihm zur Sprache, und der alte Mann war geizig und doch begierig darauf, daß seine Nichte Unterricht bekäme. So gab er sie mit Eifer unter meine Lehre und bat mich, ihrem Unterricht alle Zeit zu schenken, die ich erübrige, und erlaubte mir, sie zu jeder Stunde des Tages oder der Nacht zu sehen und wenn nötig auch zu bestrafen. Ich war erstaunt über die Einfalt, mit welcher er ein zartes Lamm einem hungrigen Wolf anvertraute. Da er mir Gewalt gegeben hatte, sie zu strafen, erkannte ich, daß, wenn Zärtlichkeit meinen Gegenstand nicht gewinnen mochte, es mit Vorwürfen und Schlägen möglich sein könnte. Ohne Zweifel war er von der Liebe zu seiner Nichte und meinem guten Ruf verblendet. Und so geschah es. Erst vereinte uns ein gemeinsames Dach, dann unsere Herzen. Die Stunden unseres Unterrichtes schenkten wir der Liebe. Die Bücher lagen offen vor uns, aber was wir sprachen war mehr von Liebe als von Philosophie und es gab mehr Küsse als Lehrsätze. Und Liebe widerstrahlten unsere Augen öfter als die beschriebene Seite. Um Verdacht zu vermeiden, schlug ich sie zuweilen — zärtliche Schläge der Liebe waren es. Die Freude der Liebe, uns neu, kam zu keiner Sättigung. Je mehr ich von dieser Lust erfaßt wurde, um so weniger Zeit gab ich der Philosophie und den Schulen, — wie lästig war mir all das geworden! Ich wurde unfruchtbar, wiederholte bloß noch alte Vorlesungen, und schrieb ich Verse, so war Liebe ihr Gegenstand und nicht die Geheimnisse der Philosophie. Ihr wißt, wie weithin gesungen und bekannt meine Liebeslieder wurden! Aber unter meinen Schülern war Klage und Jammer über meine Ablenkungen. Eine so offen gezeigte Leidenschaft konnte nicht geheim gehalten werden. Jeder wußte davon, nur Fulbert nicht. Der Mann ist oft der letzte, der von seiner Schande erfährt. Aber nach einigen Monaten erfuhr er alles. Wie bitter war des Onkels Schmerz! Aber wie viel bitterer noch der Liebenden Trennung! Wie sehr schämte ich mich und wie bekümmert war ich vom Kummer des Mädchens! Und was für ein Sturmwind von Sorge kam über sie nach meiner Ungnade!"

So beginnt Abälard seine Historia Calamitatum, wühlt in deren erstem Kapitel, — als offner Brief an einen Freund gedacht — der weniger seinet- als seiner Geliebten wegen berühmt gewordne Liebhaber und Schulmeister in der Asche seiner Liebe, um das Fünkchen zu finden, das ihn einmal entzündet, — damals, vor zehn Jahren. Denn zehn Jahre sind vergangen, seitdem ihn die Diener des Kanonikus überfallen und seiner Mannheit beraubt hatten, den damals Sechsunddreißigjährigen, dessen nun verfaltetes, zerrunzeltes Gesicht nicht mehr verrät, daß es einmal das eines hübschen jungen Mannes war, der als Lehrer eine große Karriere vor sich hatte. Daß er diese nicht machte, daran war nicht jene fatale Operation schuld. Erst nach ihr ergab er, der bis zum Erlebnis Heloise als ein Dialektiker exzelliert hatte, sich der theologischen und metaphysischen Spekulation, und sein Geist hatte nicht gelitten. Aber seinen wenig sympathischen menschlichen Charakter verschärfte jener Unfall: der eitle Mann war in seiner Eitelkeit aufs schwerste davon betroffen. Das machte ihn gallig und streitsüchtig und rechthaberisch. Machte ihn enger und kleiner als er vielleicht zuvor war. Als man ihm kurz vor seinem Tode — er war dreiundsechzig als er starb —, in Bernhard von Clairvaux den Gegner gab, da brauchte dieser Größte der mittelalterlichen Streiter nur die Hand ein bißchen zu heben, und der „liberale“ Abälard war nicht mehr. Man tut ihm die größte Ehre, nennt man ihn einen kleinen Descartes dreihundert Jahre vor dem Descartes. Aber nicht mit seiner Logik, sondern mit seiner Liebe und seiner Konfession wegen kam er auf die Nachwelt und nicht um seiner Liebe willen, sondern der der Geliebten.

„Es war bald danach, daß sich das Mädchen als Mutter erkannte, und sie schrieb mir in größter Freude und fragte mich, ihr zu sagen, was sie tun solle. Wir kamen überein und eines Nachts, da Fulbert abwesend war, nahm ich sie heimlich mit mir und schickte sie in meine bretonische Heimat, wo sie bei meiner Schwester verblieb, bis sie einen Sohn zur Welt brachte. Sie nannte ihn Astrolabius. Als der Onkel in sein leeres Haus zurückkam, raste er. Er wußte nicht, was er mir antun sollte. Mich zu töten oder sonst mir was tun, das mied er nur aus Furcht, daß seine geliebte Nichte von meinen Leuten in der Bretagne zu leiden haben würde. Er konnte mich nicht greifen, ich war gegen alle Gefahr gerüstet. Endlich bewegte mich Mitleid mit seinem Gram und das Gewissen, dessen Ursache zu sein, daß ich zu ihm ging, ihn bittend und ihm versprechend, alles zu tun, was ihn beruhigen könnte. Ich sagte ihm, daß keinen, der die Stärke der Liebe je gekannt, das was ich tat ungeheuer erscheine, und daß er sich erinnern möge, wie schon die größten Männer seit die Welt besteht von der Frau unterjocht worden seien. Darauf bot ich ihm Genugtuung, größer und mehr als er hoffen konnte, nämlich jene zu heiraten, die ich verführt hatte, wenn nur diese Heirat geheim gehalten würde, so daß sie mich in dem Ansehn der Menschen nicht schädige. Er war damit einverstanden und besiegelte mit einem Kuß die Versöhnung, die ich erbeten hatte — alles damit er mich nur um so leichter betrügen könne."

Die niedern Weihen hätten Abälard zu heiraten nicht gehindert. Daß ihm die Heirat im Ansehn der Menschen und zumal seiner Schüler geschadet hätte, ist bei dem geringen Ansehn, daß die Ehe genoß, nicht zu bezweifeln. Das Kind war zur Heirat keine Nötigung. Denn ein uneheliches Kind zu haben, galt im Mittelalter nicht als Schande, fiel nicht einmal als was Ungewöhnliches auf. Die Genugtuung, die Abälard bot, war in der Tat groß. Heloise selber weist sie als zu groß ab.

Abälard kannte mit vierzig den Ruhm. Tausende von Schülern lauschten seinem Wort. Seit zehn Jahren kennt ihn Europa. Aber er kennt die Liebe nicht. Wie er selbst sagt, fand er die käuflichen Frauen verächtlich. Sein Beruf gab ihm keine Möglichkeit, den großen Damen den Hof zu machen. Mit dem Bürgertum war er ohne Beziehungen. Er war in der Liebe ein schwieriger Fall geworden. Da warf ihm der glückliche Zufall ein junges Mädchen in den Weg, ziemlich hübsch und von hoher Kultur. Das Verlangen erwacht und treibt ihn, daß er sogar schlimmen Verdacht riskiert, indem er seinen Unterricht umsonst anbietet, nur gegen Wohnen und Kost. Der geizige Fulbert akzeptiert gern. Der naive Fulbert sieht nichts, empfiehlt dem neuen Lehrer, wie üblich die Rute zu gebrauchen, falls die Schülerin faul sein sollte. Die Schülerin war siebenzehn Jahre alt. In diesem Alter verliebt man sich in den Lehrer, auch wenn er weniger Feuer hat als es Abälard gehabt haben dürfte. Vielleicht war dieser alte Fulbert gar nicht so naiv, sondern überlegte, wie er Abälard in die Not setzen könnte, die Nichte zu Bedingungen zu heiraten, die ihm, dem Onkel, als die billigsten paßten. Vielleicht war Abälard ein geschickter, gelüstiger Verführer. Als er bei Fulbert Wohnung nahm, war sein Ziel, Heloise zu seiner Geliebten zu machen, — er sagt es selber. Allerdings zu einer Zeit, wo er sich über sein Unglück nur damit trösten konnte, daß er es nicht verdient habe. Wahrscheinlich ist, daß er das zuvor als Verführer Überlegte völlig vergaß über ein neues Gefühl, und daß er mit aller Kindlichkeit und Leidenschaft sich in Heloise verliebte, als ein Vierzigjähriger in eine Siebenzehnjährige. Die zitierte Stelle, wo er von dem gemeinsamen Dache sprach und von dem Herzen, das sie noch stärker vereint, zeigt, nach den Jahren, die verflossen sind, noch die dunkle Bewegtheit leidenschaftlicher Liebe.

Vor einem Jahre hatte Heloise die Klosterschule zu Argenteuil verlassen, als sie den eleganten, lebhaften und schönen Abälard zum erstenmal sah, den sie dem Ruf nach kannte. „Alle Frauen", schreibt er harmlos, „würden sich von meiner Liebe für geehrt gehalten haben." Man muß nicht an einen pedantischen Universitätsprofessor denken, nicht einmal an eine Universität, die es noch nicht gab. Als Lehrer aufzutreten war ein gänzlich freier, nur auf die Personsbedeutung gestellter Beruf, keine Anstellung, kein automatischer Effekt eines absolvierten Schulganges. Heloise folgte mit Eifer dem Vortragenden. Daß sie trotz ihrer Jugend Geist habe, sagte man in Paris. Ihre Bedeutung kündete sich früh an. Wenn Abälard sich die Rolle des Verführers gab, so dürfte er sie vor diesem brennenden, geistigen Geschöpfe allsofort aufgegeben oder vergessen haben, das den zu lieben verlangte, den es bewunderte. Ihr ganzes weiteres Leben beweist es, daß sie sich freiwillig und mit Freuden hingab. Daß sie nicht das Lamm war, das ein Wolf zerriß. Beide verführten einander, beide gehorchten ihrem Schicksal, das sie über die höchste Freude ins tiefste Mißgeschick führte.

Als die in Paris längst verbreitete Kunde von der Liebe Abälards und Heloisens — der Dichter und Musiker Abälard macht kein Hehl aus ihr — schließlich auch zu Onkel Fulbert kommt, jagt er den Lehrer aus dem Hause und sperrt die Schülerin ein, — dies nicht sehr sorgsam, denn die Liebenden sehen einander weiter, schreiben einander, worauf Abälard sehr stolz ist, denn wenige Liebespaare dieser Zeit wären einander zu schreiben fähig gewesen. Heloise wird schwanger. Er bestimmt sie zur Flucht, Skandal vom Onkel befürchtend, und bietet ihr ein Asyl bei seinen Verwandten in der Gegend von Nantes an. Hier bringt sie einen Sohn zur Welt, dem die Eltern den sonderbaren Namen Astrolabius geben.

Den wild und närrisch gewordnen Onkel sucht Abälard mit der Ehe zu beruhigen: er kommt über das Vorurteil seiner Zeit nicht hinweg, das Ehe und einen geistigen Beruf für unverträglich hält. Heloise ist gegen diese Ehe, weniger aus Entsagung als aus Logik. Sie würde so wenig wie ihre Liebe geheim bleiben. Die von Abälard wiedergegebne Antwort seiner Geliebten ist nicht ungewöhnlich für ein junges Mädchen dieser Zeit, in der die intellektuelle Klasse ganz offen das Konkubinat praktizierte, aber sie spricht wie die geborne Geliebte, wenn sie sagt: „Der Titel der Geliebten ist mir um vieles kostbarer und ehrenvoller als der der Gattin. Ich will an dich nur durch die Gunst deiner Zärtlichkeit gehalten sein und nicht gefesselt durch das eheliche Band. Das getrennte Leben wird um so größeren Zauber auf die Zeit unseres Zusammenkommens legen."

Die geheime Hochzeit fand dennoch statt, in Gegenwart des Onkels und von Freunden. „Doch wir sahen uns nur selten und heimlich, um möglichst zu verbergen was geschehen war." Aber der kindliche Ehrgeiz des Kanonikus und seiner Familie tat stolz mit dieser Heirat und redete laut und offen davon. Heloise machte dem Onkel deswegen Vorwürfe und bekam Schläge dafür. Zum andern Male half ihr nun Abälard zur Flucht und brachte sie zu den Nonnen von Argenteuil, wo sie erzogen worden war. Fulbert beschuldigte ihn nun, daß er seine Frau ins Kloster gebracht habe, um sie loszuwerden. Nicht eine beleidigte Ehre, nicht ein Schmerz um die Nichte war das Motiv seiner Rache, welche Abälard der Mannheit beraubte, sondern ganz gewöhnliche gekränkte Eigenliebe. Er hatte nichts von der Verwandtschaft mit dem berühmten Manne, wenn er nicht davon reden und sich in ihr Licht stellen konnte.

Abälard wurde, gegen jede innere Berufung, Mönch in Saint-Denys. Heloise nahm den Schleier in Argenteuil. Es vergingen Jahre, bis der Geschändete den Mut fand, seine Geliebte wiederzusehen. Und er tat es nur, um ihr zu Hilfe zu kommen, als man die Nonnen aus ihrem Kloster vertrieb und sie kein Asyl hatten. Er gab ihnen Unterkunft vor Paris, auf dem Hügel von Sainte Geneviève, wo er einmal lehrte, als man ihn aus Paris vertrieben hatte. Und wieder vergingen Jahre, als er jenen Brief an den Freund verfaßte, in dem er die Geschichte seines Unglücks erzählt. Heloise las die Schrift und antwortet. Seit zehn Jahren ist sie Nonne. Sie hat nichts vergessen. Sie versenkt sich in ihre seligsten Erinnerungen. Sie liebte und liebt noch immer. Man kann die Dürre von Abälards Antwort auf diesen Brief begreifen. Er wagt es nicht, einem grausamen Geschick unterworfen, ein unnützes Glück zu beklagen. Er gibt enttäuschende Ratschläge und aus immer noch währender Liebe zu ihm folgt ihnen Heloise und schweigt über ihre unvergänglichen Gefühle. Solches schreibt sie in ihrem ersten Briefe:

„An ihren Herrn, mehr ihren Vater, an ihren Gatten, mehr ihren Bruder, sein Mädchen, eher seine Tochter, sein Weib, eher Schwester, an Abälard Heloise. Dein Brief, Geliebter, geschrieben um einen Freund zu trösten, kam durch einen Zufall unter meine Augen. Bei der ersten Zeile erkennend, von wem er war, brannte ich danach, ihn zu lesen, um der Liebe willen, die ich für den trage, der ihn schrieb, und in der Hoffnung auch, aus seinen Worten mir das Bild jenes zu erneuen, dessen Leben ich zugrunde gerichtet habe. Die Worte, die ich las, tropften Galle und Bitternis, als sie die unglückliche Geschichte unsres endlosen Jammers zurückbrachten, Du mein Einziger. Wahrhaft, der Brief muß den Freund über seinen Kummer getröstet haben, der leicht ist verglichen mit unserm... Wer könnte, was du berichtest, mit trocknen Augen lesen! ... Du hast mit Deinem Trostbriefe an den Freund und der Geschichte unseres Leides meinen Schmerz aufs neue erweckt und meine Untröstlichkeit vermehrt. Heile diese neuen Wunden! Mir bist Du tiefer in Freundschaft verschuldet als jenem Freunde, denn Freunde sind wir nicht nur, sondern teuerste und nächste Freunde, und Deine Tochter bin ich. ... Du Teuerster, Du weißt, und wer weiß es nicht, wie viel ich in Dir verlor und wie ein Verrat mich Deiner beraubte und meiner in einem Male. Je größer mein Schmerz ist, um so größer das Bedürfnis nach Trost, und Trost von keinem andern als von Dir, also daß Du, die einzige Ursache meines Schmerzes, auch mein einziger Trost seiest. Nur du kannst mich schmerzen und freuen, selig machen und aufheben. Und Du allein bist mir das schuldig, besonders seit ich Deinen Willen so völlig tat, daß ich, unfähig Dich zu betrüben, es hinnahm, mich selbst auf Deinen Befehl hin zu vernichten. Und mehr noch als dies, denn Liebe wandelte sich in Narrheit und schnitt sich alles Hoffen ab dessen, was allein sie suchte, als ich gehorsam folgend das Kleid wie das Herz wandelte, um Dir zu beweisen, daß Dir allein gehört dieser mein Leib und dieser mein Wille. Gott weiß es, ich suchte in Dir nichts als Dich selber, verlangte nur Dich und nicht was Dein war. Ich fragte nicht nach Heirat, nicht nach Leibgedinge;

nicht meine Lust, noch meinen Willen, sondern nur Deine Lust und Deinen Willen zu erfüllen war alle meine Mühe. Und wenn auch der Name Eheweib heiliger scheint oder mächtiger, so war doch das Wort Geliebte mir immer süßer gewesen, ja selbst, sei nicht erzürnt, das Wort Beischläferin oder Hure. Denn je niedriger ich mich vor Dir machte, um so mehr hoffte ich Deine Gunst zu erringen und um so weniger fürchtete ich, dem Ruhme Deines Ansehns zu schaden. Es war lieb von Dir, daß Du Dich dessen in Deinem Trostbriefe erinnertest, indem Du die Gründe, aber nicht alle! angabst, weshalb ich Liebe der Ehe vorzog und Freiheit der Kette ... Sag mir eines: warum hast Du mich, seit ich auf Deinen Wunsch den Schleier nahm, vergessen und mir kein Wort gegeben, auch nur in einem Briefe? Sag es mir, wenn Du kannst, oder ich will Dir sagen, was ich oft fühle und was eines jeden Meinung ist: daß nur Verlangen und nicht Freundschaft Dich zu mir getrieben hat, Lust und nicht Liebe. Und daß, als das Verlangen schwand, auch alles andere mit dahinging. Das ist nicht so sehr meine Meinung, als die der andern alle. Ich wollte, es wäre nur die meine und daß Deine Liebe Verteidiger fände, die meine Schmerzen verscheuchten. Ich wollte, daß ich eine Ursach fände, Dich zu entschuldigen und damit auch meine Wohlfeilheit verdeckte. Hör, ich bitte Dich, um was ich Dich bitte, es ist wenig und für Dich ein gar Geringes. Da ich Deinen Anblick nicht habe, gib mir Worte, von denen Du so viele besitzest, und schenk mir damit, daß ich davon Dein süßes Bildnis habe. Vergeblich erwartete ich

Dich gütig in Taten, wenn ich Dich als einen Geizhals in Worten fände. Wahrhaftig, ich dachte, ich hätte mehr um Dich verdient, wo ich doch alles um Deinetwillen tat und um Dir zu gehorchen, und immer noch gehorche. Fast noch ein Kind, tat ich Gelöbnis als Nonne, nicht aus Frömmigkeit, sondern auf Dein Geheiß. Wenn ich nichts von Dir verdiene, wie vergebens ist mein Tun! Ich kann von Gott keinen Lohn erwarten, da ich ja nichts aus Liebe zu ihm tat. Deinem Ruf zu Gott folgte ich oder ging ihm voraus. Denn, Du erinnerst Dich, wie Lots Weib sich wandte, Du übergabst mich gebunden Gott, und dann erst folgtest Du. Du trautest mir nicht, ich wurde rot darüber und traurig in meinem Herzen. Aber Gott weiß, ich wäre Dir in das Feuer der Hölle gefolgt. Denn mein Herz ist nicht bei mir, sondern bei Dir, und jetzt mehr als je, denn wenn es nicht bei Dir ist, dann ist es nirgendwo, denn es kann ohne Dich nicht sein. Und daß mein Herz es bei Dir gut habe, danach sieh zu, ich bitte Dich. Und es wird es gut bei Dir haben, wenn es Dich lieb findet, Gnade für Gnade schenkend — ein bißchen für viel. Ich wollte, Geliebter, Du wärest meiner Liebe weniger sicher, dann wärest Du bekümmerter um mich. Aber ich machte Dich so sicher, daß Du mich vernachlässigst. Erinnre Dich, was ich tat für Dich. Weil ich mich fleischlicher Lust mit Dir erfreute, sind viele unsicher, ob ich liebte oder Lust wollte. Nun macht das Ende den Anfang deutlich. Ich habe mich abgetrennt von aller Freude, um Deinem Willen zu gehorchen. Ich habe nichts behalten als dies, mehr als je Dein zu sein. So wenig bitt ich Dich,

und es ist so leicht für Dich. Im Namen Gottes, dem Du Dich weihtest, gib mir das von Dir, was Dir zu geben möglich ist, den Trost eines Briefes. Er wird mich erfrischen, und ich will, das versprech ich Dir, Gott freudiger dienen. Als Du mich ehmals zu Freuden riefest, da suchtest Du mich mit vielen Briefen und versäumtest nie, durch Deine Lieder Heloise auf alle Lippen zu bringen. Wie besser nun, daß Du mich mit einem Briefe zu Gott reizest als zur Lust! Bedenk, was Du mir schuldest, beachte, was ich Dich bitte. Und einen langen Brief will ich kurz schließen: leb wohl, Einziger!"
Abälards Antwort, begreifliche Antwort, wehrt abwehrend die Hände. Heloisens zweiter Brief schreit auf: „Statt mich zu trösten, mehrst Du meine Verzweiflung, und treibst Tränen hervor, statt alte zu trocknen... Ich bin gepeinigt von Leidenschaft und dem Feuer des Gedenkens. Sie nennen mich hier keusch, weil sie mich nicht für eine Heuchlerin kennen. Sie halten Reinheit des Fleisches für eine Tugend, — die doch nur der Seele, nicht des Leibes ist. Die Menschen loben mich, nicht Gott, der mein Herz kennt. Man nennt mich fromm in einer Zeit, wo alle Frömmigkeit Heuchelei ist..." Abälards Antwort darauf sagt in der Überschrift alles: „An die Braut Christi, Christi Diener." Und Heloise resigniert. Sie macht ihr Herz stumm.

# *CATERINA VON SIENA*

JEDES Kind der kaum verändert mittelalterlichen Stadt weist dem Fremden Weg und Stiege zur kleinen Behausung der Santa Donna, erzählt unterwegs wohl auch die Legende, wie der Teufel, der die fromme Nonne versuchen wollte, von ihr abgeschlagen wurde und samt seinem Topf voll richtigem Höllenfeuer die Flucht ergreifen mußte vor so viel Heiligkeit. Der Heutige sieht sich in diesen dürftig-kahlen Räumen, eng wie Zellen, um, erblickt das vielleicht ein Jahrhundert nach ihrem Tode hereingeschaffte mit Nägeln gespickte Lager, und nur das Erbarmen mit einer Kranken, wie er meint, läßt ihn das Lächeln unterdrücken über Menschen einer Zeit, die als heilig erkannten, wofür er, ein aufgeklärtes Kind des zwanzigsten Jahrhunderts, so einfache Deutungen hat, daß sie jedem Assistenzarzt eines Spitales geläufig sind.
Aber das Leben der heiligen Caterina war nicht umschlossen und ist nicht beschrieben mit der Askese, die sich selber genügt und ein Ziel schon ist, wo sie ja nichts als ein Mittel bedeutet und nicht nur eines zu kontemplativem Leben oder mystischer Versunkenheit in Gott. Wäre diese Sienesische Nonne um nichts weiter besorgt gewesen als darum, die eigene Seele zu retten, sie wäre auf-

gegangen in der großen Zahl der vergessenen Frommen, deren die heilige Legende voll ist. Ein kurzer Dornenweg durch das irdische Dasein hätte sie, erbauliches Beispiel für Nachbarn und Freunde, in das lilienbesteckte Paradies ihrer gotterfüllten Sehnsucht gebracht, wie es vielen geschah, die Furcht vor dem Leben zur Flucht aus dem Leben zwang und denen die kurze Spanne offner Augen zwischen Geburt und Tod nur eine Schrecknis bedeutete voller Versuchung. Aber derart lief das Leben der Caterina Benincasa nicht ab. Sie starrte nicht in der Klause, sondern stand auf der Zinne; sie wartete nicht im Dunkel, sondern wirkte im Licht. Sie ließ nicht ein kleines Leben ersterben, sondern opferte ein großes Herz. Was Dante und Petrarca mit der Macht ihres großen Wortes vergeblich versucht hatten, das gelang der eigensinnigen Güte der Nonne, und war das Wunder, um dessentwillen sie die große Heilige ist.

Als ob sich die Menschen mit ihrer Fruchtbarkeit gegen die Pest hätten wehren wollen, die im Jahre 1348 allein in der sienesischen Landschaft achtzigtausend Menschen hinraffte: als siebentes Kind gebar Lapa Piagenti ihrem Manne, dem Färber Jacopo Benincasa zu Pfingsten 1347 Caterina und brachte nach ihr noch siebzehn Kinder zur Welt, über welcher Welt die schwarze Faust eines Todes lag, die wie die zürnende Hand Gottes aus dem Himmel kam und auf die Knie zwang. Nichts blieb als die beleidigte Gottheit durch das Gebet um Erbarmen zu bitten. Kein persönliches Anliegen war mehr das Gebet, sondern der ganzen Christenheit Sache. Gottes Zorn traf mit diesem Strafgericht nicht den einzelnen Sünder, sondern jeden und alle. Auf der Christenheit lag Schuld und von ihr auf jedem einzelnen. Die mittlere Zeit kannte den Sündenbock nicht, der mit der Last der Sünde in die Wüste geschickt wird. Die nur Gott verbundene Freiheit des einzelnen ließ sich nicht vertreten.

Die Sechsjährige sah in einer Vision Christus, von Paul, Peter und dem Evangelisten Johannes begleitet, und der Herr hob segnend seine Hand. Das mag Legende sein, die schon das Kind auszeichnen wollte. Aber auch naturalistische Erklärungen mögen Recht haben. Doch sind sie gleichgültig. Nach Tiefe und Breite durchaus vom Religiösen bestimmte Form des Lebens der Gesamtheit hat auch im Einzelnen dieses Zeitalters kein anderes Achsensystem als eben das religiöse. Den es nicht bestimmt, der fällt aus jeder möglichen und denkbaren Welt. Das wirkte sich noch in jenen aus, die als vom Teufel besessen nach der Rettung durch den Feuertod schrien.

Das Kind entlief, der Bilder von Eremiten voll, dem Hause, um in der Wüste zu leben. Nur ein Brot nahm es mit, denn die Vögel würden ihm Nahrung bringen. Dort, wo es vor Müdigkeit umsank, glaubte es das Ende der Welt. Der Vater holte zum Abend das Kind aus der Wüste.

Mit dem erreichten zwölften Jahr sollte sich Caterina schmücken und wie eine Dame sein, denn die Eltern wollten sie verheiraten. In der Beichte beschuldigte sie sich leerer Eitelkeit, und Frater Raimondo, der sie ihr abnahm, sagte ihr, eine Blume im Haar und ein seidener Gürtel seien gar geringe

Sünden. Aber streng wies den duldsamen Priester das Kind zurecht: „Herr mein Gott! Was für einen Beichtiger hab ich mir da ausgesucht! Er sieht meine Sünden nicht!" Der andere, zu dem sie ging, war vorsichtiger und riet ihr, sich das Haar abzuschneiden und sprach von den geschickten Fallen, die der Böse lege, indem er unschuldigen Seelen das religiöse Leben gar verlockend hinstelle. Das Haar fiel. Und im Traume erschienen der kleinen Caterina die großen Gründer der mönchischen Orden, aber alle, die Unterwerfung unter die Regel und Vergessen der Welt forderten, Johann von Carmel, Benedikt, Franz von Assisi ließ sie vorübergehen, um gegen den weißgekleideten Dominikus die Arme auszustrecken, und er neigte sich ihr zu und warf lächelnd um die Schultern des Kindes den schwarzen Mantel der Mantellate, der Hospitaliterschwestern der Penitenz, die dem Predigerorden angegliedert sind. Aber es mußten ihr die Pocken zu Hilfe kommen, auf daß die Eltern, die eine weltliche Braut schmücken wollten, nachgaben ihrem Willen, eine himmlische Braut zu werden.

Die Schwestern vom dritten Orden des Dominikus, Witwen und alte Damen, weigerten sich, das junge Ding von fünfzehn Jahren aufzunehmen, von dessen Temperament sie die Störung ihres Altersfriedens befürchteten; von ihrer Schönheit drohte ja keine Gefahr, denn die hatte sie verloren und nur die melancholische morbidezza behalten, die Sodoma so gern malte. Tränen und Bitten erzwangen das Mitleid der alten Frauen und den Einlaß.

„Gott hat mich erwählt und auf die Erde gestellt,

auf daß ich einem großen Übel das Heilmittel bringe", ließ die dieser Kunst noch unkundige junge Nonne aus dem Kloster an ihre Mutter schreiben, dessen strenge Regel sie für sich noch strenger machte durch Fasten und Schweigen, um nichts als ihre Seele zu nähren und ihrer geistlichen Stimme die große Kraft zu geben.

Fünfzig Jahre zuvor hatte Dante das im Blute watende Italien seines Zeitalters, die Herberge des Schmerzes, verflucht. Nun war Petrarcas große Stimme verstummt, — und in das Erbe seines geistigen Primates trat dieses Mädchen-Kind wie eine Beauftragte Gottes, trug den Ölzweig des Friedens in eine zerrissene Christenheit, deren Oberhaupt im Exil lebte und deren weltliche Herren wie die Teufel hausten, geil und gefräßig sich an den letzten Gerichten einer sich lösenden Tafel den Bauch vollschlugen, denn an die Türen pochte schon eine neue Ordnung. Aus der Verwirrung tönte die Stimme, die gnadenbeschenkte, der Nonne in der Zelle und die Herren mit feinerem Gehör lauschten ihr respektvoll und die Knechte und Armen hörten sie mit den Herzen. Hörten das lang nicht mehr vernommene evangelische Wort von den Mühseligen und Beladenen und jenen, die um der Gerechtigkeit willen leiden. In dieser Zeit, welche man die mittlere nennt, war nur das Wort Gottes entscheidend, wie alles Wirken und Tun der Menschen im Kleinen wie im Großen gottbestimmt war und jede Macht von ihm kam. Caterina war eine Beauftragte Gottes: keiner konnte daran zweifeln. Jeder Schritt, den sie tat, bewies es, jedes Wort, das sie sprach, und schon der Blick ihres Auges.

Die um die Beute uneinigen und sich raufenden Herren von Siena beugten sich ihrem Schiedsspruch, und der wegen Hochverrates zum Tode verurteilte Peruginer Nicola Tuldo, der seine Richter und Gott verfluchte, fand bei ihr die Ruhe seines Herzens und lächelte, als er den Streich empfing, sein Haupt zwischen ihre Hände gebettet.

Urban der Fünfte, der französische Papst und gelehrte Benediktiner, verließ sein Exil und zog in Rom ein. Das Haupt der Christenheit wieder an seinem rechten Platze, schien die unselige Zeit zweier, dreier gleichzeitiger Päpste beendet und die geheiligte Ordnung wiederhergestellt. Den falschen Petrus-Akten nachgemacht lief aber schon da das Wort um, das den König von Frankreich den Papst fragen läßt: Domine, quo vadis? Antwortet der Papst: Romam. Sagt der König: Iterum crucifigi. Urban liebte die Italiener nicht. Da er noch Kardinal war, hatte ihn Innozenz VI. zu Barnabo Visconti, den Feind des Papstes, geschickt, und der Tyrann hatte ihm den päpstlichen Brief zurückgegeben und gesagt: „Schling den Brief hinunter, Abt, oder du bist des Todes." Und er tat was der Visconti verlangte. In Rom schlugen sich die adeligen Parteien die Köpfe ein und dabei auch den eines Papstes unter ihre Beile zu bekommen, machte ihnen nichts aus. Und die französischen Kardinäle hatten Heimweh nach ihren Avignoner Palästen und den ruhigen Gassen, in deren Rinnsalen nicht jeden Tag frisches Blut über gestocktes floß. Nach drei Jahren hatte der Papst genug von Rom, und denen, die ihn in Montefiascone einholten und baten, umzukehren, sagte der geistreiche Mann: „Seit willkommen, meine Kinder. Der Heilige Geist hat mich nach Rom geführt, und der Heilige Geist läßt mich um der Ehre der Kirche willen wieder aus Rom heraus.“ Als nach dem Tode des um die Weltmacht der Kirche kämpfenden und erliegenden Achten Bonifaz, es war zu Anfang des Jahrhunderts, die Macht Philipps des Schönen den päpstlichen Sitz nach Avignon verlegte, hielt man das für die beste Politik, wie sie der Augenblick verlangte. Aber nicht nur die französische Politik, sondern die Päpste selber gaben dem Exil Dauer. Sie erinnerten sich, daß die Römer fast mit allen ihren Päpsten seit Karl dem Großen außerordentlich schlecht verfahren waren und daß sie um ihr von den römischen Baronen und weltlichen Herren bedrohtes Leben zittern mußten. So vollzogen sie den Exodus, und nahmen den Fluch der Römer auf den Weg mit, der sie mit den Simonisten in dieselbe Hölle warf, mit dem Kopf voran. Es gab nichts, was man in Italien den Avignoner Päpsten im Leben wie im Tode nicht nachgesagt hätte in Verleumdungen und Schmähungen. Jeder Papst, den man in Rom gehabt hatte, war nun, und mochte er das Evangelium auf den Kopf gestellt haben, ein heiliger Mann, und jeder Avignoner Papst ein Verbrecher, ein Esel, ein Trunkenbold. Machte sich doch selbst ein Mann wie Petrarca über den sechsten Innozenz ein bißchen lustig, trotzdem er dem Freunde Benefizien und Kanonikate zu danken hatte, da er von ihm erzählte, daß er Virgil für einen Magier und ihn selber für einen Zauberer halte. Und was Petrarca in diesen letzten Jahren seines Lebens sagte, darauf hörte Italien wie auf das Evangelium. Er war dem Rienzo der große Helfer gewesen, als dieser die Volksrepublik, den Buono Stato, errichten wollte; er war der Friedensrufer im Bürgerkriege gewesen Io vo gridando pace! pace! pace! und suchte dem Kaiser oder dem Papst, der seinem geliebten Rom, das ihm den Dichterlorbeer aufs Haupt gesetzt hatte, die Herrschaft über das Abendland zu geben. Man lauschte der Stimme des Sterbenden, aber sie weckte nicht ihren eigenen rein klingenden Widerhall, sondern verwirrte nur noch mehr die verwirrte Situation. Petrarca sprach als Dichter, als Literatus, als Archeologe. Er lebte im antikischen Rom, wenn er vom Tiber als dem heiligen Fluß sprach und als von Barbaren von allen nicht-italischen Völkern, und daß diese Barbaren, auch die Franzosen, die mildesten unter ihnen, die Sklaven Roms seien, die sich durch eine geglückte Revolte vom Joch befreit hätten und sich alle italischen Stämme vereinen müßten, um sie wieder an die antike Kette zu legen. Diese rethorische Übertreibung des römischen Primates mußte der Christenheit gefährlich werden, denn Rom, das bedeutete ja nichts mehr sonst als den Papst. Wenn auch das Volk in der Provençe das Sprichwort hatte: Rom ist dort, wo der Papst wohnt. Was war das wirkliche Rom dieser Zeit? Siebenzehntausend über die sieben Hügel verstreut lebende Bewohner, ohne Handel, ohne Gewerbe, ohne Hafen, ohne Felder, ohne Reichtum. Erschöpft von der Pest, dem Hunger, den Straßenkämpfen der Colonna und Orsini, enttäuscht aus seinem schönen Traum erwacht, den es mit Rienzo geträumt hatte. Rom ohne Papst, — das war dann nichts als ein kleines italisches Städtchen. Rom ohne den Herrn über die Welt, das war dann nichts als Beute eines Orsini oder eines Colonna. So tat Rom nicht mit, als Florenz im Bunde mit dem Tyrannen Visconti die blutrote Fahne mit den darauf gestickten Worten Libertas entfaltete und Italien zum Kriege gegen die Kirche aufrief, deren fremde französische Legaten Rom und die Kirchenstädte bedrückten und plünderten. Tyrannen wie Stadtgemeinden, Welfen wie Gibellinen schlossen sich dem Banner an, achtzig Städte Italiens widerhallten vom Rufe: „Tod den Pfaffen! Es lebe die Freiheit!" Priester wurden gefangen, lebend begraben, in Stücke gerissen. Perugia zwang seinen Legaten zum Abzug, die Romagna, die Marken, Umbrien, Assisi, die Campagna ließ die rote Fahne flattern. Nur Rom widerstand dem Sturm, so eindringlich auch die florentinische Signoria an das römische Volk schrieb über die Gallici voratores, die ausgehungerten gefräßigen Franzosen im Lande. Gegen die Kirche und die Franzosen: da wären die Römer schon mitgegangen. Aber gegen den Papst in Rom und für den in Avignon, das hätte, so wußten sie, ihr Ende geheißen und Beute Neapels zu werden oder des reichen Florenz. Und hatte nicht eben dieses Florenz in seinem Stadtegoismus Rom im Stich gelassen, damals, zu Rienzos Zeiten? Rom wollte seinen legitimen Papst zurück haben, den blassen milden Mann, der in Avignon residierte. Und zaudert er noch länger, dann mag das große Schisma kommen und ein nach antikem Privileg durch Akklamation des römischen Volkes gewählter Papst. Rom wollte aus nichts als politischen

Gründen seine Angelegenheit so ordnen wie es sein Interesse verlangte und das war so und so mit dem Papst verbunden und mit nichts sonst. Vom nichts als religiösen Standpunkte war ja nichts zu sagen gegen die französischen Päpste, sie venerierten das Dogma wie es geschrieben stand und waren moralisch sauber, wenn auch ein bißchen einfältig in ihrer pedantischen Scholastik und zu abhängig von der Pariser Universität, mehr der simplen Glaubenspraxis zugeneigt als der Ekstase, also ein bißchen trockenen Herzens, ohne Verstand für die feineren Dinge und ohne Geschick in der Leitung der Herde durch gut abgerichtete Schäferhunde. Davon konnte man ja die Wirkung sehen im Abfall an allen Orten, im Auftauchen solcher Schwarmgeister wie der Pariser Adamiten, der dalmatischen Patariner, der halb islamitischen ungarischen Begarden, der deutschen Flagellanten, die alle Italien überschwemmten.

Aber daß der Papst in Avignon residierte und nicht mehr ihr Papst und ihre Stadtherrlichkeit war, darum ging es allein den Römern. Wie lange noch, und der ungenähte Rock Christi ist in viele Stücke zerrissen? Wie oft schon war die deutsche Christenheit den Gegenpäpsten gefolgt! Und die spanische Kirche, immer mit ihrem arabischen Kreuzzug beschäftigt, hatte sie nicht in ihrem Gegenpapst Peter von Luna, Benedikt XIII., gezeigt, wessen sie in ihrer stupiden Hartnäckigkeit fähig war? Fünf römische Päpste, Frankreich und das Reich hatten diesen Benedikt exkommuniziert, nichts mehr besaß er als einen Felsenturm an der Küste von Valencia und er exkommunizierte seinerseits fünfzehn Jahre lang alle Kirchen und Könige. Auf seinem Sterbebett ließ er seine drei spanischen Kardinäle schwören, daß sie als Konklave vereinigt ihm einen Nachfolger wählen.

Wo waren aber die Frommgläubigen, wo die Menge der Fraticelli und Spiritualen, die einst mit Franz von Assisi gegangen waren, nach seinem Worte zu leben? Die, im Jahre 1200 war es, mit dem Abt Joachino de Fiore die Morgenröte des kommenden dritten Reiches gesehen hatten, das seine Prophetie verkündet und an das die Franziskaner mit Johann von Parma geglaubt hatten und das Frater Jacopone hymnisch besang unter dem achten Bonifacius, auf dem Scheiterhaufen und in den Gefängnissen der Inquisition? Einmal schon hatten sie an die Erneuerung des Bündnisses zwischen Gott und der Menschheit, daß sie anhebe, geglaubt, damals, als man den in Lumpen gehüllten menschenscheuen Eremiten in einem phantastischen Enklave zu Perugia zum Papst wählte, als Cölestin V., und ihn, dem über seinem härenen Gewand die goldene Sutanella hing, auf einen Esel setzte und unter einer Cortege von Adel und Volk und wilderregten Einsiedlern nach Aquila zur Krönung brachte und von da nach Neapel, wo er sich ganz verschüchtert und erschreckt in einer Zelle verbarg und bald darauf, erdrückt von seiner Erhöhung, die dreifache Krone ablegte, daß das Volk von Neapel vor Wut und Schmerz aufheulte, denn gerade von diesem Einsiedler hatte es das große christliche Wunder erwartet. Das nicht eintraf, sondern die revolutionäre Auflösung. Die Abkehr von der Weltlichkeit einer Kirche, die in ihrem Oberhaupte nur bedrückte, wie es die Bischöfe taten, die Ordensgenerale, die Konzilien, die Inquisition. Diese versprengten Frommen, die ohne Kirche beten wollten, ohne Politik selig werden, ohne Kirche, ohne Liturgie und ohne Priester, diese nichts als geistige Gemeinschaft einzelner ohne irgendwelche irdische Bindung, sie hätten in dieser Zeit von Urbans Gran rifiuto vielleicht einen Gegenpapst gewählt, der ganz außerhalb der päpstlich-römischen Tradition diese für alle Zeiten gebrochen und die Kirche wie sie geworden zum Ende gebracht hätte, zum apokalyptischen Ende, nach der Prophezeiung des Joachim, daß das dritte Reich und sein Anbruch daran erkenntlich sein werde, daß die sekuläre Kirche zusamt dem römischen Pontifikate falle. Das dritte Reich: das ist jedermanns Christentum nach eigener Art, auf eigne Faust, die permanente Revolte des Dolcino von Navarra, des Segarelli von Parma, des Marsilius von Padua. Die weltlichen Tyrannen unterstützten solchen religiösen Rigorismus, der die Kirche zerstören mußte, zu deren Traditionen es gehörte, die kommunalen Parteien gegen die aufkommenden Stadttyrannen zu unterstützen. Diese konnten in der niedergemähten Saat der Kirche ernten in vollen Wagen. Barnabo Visconti hätte den Antichrist zum Papst gemacht, um der Schrecken Italiens zu bleiben und der Herr Mailands. Nicht anders der Tyrann Gambacorti von Pisa und alle andern Herrn der italischen Städte, die mit der alten Bürgerfreiheit der Gemeinden ein Ende machten.

Der elfte Gregor zauderte, von Avignon nach Rom zurückzukehren. Noch eine kleine Weile und das große Schisma wird Tatsache. In diesem äußersten Jahre 1375 hat sich Caterina, nachdem sie in Siena die Pestkranken gepflegt, nach Pisa begeben, von ihrem Beichtiger Raimondo begleitet, von Predigermönchen und einigen frommen Frauen, und wurde mit hohen Ehrungen empfangen. In der Kirche der heiligen Christine sank sie in ekstatische Agonie und wies die Wundmale an Händen und Füßen. Bei den Zisterziensern predigte sie über die Versuchungen.

Sie wies die Zeichen der Begnadung, wie viele vor ihr. Aber war sie nur die ausgezeichnete Magd des frommen Lebens? Das war notwendige Voraussetzung ihres Wirkens, dem sie die Mittel finden mußte, gewiß immer unter dem Beistand Gottes, doch auch mit den Werkzeugen eines praktischen Verstandes. Der zerfallenden Christenheit des Landes und der Völker wieder die Einheit zu geben, erinnerte Caterina — das Mittel war damals neu — an den gemeinsamen äußeren Feind, die Türken, und versuchte die Dynasten und Tyrannen unter der geistlichen Führung des Papstes für einen Kreuzzug zu begeistern. Aber schon vor hundert Jahren waren diese Kreuzzüge nicht populär in Italien gewesen, außer bei den Hafenstädten, deren Kaufleute immer gern bereit waren, ihre Frömmigkeit in einem Unternehmen wirkend sein zu lassen, das ihren Orienthandel förderte und unter den Schutz der Waffen stellte. Caterina verliert keine Zeit an dieses Mittel äußerer Politik. An den Widerständen, die es findet, erkennt sie rasch seine Untauglichkeit, läßt ihm nichts als symbolischen Wert und geht direkt auf das zu, was not tut. Sie hatte es vermocht, mit unsäglichen Mühen, daß die Lucchesen und Pisaner Ruhe und Frieden zu halten versprachen, aber „sie sind in arger Bedrängnis ihrer Gefühle, denn sie haben von Euch keinerlei Trost und jene, die Euch entgegen sind, reizen sie zum Bündnis gegen die Kirche", — so schreibt sie in ihrem ersten Briefe dem jungen Papst Gregor XI. nach seiner provencalischen Residenz, schreibt ihm ohne Scheu, weil im Namen Gottes, voll Strenge und voll Herzlichkeit, spricht ihn zärtlich an babbo mio, wie ein Kind, legt ihm die Hand aufs Herz, grollt ihm, bittet um den Segen. Ihre Briefe an die Päpste sind voll dieser zarten Symbolik, wie sie Petrarcas Jahrhundert liebte, dessen Lieblingsbuch der allegorische Roman de la Rose war, aber über dieses dem Zeitstil religiöser Rethorik Gehörende haben sie das Eigene der Schreiberin, die gar nicht gelehrt tut und ganz ohne Bibelzitate auskommt, denn ihr Weinen und Bitten braucht sich nichts bei Ezechiel auszuleihen. Von der christlichen Schafherde, dem schönen Garten der Kirche spricht sie, der so würzig ist, wenn der Gärtner nur darauf achthat, das Unkraut zu entfernen. „Verzeiht meiner Anmaßung, daß ich Euch solches schrieb und heute schreibe, aber die oberste Wahrheit gebietet es mir, so zu sprechen. Es ist Sein Wille, Vater, der Euch befiehlt."

Die Kraft dieser Nonne muß eine außerordentliche gewesen sein, daß sie ihrem Worte solche Resonanz geben konnte. Wie sie innerhalb aller politischer und persönlicher Wirrnisse unbeirrt und sicher immer den Finger an die Stelle legte, aus der allein Heilung und Entwirrung kommen könne, das ist, weil sie wahrhaft in Gott steht, im Unbedingten des nicht zu erschütternden Glaubens. Der Papst lächelte nicht, er erzitterte, wenn sie ihm schrieb und riet, die Tiara vom Haupte zu nehmen und abzudanken. Und ihm mit feinster Diplomatie bewies, warum er dies zu tun habe. Aus der Kraft ihres Glaubens hatte sie höchste Kraft ihres Verstandes. „Sie las in den Gewissen, sie kannte die Neigung und Anordnung der Geister wie andere Leute aus den Zügen des Gesichtes lesen; sie entdeckte die geheimen Gedanken eines jeden, der sie besuchte", ist das Zeugnis, das ihr Schüler Stefano Magoni von ihr ablegte. Was schrieb sie den Päpsten, was wollte sie von ihnen? Ja, auch den Kreuzzug gegen die Türken, aber das sei jetzt nicht das wichtigste. Nach Rom zurückkehren, ja, auch dieses könnte glücken. Aber das Wichtige sei, als wahrhafter Herr die päpstliche Herrschaft zu übernehmen und als ein wahrhafter Hirt mit der Reform der Kirche beginnen, mit den Kardinälen und Prälaten vor allem. Denn dieses sei die große Not und sei es, seit Gregor VII. und Petrus Damianus in wilderen Zeiten solchen Plan faßten, aber nicht ausführen konnten, aber zahllose gemeine Christgläubige — wie die Fraticelli, die Patarer, die Arnoldisten, die Joachimiten darüber sich dem päpstlichen Stuhle entfremdeten, daß sie solche Reform der Kirche von sich aus unternahmen und darüber zu Sekten wurden, nicht selten zu Schwärmern, die mit einem evangelischen Rigorismus jede Form diesseitigen Lebens unmöglich machten, im Einsiedlertum abstarben oder sich in Aufständen das Leben nahmen. „Mein Reich ist nicht von dieser

Welt", — um die Achse dieses Satzes kreiste die Kirche im ewigen Paradox ihres Widerspruches. Wie anders sollte die Kirche Herrin über die Christenheit bleiben und so das Leben Christi fortsetzen, als indem sie sich auch als politische Macht etablierte, inmitten dieses von Kämpfen zerrissenen Italien sich einen immer prekären Sitz schuf, einen feudalen Sitz, um sich gegen den römischen Feudalismus zu behaupten? Aus Rom eine Stadt-Kommune machen mußte, als die Zeit solcher politischer Gebilde da war? Ein Stück Land um den Stuhl Petri, — es zu behaupten hat grauenvolle Kämpfe gekostet, immer unter dem Banner, auf dem jene Worte vom Reiche standen, das nicht von dieser Welt ist. Die Kirche hat die Gefahren solcher Herrschaft nicht vermeiden können. Die Weltlichkeit der sichtbaren Kirche besiegte die Geistlichkeit der unsichtbaren. Sie erlag der Habgier nach Reichtum, nach Macht, nach irdischer Herrschaft. Nun waren die alten Stadtkommunen überall in Auflösung, die Stadttyrannen kamen zur Macht, gründeten ihre Herrschaft, und die großen Tyrannen waren schon die kleinen.

Inmitten solcher Umgestaltung der alten italischen Staatenwesen zu denen jenes Principe nuovo, für dessen Realpolitik der Macht Machiavelli dann die Formel aus den geschauten Beispielen gab, konnte die geistliche Unabhängigkeit der Kirche sich nur durch einen weltlichen Kirchenstaat behaupten. Ihn zu isolieren waren die Bischöfe Roms bis zu den letzten Päpsten des 15. Jahrhunderts beschäftigt, sehr geschwächt in ihrer Macht durch das Schisma und durch die Konzilien. Wie sollte sich bei solchem Zustand der Heilige Stuhl wirkungsvoll mit der Kirchenreform befassen können! Nicht jetzt und auch nicht über hundert Jahre später war er dazu imstande und erst dann, als es die Einheit der Christenheit nicht mehr gab.

Caterinas heller Verstand sah die Schwierigkeit und suchte einen mittleren Weg, das zwiefache Antlitz der Kirche zu wahren. Sie predigte durchaus nicht den sofortigen Aufbruch ins Himmelreich und jeden Verzicht auf diese Welt. Was nur als individueller Akt möglich ist, das machte sie nicht zum Gebot für eine Gesamtheit. Sie schrieb Gregor: „Als Statthalter des Christ müßt Ihr Euch in der Stadt niederlassen, die Euch als Eigen gehört. Gewiß könntet Ihr sagen, Heiliger Vater, mit gutem Gewissen bin ich gebunden, das Gut der heiligen Kirche zu bewahren und wieder zu erlangen. Ach, ich gestehe, das ist wahr. Aber es scheint mir, daß auch das viel Teurere zu bewahren ist. Der Schatz der Kirche ist das für die Seelen vergossene Blut Christi, und dieser Schatz ist nicht dafür da, zeitliche Reichtümer zu erkaufen, sondern das Heil der Menschheit. Ja, Ihr seit gebunden, den Schatz und die Herrschaft der verlorenen Städte der Kirche wieder zu gewinnen. Aber weit mehr noch seit Ihr gebunden, die Schafe der Herde wieder zu finden, die gleichfalls der Schatz der Kirche sind. Verliert sie aber diese, dann wird sie recht arm. Es ist drum besser, die Kirche verliert das Gold der zeitlichen als der ewigen Dinge. Tut als was zu tun möglich ist, und Ihr werdet vor Gott und der Welt gerechtfertigt sein. Ihr schlaget die Menschen mit dem Stabe der Güte, der

Liebe und des Friedens weit besser, als mit dem Stock des Krieges, und Ihr gewinnt Euer Gut zurück so im Irdischen wie im Geistlichen. Meine Seele hat sich ganz eingeschlossen zwischen sich und Gott, mit einem großen Durste nach Eurem Heile, der Reform der heiligen Kirche und des Wohles der ganzen Menschheit, und ich glaube nicht, daß Gott mich ein anderes Heilmittel sehen ließ als das des Friedens. Frieden! Frieden! also um der Liebe des gekreuzigten Christus willen!"

Gregor versuchte den Frieden. Aber Florenz gab sofort die kriegerische Antwort, indem es das kirchliche Bologna zum Aufstand brachte, das seinen Kardinal-Legaten davonjagte und „Tod der Kirche!" durch die Gassen schrie. Der Papst, von den französischen Kardinälen beraten, exkommunizierte Florenz, setzte Hab und Leben jeden Florentiners außer das christliche Gesetz, was jedem, der einen Florentiner traf, erlaubte, ihn zu plündern und zum Sklaven zu nehmen. In Florenz selber konnte dieser Avignoner Bannfluch die Betroffenen nicht erreichen, aber überall dort, wo die reiche Stadt Handel trieb, und das war im Osten bis ins Schwarze Meer, im Norden bis England und der Hansa. Die reichen florentinischen Kontore spürten den Schlag an ihrer empfindlichsten Stelle und schickten eine Gesandtschaft an Caterina nach Siena, daß sie zwischen der Stadt und dem Papst vermittle. Dieser hatte bereits die Florentiner, die in der Grafschaft Venasque wohnten, vertreiben lassen.

Im Mai des Jahres 1376 traf die Nonne in Florenz ein, von Niccolò Soderini beherbergt und der

CATERINA VON SIENA

2

Signoria vorgestellt. Fra Raimondo entsandte sie alsbald an den Papst mit einem Schreiben: „Wenn es Gott gefiel, seiner Braut ihre Provinzen und Freuden wegzunehmen, so war es, weil er damit seinen Willen bekunden wollte, daß er die Kirche wieder zurückkehren sehe in ihren anfänglichen Stand, arm, demütig und gütig, den Stand der geheiligten Jahrhunderte, als sie an nichts sonst dachte als die Ehre Gottes und das Heil der Seelen, an die geistlichen, nicht an die irdischen Dinge, die sie vom Schlechten zum Schlimmsten führten... Antwortet dem Heiligen Geist, der Euch ruft. Ich sage es Euch: kommt, kommt, kommt und wartet nicht die Zeit ab, denn die Zeit wartet nicht auf Euch... Laßt die Diener Gottes nicht länger warten, die nach Euch verlangen und sich grämen, und mich Armsälige, die ich zu warten nicht länger ertrage."

Kaum ist der Bote fort, schreibt sie, sie würde selber kommen und Florenz mitbringen und dem Papste zu Füßen legen, denn, so glaube sie, die göttliche Gnade habe diese argen großen Wölfe berührt und sie in Lämmer verwandelt. Aber der Papst, ganz in der Hand seiner französischen Ratgeber, dachte nicht mehr daran, das verirrte Lamm auf seine Schultern zu nehmen, wie ihm Caterina hieß. Er stellte eine Armee von Bretonen auf. Faenza brannte nieder. Andere Kirchenstädte verjagten die Legaten, — es warteten schon die reichgewordnen Handelsherren darauf, sich zu ihren Tyrannen zu machen. Florenz ernannte einen Generalkapitän der antipäpstlichen Liga. In dieser äußersten Stunde rief Caterina ihre Freunde aus Pisa und Siena zu sich und machte sich mit ihnen auf den Weg nach Avignon.

Von ihrer bescheidenen Schar Mönche und Ritter umgeben, stand die kleine Nonne vor dem thronenden Papst und dem heiligen Kollegium, und sie sprach. Raimondo war der Dolmetsch ihres toskanischen Redens. Aber nur seinen Gedanken und der Bewegtheit seines Herzens, nicht denen seiner Umgebung, gab der Papst Ausdruck, als er zu Caterina sagte: „Du siehst, ich will den Frieden. Ich lege alles in deine Hände, sei um nichts bedacht, als um die Ehre und das Wohl der heiligen Kirche."

Nun wird diese Frau, der Christus in ihren Visionen erscheint und auf ihrem ohnmachtenden Leibe seine Wundmale hinterläßt, ganz praktisches Tun. Sie verhandelt mit den Kardinälen und Herren am päpstlichen Hof, sie schreibt nach Florenz an die Kriegspartei. Die verlangte Gesandtschaft aus Florenz zaudert zu kommen. Sie meinen es nicht ehrlich mit mir und nicht mit Euch, sagt Gregor. Endlich sind diese Florentiner da, aber es sind Spitzbuben mit gebundener Marschroute, an nichts weiter interessiert, als die Angelegenheiten hinzuziehen und zu verwirren. Caterina beschwört die Leute um der großen Liebe willen, die sie für Florenz hege und um derentwillen sie gern sterben würde. Die Abgesandten aber sprechen schon ganz wie Protestanten, erklären, daß sie nichts mit ihr, sondern nur mit dem Papst zu tun hätten, und mit dem Papst schlagen sie einen so frechen Ton an, daß die Unterhandlungen abgebrochen werden. Nichts ist dem päpstlichen Hof lieber, der gar kein Interesse daran hat, daß der Papst wieder nach Rom gehe. Auch die Damen Avignons nicht, die sich über Caterinas Heiligkeit lustig machen. Quälen sie die Kardinäle mit ihren scholastischen Diskussionen, die nach dem Scheiterhaufen zielen, so tut es eine Nichte des Papstes noch drastischer, indem sie der in Ekstase bei der Kommunion versunkenen Caterina eine Nadel in die Fußsohle sticht, so daß sie blutend und schwankend die Kirche verlassen muß. Aber nichts nimmt ihr den Mut, er wächst nur mit den Hindernissen und Schwierigkeiten. Daß er furchtsam sei, sagt sie dem Papst und daß er seine nachsichtige Güte übertreibe, und der gütige, weiche und nachdenkliche Mann gab dem Zauber dieser pockennarbigen Frau nach, erkannte in ihr das, was sie wirklich in dieser Zeit ihrer Sendung war, die Herrin der Kirche. Sie nahm den Schrecken von ihm, der ihn bei den Erinnerungen an Rom gefangen hielt, und er lauschte auf ihre Stimme als der Stimme Gottes. Aber wenn er auch nicht mehr die Rückkehr nach Rom fürchtete, so den Abschied. Er verschob ihn von einem Tag auf den andern. Er hatte Angst vor der Schwermut der Stunde des Aufbruches, Angst vor dem Entschluß. „Macht einen frommen Betrug," riet die Diplomatin, „tut so, als ob Ihr bliebet und bereitet heimlich die Abfahrt vor. Aber rasch, rasch!"

Also öffneten sich am Morgen des 13. September die Tore und Gregor XI. verließ begleitet von fünfzehn Kardinälen seinen wie eine himmlische Festung hohen und weiten Palast. Auf der Rhone lag die insgeheim gerüstete wohlbewaffnete Galeere für die Fahrt nach Rom. Das Maultier, das ihn an den Fluß tragen sollte, bockte. Der Vater des Papstes warf sich weinend und schreiend vor dessen Füße, beschwor ihn, das Land nicht zu verlassen. Euer gutes Herz ist zu nachgiebig Euren Verwandten gegenüber, hatte dem weichen Manne Caterina Monate zuvor geschrieben. Die Menge stand rechts und links vom Wege und blieb stumm. Das Schiff fuhr die Rhone hinunter, kam nach Marseille, wo zwanzig italienische und französische Galeeren den Papst erwarteten, um ihn auf seiner Fahrt zu begleiten. Aber ein Sturm, der den Bischof von Luni von Deck ins Meer fegte, daß er ertrank, hinderte die Ausfahrt. Sechzehn Tage mußte man warten. Dem Papste lagen seine Hofleute im Ohr, warnten, erzählten ihm, daß sich das römische Volk, von Florenz aufgestachelt, schon zu üblem Empfang rüste. Der Papst zauderte. Schon wollte er auf dem Landwege wieder zurück nach der Provence. Aber Caterina gab ihm den gesunkenen Mut wieder. Und weiter ging die von allen schlimmen Vorbedeutungen begleitete stürmische und nicht endende Fahrt. Die Kardinäle lagen krank. Der von Narbonne mußte auf der Höhe von Pisa das Schiff verlassen und starb. Der Sturm trieb immer wieder in die ligurischen und toskanischen Häfen. In Corneto las der Papst die Weihnachtsmesse. Aber nun zu Land den Weg nach Rom zu machen, war unmöglich, denn die Bevölkerung von Civitavecchia und Viterbo revoltierte und verweigerte den Durchzug. So ging man wieder zu Schiff und lag am 14. Jänner vor Ostia, und wartete auf die Botschafter aus Rom, die den seinerzeit mit

Urban V. geschlossenen und erneuerten Vertrag bringen sollten. Gegen Abend kamen sie, und es gab bei Fackeln ein nächtliches Fest mit Tanzen und Singen. Und am andern Abend stand das römische Volk an den Ufern des Tiber und sah wie ein Gespensterschiff die apostolische Barke stromaufwärts fahren und mitten im Fluß Anker werfen. Caterina hatte den Papst gebeten, allen kriegerischen Pomp beim Einzuge in Rom zu vermeiden, — „haltet bloß ein Kreuz in den Händen!" Als er aber bei Sonnenaufgang seine Galeere verließ, um in San Paolo die Schlüssel der Stadt zu empfangen und in San Pietro einzuziehen, da war es Nacht geworden, als er sich erschöpft und mit offenen Armen über das Grab der Apostel warf, denn den ganzen Tag hatte unter weinenden, jubelnden und Blumen streuenden Frauen der Zug gedauert, den nicht das Kreuz, sondern zweitausend schwer Bewaffnete unter dem Befehle Raymund von Toulouse eröffneten. Der berittene Rat der Stadt und die Miliz umgaben den auf einem reichpanaschierten Schimmel unter einem Baldachin reitenden Papst, und Senatoren und Edelleute hielten die Quasten und Stangen.

Caterina, nicht unter den Jubelnden, glaubte ihr Werk getan und war wieder in ihre Sieneser Zelle zurückgekehrt. Aber nicht das Kreuz, sondern bewaffnete Söldner waren dem Papst vorangegangen. Cesena empörte sich gegen die in ihren Mauern einquartierten päpstlichen Bretonen und erschlug, vier Wochen waren seit dem Einzug noch nicht vergangen, dreihundert von ihnen. Der Legat ließ Söldner aus Faenza kommen, die Aufrührer zu bestrafen. Viertausend von ihnen wurden in den Gassen und Häusern Cesenas erdrosselt und erschlagen. Achttausend flüchteten. Florenz appellierte an die christlichen Fürsten, und die römischen Barone, für die der Vertrag mit dem Papst nichts als ein Papier bedeutete, konspirierten. Der Papst floh nach Anagni, der Stadt so schlechten Gedenkens für die Päpste, denn hier war der achte Bonifaz unter den Steinwürfen des Volkes zusammengebrochen. Aber noch einmal wandte sich das Geschick günstig für Gregor und er konnte nach Rom zurück. Wenig genug ließ ihm das neue Friedensinstrument, das er unterzeichnete, aber auch dieses Wenige war den andern Städten, Florenz vor allem, noch zu viel, und unter dem Banner von Florenz standen alle rebellischen Städte, die das Kirchengut nicht herausgeben, die kirchlichen Gerichte nicht wiederherstellen wollten und an der Liga festhielten.

Florenz hat später durch die Päpste, die es aus seinen Familien stellte, Rom erobert und groß gemacht. Jetzt aber, sechzig Jahre nach Dantes Commedia, deren gibellinischer Haß noch nachwirkte, fühlte sich das reiche Florenz, das dem Lande die Sprache gegeben, als die Hauptstadt und die Herrin Italiens so sehr, daß es das seit siebzehn Monaten lastende Interdikt des Papstes aufhob, das die Kirchen geschlossen hatte, es für Null erklärte und die Kirchen wieder öffnete. Florenz konnte, so mächtig fühlte es sich, ein Schisma wagen.

Gregor wandte sich an die Nonne, und sie machte sich nach Florenz auf. Sie fand die Kirchen offen, aber leer. Denn kein Priester spendete die Sakramente, und die gläubige Gemeinde bildete seltsame Laienbrüderschaften, die sich geißelnd und laudes singend durch die Gassen zogen. Die gibellinische Signoria begünstigte diese religiöse Anarchie, die ohne Klerus und Liturgie sich austobte, wie es jedem gefiel und jeder es mit seinem Gewissen abmachte. Caterina erkannte die Gefahr des Interdiktes für den religiösen Frieden: ihn hatte der Papst zu geben, indem er das Interdikt aufhob: zwei Briefe, ihre letzten, schrieb sie darüber an Gregor, beschwor ihn, Mitleid zu haben. Was den politischen Frieden betraf, da mußte Florenz beginnen. Ihre Gegenwart gab den kleinen Handwerkern und Altbürgern das Vertrauen wieder, und damit gewannen die Stadtkapitäne der welfischen Partei die Oberhand in den Staatsangelegenheiten. Während der paar Wochen, die sie die Herren waren, taten sie, wie das immer so ist, alles, den Frieden zu verhindern. Denn zunächst lag ihnen an der Rache. Sie sperrten ein, sie verurteilten, sie verbannten. Aber die Geldmacht der Neubürger war damit nicht zu brechen. Was man das Volk nennt, ist immer die Beute einer Demagogie, wenn diese nur über Geld verfügt. Der Gonfalionere der Justiz war ein Silvester Medici, der Gründer des Reichtums dieses Hauses. Die Kosten des Aufstandes waren rasch berechnet, und alsbald brannten alle Häuser der Welfen, nachdem man sie geplündert hatte und ihre Insassen massakriert. Die Menge drang in Caterinas Haus. Freunde hatten sie in einen Nachbargarten gebracht. Da kniete sie und wartete auf den Todesstreich. „Da bin ich," sagte sie, „nehmt mich und tötet mich. Aber ich befehle euch im Namen Gottes, schont die mit mir sind." Keiner wagte die Hand zu heben. „Ach ich Arme," klagte sie, „die ich nicht würdig war als Blutzeugin zu sterben!" Von ihrem Tode erhoffte sie vielleicht, was ihr mit ihrem Leben nicht gelungen war.

Der König von Frankreich und der Tyrann von Mailand intervenierten. In Sarzano sollten die Gegner sich treffen und den Frieden aufsetzen. Aber kaum hatte Florenz und Rom die Unterhandlungen begonnen, da starb der Papst. Es war der 27. März des Jahres 1378, und vierzehn Monate nur war er in Italien gewesen. Und jeden Tag war seine Sehnsucht nach der provencalischen Sonne gewachsen, und die ihm zur Flucht rieten, er hätte ihnen nachgegeben. Aber der Tod stand auf der Seite Caterinas. Gregor ahnte das kommende Kirchenschisma und erschauerte. Auf dem Sterbebett diktierte er eine Bulle, die den Zusammentritt des Konklaves erleichtern sollte. Sofort sollten sich, ohne auf die Ankunft der Abwesenden zu warten, die Kardinäle in Rom oder irgend sonstwo versammeln und einen Papst wählen, auch unter den üblichen zwei Dritteln der Stimmen. Vor dem Vatikan brüllte eine bewaffnete Menge, als am 7. April das Konklave zusammentrat: Romano o Italiano io volemo! Aber französische Kardinäle bildeten die Majorität. Nur zwei römische Kardinäle hatte man: einen ganz senilen Tibaldeschi und einen viel zu jungen aus zu gefährlicher Familie: einen Orsini. Florentinische und mailändische Kardinäle hielt man für verdächtig. Man kam nicht weiter. Die Kapitäne der Stadtquartiere standen schon in der Kapelle, wo die Wahl vor sich gehen sollte. Beim zweiten Wahlgang einigten sich alle Stimmen bis auf die des Orsini auf den Erzbischof von Bari, einen gelehrten Kleriker. Orsini lief auf die Gasse und verkündete, Tibaldeschi sei gewählt. Darauf stürzte sich die Menge in den Palast, um ihren römischen Papst zu feiern. Und die erschreckten Kardinäle setzten dem uralten zitternden Tibaldeschi die Tiara auf und ihn selber auf den Thron, und liefen barhaupt, sine capis et cappellis, davon und versteckten sich. Als der ganz erschrockene päpstliche Strohmann zu sich kam, nannte er den wirklich erwählten Papst und die aufgebrachte Menge erwischte ein paar Kardinäle und brachte sie mit Gewalt ins Konklave, wo sie den Betrug bekannten. Darüber entstand dann solcher Lärm und Aufruhr, daß der erwählte Prignano einen dritten Wahlgang verlangte.

Der sich dann Urban VI. nannte, ließ eine schwere Hand auf die Kardinäle fallen, vom ersten Tage an. Verlangte, daß sie das einfache Leben der Apostel führen, keine Geschenke von Fürsten und Herren annehmen und in ihren Diözesen wohnen. Sofort machten die französischen Kardinäle Opposition und begaben sich nach Anagni, um da saubere Luft zu atmen, wie sie erklärten. Urban ging mit vier italienischen Kardinälen nach Tivoli. Da rief das heilige Kollegium die bretonischen Banden auf. Diese schlugen die Römer unter den Mauern ihrer Stadt und zogen darauf nach Anagni. Als die rebellischen Kardinäle sahen, daß sie sich auf Truppen stützen konnten, erließen sie ihr Manifest, in dem sie die Wahl Urbans, als unter dem Druck eines

Aufstandes zustande gekommen, für nichtig erklärten. Urban antwortete, daß er sich jedem Entschluß eines Konzils beugen würde. Das verwarfen die Ultramontanen und erließen eine Enzyklika, worin sie Urban befahlen, sein Amt niederzulegen, und der Christenheit, diesem Papst den Gehorsam zu weigern. Darauf beriefen sie ein Konklave, an dem auch die letzten drei italienischen Kardinäle, jeder seine Wahl erhoffend, wie man jedem versprach, teilnahmen, und auf ihm wurde der Genfer Kardinal, der Blutmann von Cesena, als Clemens VII. gewählt.

Urban kam von Tivoli nach Rom zurück. Aber der Gouverneur des Vatikan, ein französischer Parteigänger, ließ ihn nicht in den Palast. So stieg er in Santa Maria Trastevere ab, allein, ohne einen einzigen Kardinal, ohne einen Prälaten seines Haushalts: alle waren zu Clemens übergelaufen.

Was tat die fromme Wächterin in dieser dunkelsten Stunde des Heiligen Stuhles? Sie hatte den harten neuen Papst gewonnen, daß er Frieden schließe mit dem „rechten Arm der Kirche“, mit Florenz, von der er das Interdikt hob. Und hieß Urban so rasch als möglich ein heiliges Kollegium ernennen. An einem Tage machte er zwanzig neue Kardinäle, zwei Colonna darunter und zwei Orsini. Das war in der äußersten Stunde, denn schon hatte sich eine große Mehrheit für Clemens erklärt: Frankreich, Neapel, Savoyen, Schottland, Spanien. Ratlos blickte Urban auf Caterina. Und sie sandte Boten in die Klöster und Einsiedeleien der Bergwälder, daß sie ihre Frömmsten nach Rom schicken, und sprach dem neuen Konsistorium Mut zu. Urban kaufte sich für teures Geld den Kondottiere Alberigo Barbiano, und im April 1379 schlug der bei Marino die Bretonen des Clemens und belagerte Sant Angelo und eroberte es. Nackten Fußes begab sich nun Urban inmitten großen Volkes nach dem Vatikan. Während Clemens nach Avignon flüchtete. Caterina legte ihr gewichtiges Wort für Urban ein, in Frankreich, in Venedig, in Neapel, bat, daß man zu ihm stehe. Sie verbrauchte wie im Fieber, was ihr an Kräften noch geblieben war. Am 30. Jänner 1380 schrieb sie ihren letzten Brief an den harten, jähen Urban und mahnte ihn zur Klugheit. Zwei Wochen später, fast schon im Vergehen, diktierte sie ihren Abschied und ihre letzten Worte an Raimondo. Darin: „Verzeiht mir, daß ich Euch Worte der Bitterkeit schrieb. Ich tat es nicht, um Euch Bitterkeit zu verursachen, sondern weil ich im Zweifel bin und nicht weiß, was die Güte Gottes mit mir vorhat. Ich will meine Schuldigkeit getan haben."

Am 29. April dieses selben Jahres starb Caterina „mit dem Angesicht eines Engels". Sie ist dreiunddreißig Jahre alt geworden. Stefano di Maconi war von einer innern Stimme gerufen an ihr Lager geeilt und trug sie auf seinen Schultern zu Grabe.

Mit ihrem Tode schienen alle Teufel losgelassen. Urban schickte Charles de Duras über Neapel, dessen Heer er schlug. Die alte Königin Johanna ließ er mit einer Seidenschnur erdrosseln. Der Avignoner Papst schickte eine französische Armee. Urban packte, was von Resten der Hawkwoodschen Banden vorhanden, zusammen und eilte Charles damit zu Hilfe, mit dem er sich alsbald tödlich zerstreitet.

Nicht nach Rom kehrt er zurück, sondern schließt sich mit seinen Kardinälen in der Zitadelle von Nocera ein. Aber seine Kardinäle hassen ihn. Sechs von ihnen läßt er da in eine versumpfte Zisterne zu Schlangen werfen, und während ihre Hilferufe aus dem Loch um Barmherzigkeit schreien, wandelt Urban, ein Brevier in der Hand, eine Galerie auf und ab, von der aus er in die Zisterne blicken kann, geht da auf und ab, „sein Gesicht im Übermaß von Zorn glühend wie eine Fackel". Charles liegt vor Nocera: wer ihm lebend oder tot den Papst bringt, bekommt zehntausend Goldgulden. Zweimal im Tage erschien Urban an einem Fenster seiner Festung, ein Glöckchen in der einen Hand, in der andern eine Fackel, und exkommuniziert die avignonische Armee, die unten lagert und das Fort berennt. Ein Orsini verschafft den Belagerten einen Ausgang, und der Papst flieht, von abenteuernden Soldaten aller Nationen begleitet, jeder darauf aus, ihn für ein paar Gulden zu verraten. Seine durch sieben Monate in der Zisterne gefangnen Kardinäle nimmt Urban mit, an ihre Pferde gebunden. Das ist die Kirche, die, eine wilde Schar, durch das Land ans Meer rast, über Berge und durch Täler. Unterwegs tötet der Papst den Bischof von Aquileia, läßt seinen Leichnam im Staub liegen. Aber da ist endlich Trani und da sind die Genueser Galeeren, die Urban aufnehmen. Erst drei Jahre später kam er nach Rom zurück.

Dieses war der Papst, den Caterina, wenn auch anders im Ton als den Papst Gregor, „mein sehr lieber Vater" nannte. In ihrem Briefe an Raimondo, dem letzten, schreibt sie, wie das Lamm

zu ihr sprach: „Ich will dir zeigen, daß ich ein guter Meister bin, der den Töpfer macht und die Töpfe zusammenfügt und wieder zerschlägt, wie es ihm gefällt. Diese meine Gefäße weiß ich zu zerschlagen und wieder zusammenzufügen."
Caterina brauchte auch das, alle zeitlich gegebenen politischen Mittel, wie sie ihr die Menschenliebe diktierten. Denn sie wollte Gott zu den Menschen bringen, mit denen und zu denen sie weit häufiger spricht als in der mystisch-versenkten Art zu Gott. Sie hat keine Gesichte und erhält keine Zeichen und führt keine himmlischen Zwiesprachen. Sie opfert sich. Nichts als das. Aber sie opfert sich in Ekstase ihres liebenden Herzens. Ihre Briefe sind voller Vernünftigkeit, Überlegung, Einsicht. Ohne jede Spekulation. Zitiert sie aus der Schrift, ist's wie ein Kind, das aus dem Katechismus liest. Sie sucht da nicht tieferen Sinn. Sie hat ein großes staatsmännisches Talent mittelalterlicher Prägung, wo alles dieser Welt mit Gott beginnt und in Gott endet. Und niemand recht hat und recht haben will. Auch nicht nach irdischen Zeiten mißt. Denn so gemessen wäre ihrem Tun ja nur deutlicher Mißerfolg beschieden gewesen. Denn es konnte das Schisma nicht aufhalten. Aber es doch sich über Zeiten auswirkend zu Ende bringen. Was für eine reale, praktische Frau! Was für ein nicht zu beugender Wille! Und welche Würde, welche Haltung in dieser Tochter eines Färbers, die mit Königen und Päpsten spricht als einem ihr ganz natürlich Zukommenden! Großen und freien Geistes vergräbt sie sich nicht in einem Kloster als ein von Gott verschüchtertes und vom Leben erschrecktes Ge-

schöpf, sondern stellt sich und steht mitten in der Welt. Die üblichen Attribute der Heiligen erschöpfen sie nicht. Sie ist weniger und mehr.

# *ELISABETH VON ENGLAND*

ELISABETH VON ENGLAND

DIE russische Katherina sagte über die englische Elisabeth: „Jungfrau? Nein. Frau? Vielleicht. Königin und große Königin? Bestimmt." Das sagte sie aus weiblichem Korpsgeist und um ihrem vermeinten eigenen königlichen Genius ein Kompliment zu machen. Die Jungfrau sprach sie aus ihrer robusten Natur heraus der Tudor mit ihrer langen Theorie von Liebhabern oder Kavalieren ab. Und die Frau bezweifelte sie. Aber die Elisabeth war nichts sonst als eine Frau. Der ihr zugefallenen absoluten Macht entkleidet, die es ihr erlaubte, an die Spitze jeder ihrer Leidenschaften ein Beil zu heften, mit den Füßen auf den wahren Boden des Lebens gestellt, hätte sich das Zepter in einen Besen verwandelt.

Die Verwechslung von Größe mit Macht ist allgemein. Schwäche, Feigheit, auch Berechnung der Menschen läßt sie die Macht für Größe halten. Die Geschichtschreibung ist voll solcher falschen Größen und ihrer Verehrung. Man kann bezweifeln, ob es einen Stoff gibt, aus dem die Helden der Geschichte gemacht werden. Dieses Heldentum ist ein Begriff der Legende. Wer aus tausend Zufällen eine Schlacht gewonnen hat, ist ein Schlachtenlenker. Wer aus tausend Zufällen eine Schlacht verloren hat, ist nichts als ein unglücklicher General.

Nichts von alldem, was sich unter Elisabeths Herrschaft in England vollzogen hat, ist von ihr erkannt und gefördert, geschweige initiiert worden. Weder der Sieg des Protestantismus, so wichtig dem aufkommenden Großhandelsstande, der wußte, daß es dann konfisziertes reiches Klostergut geben würde. Weder die Etablierung von Englands Seemacht auf den Trümmern der spanischen Armada. Weder der größte Ruhm ihrer Zeit: das englische Theater.

Ihr Vater, der achte Heinrich Tudor, war ein phalarischer Stier, dessen Blut brannte, ein Despot, den seine Leidenschaften despotisierten, und der Blaubart so vieler Frauen hatte es nicht leicht, die Scheidung in sein Leben zu bringen, denn er glaubte, kenntnisreicher Theologe der er war, an die eheliche Einung durch Gott, an das Sakrament. Sechs Jahre lang traute er sich nicht, die Scheidung von Caterina von Arragon, dieser noch ganz mittelalterlichen Frau, auszuführen. Und als er es tat, wagte weder der Kaiser noch der Papst, weder Minister noch Gesandte einen Einspruch. Bloß ein kleiner alter katholischer Bischof nahm es auf sich und damit den Tod. An dem Tage, da Heinrich das Bett der Anna Boleyn zwischen England und Rom aufstellte, war der Bruch vollzogen und es gab von nun ab eine anglikanische Kirche.

Die Tochter Isabella der Katholischen und Ferdinands von Arragon war als Kind noch mit Edward, des siebenten Heinrich Tudor Sohn, verheiratet, aber diese Ehe ist bis zum Tode des dann sechzehnjährigen Edward nie konsumiert worden. So fiel die Kindwitwe an den jüngern Bruder Heinrich, der, geistlich erzogen, Kardinal, vielleicht Papst hätte werden sollen. Als König verstand er sich auf die Theologie und gebrauchte eines Tages ihr Schwert nicht schlecht. Caterina, die Edward nie geliebt hatte, liebte Heinrich, der ein schöner, starker Mann war, Prototyp der Renaissance-Orgie, die mit ihm anhob. Zehn Wochenbetten machten die Spanierin beliebt beim familial empfindenden englischen Volk. Bei Shakespeare tritt sie auf als eine einfache Frau, eine Fadensträhne Seide um den Hals, denn sie stickt. Sie war eine Pieta der ehelichen Liebe, und es bedurfte nicht des Beilhiebes auf ihren Nacken, denn ihr Herz hatte unzählige bekommen. Sechs Jahre lebte die Geliebte des königlichen Minotaurus Heinrich unter ihren Augen.

Anna Boleyn hatte an einer Hand sechs Finger und am Halse ein Kröpfchen. Den Nachtvogel hatte man sie in Frankreich genannt, diese Frau von diabolischem Charme, die Lionardo hätte malen müssen, nicht der schweizerisch-realistische Holbein. Aspasia des neuen Zeitalters war sie, die in Leo dem Zehnten ihren Perikles hatte. Von Heinrich, dem wiehernden Hengst, bekam sie Elisabeth, und da lebte er schon mit ihrer Nachfolgerin Jane Seymour, die er vierundzwanzig Stunden nach der Enthauptung der Anna Boleyn heiratete. Elisabeth war zwei Jahre alt, als dies geschah.

Nie hat jemand sich getraut, zu dem Kinde von seiner Mutter zu sprechen oder nur ihren Namen zu nennen. Den Vater sah es fast nie. Er machte sich nichts aus dem Kinde, das für ihn ein Bastard war, einer seiner vielen. Er hatte auch zu viel mit seinen Weibern zu tun. Jane Seymour starb ein Jahr nach der Hochzeit. Er heiratete Caterina Howard und ließ sie köpfen. Er heiratete Anna von Cleve, von der er sich sechs Monate später scheiden ließ, um Caterina Parr zu heiraten. Seiner Absicht, sie köpfen zu lassen, kam sein Tod zuvor.

Das war ihr Vater gewesen: ein ungeheuerlicher Mensch, ein gelehrter und höchst kultivierter Mann, ein Musikant, ein Komponist, ein Verfasser von Schriften, ein Kenner. Und ein Fresser, ein Säufer, ein Hurer und der Mörder ihrer Mutter und anderer Frauen. Als zweijähriges Kind hatte Elisabeth nicht nur ihre Mutter, sondern auch ihren Vater verloren. Welche Jugend hat dieses Kind gelebt? Was war das charakterologisch formative Element solchen Jugendlebens gewesen? Das kränkliche Wesen, voll schlechtem, wahrscheinlich luetischem Blute vom Vater her, hat körperliche Schwäche und Krankheit ausgebildet, um daraus Schonung und Rücksicht und Unbeachtung zu gewinnen, aber auch Geduld, Besinnung, Melancholie und Enttäuschung, — lieber aus so rationalen Ursachen als aus dem andern Erlebten, das zerstörerisch hätte wirken müssen auf den jungen Verstand und auf das Gemüt. Sie war kränklich und krank aus Selbstschutz, und bildete außerordentliche nervöse Kräfte aus, um Schwäche des Körpers zu überwinden und es durchzuführen, kränker zu scheinen als sie war. Nicht so furchtbar wie es den Heutigen erscheinen muß, konnte ihr der Anblick der Schafotte ihres Vaters sein. Das Gewalttätige war zeitgemäß, zumal in der Politik im Umkreis der Krone.

Von allen den vielen Kindern Heinrichs, die meist in den ersten Lebensjahren starben, haben nur drei den Vater überlebt. Außer Elisabeth der sechste Edward, der mit siebzehn als sein Nachfolger auf dem Throne stirbt und völlig verblödet war, und Maria, von der Arragonierin, die blutige Mary, bigott bis zum Irrsinn, häßlich, angstgepeinigt, invalid ihr kurzes Leben lang, verbittert, mißtrauisch, frühgealtert, mit einer rauhen Männerstimme, kurzsichtig, klein, unfruchtbar. Das war Elisabeths Stiefschwester, und von Elisabeth selber sagt einer, daß sie mit vierzehn ausgesehen habe wie eine Frau mit vierzig.

Für die Krone, die Heinrich hinterlassen hatte, waren drei, auf die sie der Runde nach kommen mußte, am Leben. Immer interessierte der Thronfolger mehr als der Kronträger. Der Thronfolger hatte auf seiner Hut zu sein.

Als der zehnjährige Edward, der Trottel, den Thron bestieg, war Elisabeth vierzehn Jahre alt. Und starb Edward, dann kam England an Mary. Und dann an Elisabeth. Wenn nicht die Pairs gewesen wären, die noch wirkliche Pairs des Königs waren, dann wäre das Ganze nur eine Zeitrechnung gewesen, wie in den heutigen konstitutionellen Monarchien. Aber die vielen Frauen Heinrichs hatten viele Verwandtschaften geschaffen, und die Krone Englands zu gewinnen war ein Preis, um den sich's zu kämpfen lohnte mit den legitimen und fast legitimen Erben: einem idiotischen Knaben, derzeit König unter einem Protektor, der halbnärrischen Mary, einer vierzehnjährigen Elisabeth.

Für den zehnjährigen Edward regierte sein Onkel

Somerset als der Protektor, dessen Bruder Seymour sich die kleine Elisabeth zu heiraten insinuierte, die er in ihrem Schlafzimmer überfiel, zu ihr ins Bett kroch, die sich wehrte und schrie. Der Protektor brachte seinen Bruder unter das Beil. Aber er fand sich sofort mit einem andern Rivalen auf die Thronfolge konfrontiert, dem Herzog von Northumberland, dem Haupt der Familie Dudley, dem Vater des Grafen Leicester. Der war stärker, und sechs Monate nach seines Bruder Seymour Hinrichtung mußte der Protektor fliehen, aber das Beil erreichte auch ihn. Dies war Northumberlands Plan: Edward sollte die Thronansprüche Marys und Elisabeths vernichten und dafür Northumberlands Schwiegertochter, Jane Grey, die Tochter von Heinrich des Achten Nichte, zu seiner Nachfolgerin ernennen. Zwei Monate vor seinem Tode stimmte König Edward Northumberlands Plänen zu und unterzeichnete. Das war im Juli 1553. Der sterbende König, so ließ Northumberland an Mary und Elisabeth berichten, wünsche sie beide an seinem Lager zu sehen. Der Königsmacher hatte alles in den Händen, seinen Sohn zum König zu machen, nur die zwei Frauen fehlten ihm und daß sie noch lebten. Mary ging in die Falle und kam von Hundson nach London. Elisabeth aber blieb in ihrer Halbgefangenschaft zu Hatfield. So kam eine Gesandtschaft zu ihr, ihr zu melden, daß ihr Stiefbruder Edward tot und Lady Jane Grey seine Nachfolgerin sei. Die Geldsumme, die man der nun Zwanzigjährigen dafür bot, daß sie auf alle ihre Ansprüche verzichte, war bedeutend. Aber geizig wie sie war, sah sie bei jedem Gelde immer eine weit größere Summe, die das wert war, was man ihr abkaufen wollte. Aber auch für andere, klügere Erwägungen war das Mädchen in seiner Einsamkeit reif geworden. Auch wußte sie, daß es immer um ihr Leben ging. Wie die Dinge in London lagen, war ihr unbekannt. Unterschrieb sie den Verzicht, dann erklärte sie sich damit gegen Mary, die vielleicht schon Königin war. Weigerte sie sich und war Northumberland der stärkere, so nahm ihr dieser das Leben. Sie wich aus. Sie erklärte, daß es ihre Stiefschwester Mary sei, mit der zu verhandeln wäre, denn solange Mary lebe, habe sie selber keinerlei Ansprüche auf den Thron, könne also nicht auf etwas verzichten, was ihr gar nicht zukomme. Und wurde krank und legte sich zu Bett. Elisabeth hatte richtig gesetzt. Northumberlands Kopf fiel, und die blutige Mary zog in London als Königin ein, und ihr zur Seite war Elisabeth. Aber das gute Einvernehmen mit der königlichen Stiefschwester, der orthodoxen Katholikin, dauerte nur vier Wochen. Elisabeth war der machtpolitische Faktor der protestantischen englischen Majorität, — ohne diese Stütze war sie nichts. Sie kannte ihre Verpflichtung. Sie weigerte sich, an der Wiederherstellung der katholischen Messe teilzunehmen. Aber damit spannte sie den Bogen zu scharf an und die Sehne drohte zu reißen. Als sie das merkte, gab sie nach ein paar Tagen nach. Sie wäre vielleicht schlecht unterrichtet über diese Dinge und man möge ihr einen Lehrer geben. In einem Spiel, das den Einsatz des Kopfes verlangte, suchte sie diesen mit aller Klugheit zu behalten, festen Willens, ihm die Krone aufzusetzen und das Spiel zu gewinnen. Höchste Aktivität ihres Hirns entwickelte sie, wobei ihr ein kränklicher schwächlicher Leib vorzügliche Dienste tat.

Man hat Elisabeth die Lady Tartuffe der Jungfräulichkeit genannt. Gewiß war sie unfruchtbar: der faule Samen ihres Vaters, der so viele Frauen aufsuchte, die ihn gesund machen sollten, wollte sich nicht perpetuieren. Wahrscheinlich war es ihr auch versagt, sich von einem Manne normal umarmen zu lassen. Die offensichtlichen und simplen weiblichen Wirkungsmittel strahlender fraulicher Schönheit und gesundheitsstrotzender Ovarien hätten sie zur Sklavin solcher Vorzüge gemacht. Aus diesen weiblichen Defekten hatte sie als Staatsperson einen Vorteil. Aber diese Mängel zwangen sie nicht nur nicht zum Verzicht auf die weiblichen Wirkungen, sondern zu einer mit großem Geschick ausgearbeiteten Scheinhaftigkeit. Sie verstand es, die Frau zu spielen wie nur eine Frau das kann. Was man liebende und mütterliche Instinkte nennt, konnte sie nicht in diesen Dienst stellen, denn sie besaß derlei nicht in dem unzulänglichen Rahmen ihres Leibes. Aber so zu tun, das konnte sie darum nur um so besser. Und muß damit nicht geringe Wirkungen erzielt haben. In ihrer geschlechtlichen Verkrüppelung fand sie die unerschöpfliche Quelle einer Selbstsüchtigkeit, die für ihre Person und für ihre Herrschaft von Vorteil war. Sie bohrte, als Liebhaberin, nur den Fingernagel in die Frucht, aber sie aß sie nicht. Sie konnte sich das und mehr aus ihrer Stellung erlauben, die sie von Bindungen anderer Frauen befreite. Dafür banden sie eine elende Gesundheit und ein ständiges nervöses Mißbehagen, das sie an den Mädchen und Frauen ihrer Umgebung ausließ, deren Amouren sie kassierte, wenn sie ernst wurden. Sie konnte hübsche und sich dessen bewußt bedienende Frauen nicht leiden. Aber Männer liebte sie jung und hübsch, soweit sie ihren Zwecken dienten. Daß die bis in das Alter reizvolle, wenn auch kahl gewordene Stuart sich in ihrer Wirkung auf Männer nicht erschöpfte, das nahm sie ihr weit mehr übel als alle ihre Verschwörungen. Und zauderte, sich solchen persönlichen Grundes etwas schämend, jahrelang, das Todesurteil zu unterschreiben und eine Frau richten zu lassen, von der feststand, daß sie Jahre hindurch keinen andern Wunsch hatte als den Tod der Elisabeth.

Sie war zwanzig, als ihre Geschicklichkeit, sich zwischen Katholiken und Protestanten, Aristokratie und Volk, dem Papst und den europäischen Mächten zu behaupten, die Belohnung erfuhr und auf ihr Haupt die Krone Englands kam. Vielleicht sah Shakespeare die Barke, die sie mit ihren Frauen die Themse hinunter nach London brachte:

> Die Barke, drin sie saß, brannt' auf dem Wasser
> Hellstrahlend wie ein Thron; getriebnes Gold
> Des Schiffes Spiegel; Purpursegel dufteten
> Umbuhlt von liebeskranken Winden; Silber
> Die Ruder, die zum Flötenton sich regten
> Und denen die geschlagnen Fluten folgten,
> Verliebt in ihre Schläge. Nun sie selbst —
> Armsälige Schilderung! ...

Aber ein Stück zu ihrem Tode, das sie verherrlichen sollte, zu schreiben, dazu war der Dichter nicht zu bewegen. Mit dem „sie selbst“ in des Enobarbus Bericht verläßt die Erinnerung wohl die gekrönte Königin. Denn diese war nicht „das Venusbild, in dem die Phantasie Natur bemeistert“. Elisabeth war groß und ungelenk und steif. Ihr weißroter Teint verfärbte sich im Zorne grünlich. Als herrlich rühmte man immer ihre Hände, die man nur mit jenen Heinrichs III. Valois verglich, der ein Hermaphrodit war. Sie saß keinem Maler, sondern dekretierte ihr offizielles Bildnis. Mit achtundzwanzig erklärt sie, was man für Falten in ihrem Gesicht halte und für Zeichen frühen Alters seien Spuren von Pockennarben. Sie sei, wenn auch nicht mehr jung, so doch Kinder zu kriegen noch fähig, wenn auch mehr wie die heilige Elisabeth durch die alleinige Gnade Gottes. Mit einunddreißig wurde sie kahl und trug eine rote Perücke. Ihre Zähne sind, als sie fünfzig zählt, schwarz. Mit sechsundsechzig reitet sie noch im Sturm und Regen, und als man ihr wegen ihres Alters abrät, ruft sie: „Meine Jahre! Schnell, Mädchen, auf die Pferde!“ Dabei plagt sie seit zwei Jahrzehnten ein immer aufbrechendes Geschwür am Bein. Bei üblen Berichten stampft die alte Frau auf den Boden, sticht mit ihrem Schwert, das sie seit der Niederwerfung der Essex-Rebellion immer zur Hand hat, in die Tapeten. Sie war neunundsechzig alt, als sie den Essex, ihren letzten Freund, köpfen ließ. Sie liebt es, im Dunkel zu sitzen und über ihn zu weinen. Ihr rechter Arm ist gelähmt. Geschwüre am Hals eitern. Sie hält sich ihre Hände vor die kurzsichtigen Augen: sind sie noch immer schön?

Die Proportionen ihrer Launen und Kaprizen waren unmeßbar. Die Geduld und Geschicklichkeit der sie umgebenden Männer waren groß, größer noch der sie bestimmende Wille, eine erkannte Sache zu halten und zum Ziel zu führen. Auf Geld und Kostbarkeiten aus wußte man diese Passion zu nützen. Es gab immer den Schlüssel, das Schloß aufzusperren. Drake, diesen Prachtkerl, hat sie in seiner Bedeutung nicht erkannt, zumal er sich auch in keiner Weise als ein Amant vorstellen konnte. Für Elisabeth war er nur der tollkühne Pirat, an dessen Unternehmungen, die spanischen Silberflotten zu plündern, sie sich mit ein paar Schiffen der Flotte und mit Geld beteiligte. Philipp baute seine Armada aus, rüstete gegen England, und Drake drang auf eine Flotte und den zuvorkommenden Angriff. Aber Elisabeth spann immer noch ihre dünnen diplomatischen Fädchen, was sie für ihre hohe Politik und ihre großartige Begabung dafür hielt. Sie brachte aber auch zu ihrem irrtümlichen Optimismus nicht den ganzen Mut auf, sondern wechselte jeden Tag das Spiel ihrer Intrigen. Es war immer der letzte, der mit ihr sprach, der sie überzeugte, und dabei war der Kontroller ihres Haushaltes, Sir Croffts, ein spanischer Agent, und sie wußte es nicht. Zum Schutz der englischen Küste arbeitete sie beim Herannahen der Armada mit ihren Leuten und Croffts ein Schema aus, das, befolgt, den Sieg Spaniens und den Untergang Englands bedeutet hätte und das besser auch Medina Sidonia nicht hätte erfinden können. Der Herzog von Parma, Statthalter der spanischen Niederlande, der nur Aufträge aus dem Eskurial befolgte, hielt sie zum Narren, als er auf Elisabeths Friedensvorschläge einging und ihr Hoffnungen machte. Über ihre Flottendemonstration vor Vlissingen lachte er. Seinen Versicherungen, daß Spanien nicht gegen England rüste, glaubte sie, drang aber immer wieder in Drake, aufs neue loszufahren, die spanischen Silberschiffe auszurauben. Als dieser großartige Kerl dann mit wenigen und ganz ungenügend verproviantierten Schiffen in Plymouth lag, ließ ihn Elisabeth nicht auslaufen, wie er wollte, sicher, daß nur der Angriff die nahende spanische Flotte zerstören könne. Sie stimmte zu, widerrief, nahm zurück, gab Befehl, zauderte, zögerte, und leistete damit Philipp die größten Dienste. Während des Kampfes stellten die englischen Schiffsführer fest, daß ihnen die Königin aus Geiz ungenießbaren Proviant und kein Pulver geliefert hatte. Der englische Sieg war ein Zufall, den der erfahrene Drake auszunützen verstand. Als aber die zersprengte Armada ihre letzten Wracks an die schottische Nordküste warf und jede Gefahr vorüber war und die spanische Seemacht für alle kommenden Jahrhunderte zugunsten der englischen abgedankt hatte, da war sich Elisabeth dieser Bedeutung nicht im mindesten bewußt, denn sie fragte nach nichts als der Beute. Verlangte von Drake ein Inventar der erbeuteten Schätze und zu wissen, warum man kein erobertes spanisches Schiff nach London herauf gebracht habe. Währenddem verreckten die verwundeten englischen Matrosen in den dumpfen Schiffskajüten. Und schon drängte sie Drake, die west-indische Goldflotte abzufangen, denn die Vernichtung der Armada habe sie abscheulich viel Geld gekostet. Kaum ist er fort, vermißt sie Essex, der ihr ausgerissen war, schickt Boten, Drake solle sofort umkehren und den Essex mitbringen. Der antwortet, er sei nicht auf seinem Schiffe — er war auf einem andern der Flotte —, er halte ihn nicht versteckt und Umkehren, das koste weitere Provision und bedeute die Landung von 20000 hungrigen Seeleuten in Plymouth. Da zog Elisabeth sofort ihren Geldbeutel zu und ihre Sehnsucht nach Essex. So viel Geld war er ihr nicht wert, zumal er auch seine Schulden an sie noch nicht bezahlt hatte. Sie bekam ihn dann vier Wochen später zurückgeschickt, als sie gehört hatte, daß er doch bei der Flotte sei und in einem wütenden Brief seine sofortige Heimkehr verlangte.

Sie war Danae, die auf den Goldregen wartet und nie genug davon bekommen kann. Es ist eine Legende, daß sie die englische Flotte geschaffen. Faktisch tat sie alles, ihr Zustandekommen zu hindern. Sie war mit Geld an allen Piraterien beteiligt, — das war ihr maritimes Interesse, nichts sonst.

Sie war, ganz ohne irgendeinen Glauben, protestantisch, denn der Protestantismus hatte sie legitim gemacht. Gott war nichts weiter als ihr politischer Kammerdiener. Daß sich während ihrer Regierung ein Volk schuf, eine Herrschaft organisierte, eine Religion stabilisierte und mit der Seemacht der Grund zum Imperium gelegt wurde, hat gar nichts mit Elisabeth zu tun und wäre auch von einer andern Figur auf dem Throne zu schaffen gewesen. Ihr Wesen ließ den sich rührenden Kräften Raum, nicht aus Einsicht in diese

Kräfte, sondern aus Schwäche, mit der man fertig wurde.

Sie war kurzen Gesichtes in jeder Deutung. Voll weiblicher Eifersucht auf Macht und Rolle. Voll Gier nach Geld. Voll Eifersucht auf die Liebe. Gab es ein Liebespaar am Hofe, sperrte sie den Mann in den Tower, oft auch die Frau samt deren Kind, und gab sie erst nach Monaten frei, gegen Zahlung eines schweren Lösegeldes. Die Gelegenheit, daß sich ihre Geliebten oder wie sonst die Männer ihres privaten Umganges zu bezeichnen sind, in eine andere Frau verliebten, war immer in ihren Maids of honor gegeben. Die Enkelinnen der ersten, die sie mit fünfundzwanzig hatte, umgaben sie als sie fast siebzig zählte. Die möglichen Liebesaffären und ihre Akteurinnen unter ihren Augen zu haben und überwachen zu können, ließ sie immer junge Mädchen zu ihren Damen wählen. Mochte Raleigh, Leicester, Essex zu einer derben Magd oder Schenkdirne gehen, daran lag ihr nichts, die solches Vergnügen nicht schenken konnte, wohl aber daran, daß diese ihre Männer liebten. Da langte sie nach dem Beil.

Sie war vierundfünfzig alt, als sie das Todesurteil der um zehn Jahre jüngern, zwölf Jahre gefangengehaltenen und gleich ihr kahlen Maria Stuart unterzeichnete und damit der Schottin ein Martyrium gab, das sie nicht verdiente. Denn Maria ließ nicht weniger leichten Herzens zum Tode gehn als Elisabeth. Aber sie war die jüngere und hatte wirklich viel geliebt, ganz Gefangene ihrer Sinne, und das weckt die Sympathien und steigert sie zu einem Gefühl, das man nur wenig zu drücken braucht, um die Tränen fließen zu machen. In ihrem letzten Briefe an den Papst verlangte Maria, daß er eine bewaffnete Revolution hervorrufe, einen Einfall in England unterstütze, um Elisabeth zu entthronen. Sie hatte römische Freunde, die mit Hilfe irgendeines hübschen Jungen, dem sie erlag, ihr das diktierten, und Elisabeth hatte für ihr Todesurteil eine Staatsräson. Gab ihr Marias Sohn, den sie von Rizio hatte, nicht Recht, als er, loyal gemacht durch das Versprechen, die englische Krone zu erben, sich nicht im geringsten um seine Mutter und ihr Schicksal kümmerte —?

Aber Jakob hatte zu warten. Wie der bestellte schottische Gesandte in London zu warten hatte in der Anticamera, so daß er durch die halboffne, wie zufällig eben offen gelassene Tür hören und sehen mußte, wie die fünfundsechzigjährige Königin zu einer fröhlichen Fiedel eine Gaillarde tanzte, einen allerdings nicht sehr lebhaften, doch aber einen Tanz. Elisabeth tat sehr überrascht und ein bißchen beschämt, wie, als sie den Gesandten zu bemerken beliebte, dieser an seiner Indiskretion, wie er glaubte, daß es eine sei, Vergnügen empfand. Das war übrigens Elisabeths letzter Tanz, ihre letzte Anstrengung, ihr letzter Schlag in Maria Stuarts, der besiegten und toten, Gesicht. Der schottische Gesandte war die Nachwelt, für die sie tanzte, die „unbesiegbare Seele", denn der Gesandte sollte dem auf den Thron ungeduldig wartenden Jakob melden, daß es lange noch nicht so weit sei. Man tanze immer noch eine Gaillarde.

MARGUERITE VALOIS

# *DIE BEIDEN FRAUEN HEINRICH DES VIERTEN*

WIE die Legende erzählt, wollte der Hussitenführer Ziska, daß man mit der Haut seines Leichnams eine Trommel bespanne, damit er verstorben noch seine Scharen gegen den Feind führe. So verfahren die Biographen, die zur Vergrößerung ihres verehrten Helden eines ganzen Zeitalters Tun und Denken in die Haut ihres Helden stopfen, der so zu einem übermenschlichen Monstrum aufschwillt und jeder andern Figur der Zeit ihren Platz wegnimmt. Solche heroische Geschichtschreibung macht, damit der eine zum Riesen werde, alle um ihn zu Zwergen. Besonders die von der Idee des Königtumes faszinierte Biographik exzelliert in solcher Verheldung eines Kronträgers, macht ihn, der vielleicht nichts ist als ein Detail in einem Basrelief, zur Monumentalfigur und die Männer seines Zeitalters zu Figuranten und Attrappen, um den Sockel gelegt.

Der König, der jedem seines Landes das Huhn im Topfe versprach, der Mann des Religionsediktes von Nantes, der seinen protestantischen Glauben abschwören mußte, um König von Frankreich zu werden und dessen gemäßigte, vorsichtige, beredte und geduldige Politik ihn nicht vor dem Dolche bewahrt hat, dieser Mann, der sich enkanaillierte, wie Napoleon von ihm sagte, ist der populäre König geblieben, weil er ein homme à femmes war, ein Verdienst, das für seine Landsleute eine hohe Tugend bedeutet. Als ob er ein Franzose wäre, schrieb der Fürst von Ligne: „Je suis vraiment faché que le grand Newton soit mort vierge à quatre-vingts ans.“

Aber so unvorsichtig war Heinrich nicht, daß er einer seiner siebentausend Geliebten das legendäre Wort ins Ohr geflüstert hätte: „Paris ist eine Messe wert.“ Er hatte ein katholisches Gewissen und machte mit der Toleranz eine protestantische Politik, die seiner Dynastie das Ende brachte.

Auch seiner Frau sagte er das nicht ins Ohr, der Marguerite Valois, die ihn zu heiraten gezwungen wurde, weil anders sie ihre Brüder vergiftet hätten. Das war das einzige, was sie der Politik zuliebe tat, aber um ihr Leben zu retten, das sie, die Wollüstigste unter den üppigen Frauen dieser Zeit, über alles liebte. Sie fand an allen Männern Gefallen, nur nicht an diesem scheuen kleinen Provinzialen, der auf Nérac König war, und von dem die Madame de Simiers sagte: „Ich sah den König von Navarra, aber ich sah nicht Seine Majestät.“ Marguerite war die erste Mondäne des Reiches in Paris und dieses lieber als navarresische Königin in der Provinz. Ihre Laune liebte das Abenteuer und ließ sich zu nichts leiten und brauchen, das über das Vergnügen der Sinne und die Übung eines den Künsten geneigten lebhaften Geistes ging. Man erschlug ihr die Liebhaber oder diese erschlugen sich um ihretwillen, es sind viele Namen, aber für die Politik ließ sie sich nie gewinnen. „Solche, eher göttliche als menschliche Schönheit, ist mehr dazu gemacht, die Männer in die Verdammnis zu führen, als ihnen das Paradies zu öffnen“, rief Don Juan d'Austria, als er Margot sah, welche die Gesellschaft der Frauen mit dem schlechtesten Ruf suchte, mit denen man sie nachts in den dunklen Gassen sah, eine Maske vor dem Gesicht, nicht um nicht erkannt zu werden, sondern um ihre zarte Haut zu schützen. In dieser Zeit der letzten Valois, die rasch gelebt hatten und die im Fieber früh alt geworden waren, hatten die Frauen den Ehrgeiz, ganz wie femmes méchantes zu sein. Sie zogen sich als Pagen an, während sich die Männer Ringe in die Ohren steckten, hohe Coiffüren trugen, sich dekolletierten und das Haar vom Leibe zupften wie die venezianischen Huren. Die kleinen Frauen gehen auf Stelzschuhen, die sie unter den Röcken verbergen, die mageren tragen bauschige Beinkleider. Die blonden lassen sich von der Sonne durch den oben offnen Hut das Haar rot brennen, und die eine dunkle Haut haben nehmen innere und äußere Mittel, um die blasse Modefarbe zu bekommen. Jede neue Erfindung der Mondänen fand im nächsten Augenblick eine Nachahmerin in der Gesellschaft, die sich allmählich aus der reichen Kaufmannschaft und Handelswelt gebildet hatte, was aber die Erfinderin gleich zu einer neuen Anstrengung veranlaßte.

Der Pariser Barrikadensturm jagte die fliegende Eskadron der Liebe über das Land hin, in die Klöster, Schlösser und kleinen Städte der Provinz. Aber die Pariserinnen kümmerten sich nicht darum, den kleinen Leuten ein Beispiel zu geben. Sie fühlten, die Zeit sei zu Ende und man müsse sich auf die Erinnerung einrichten. Jeanne de Bourdeille, eine Nichte Brantômes, schreibt auf ihrem Provinzschloß das genaue Inventar aller ihrer Kostbarkeiten auf, bereitet sich melancholische Feste, indem sie ihre Koffer umkehrt und schreibt: Geschmeide, Bänder, Kleider, Samt, Seide... Aber Frau de Launary, die neben der Reine Margot in der Mode herrschte, läßt ihre Koffer geschlossen. Wozu es den Bauern zeigen? Und stirbt mit fünfundvierzig Jahren so schön wie mit zwanzig, ohne zu klagen. Denn wozu dieses Leben, dem der Tod so nötig ist wie der Schlaf? Die Frauen dieser Zeit sterben jung, wie Blumen, die nur im Treibhaus gedeihen können und die man ins Freie gesetzt hat. Jung stirbt Frau d'Aubeterre, eine andere Nichte Brantômes. Auf den Hügeln von Périgord liegt die Sonne, aber sie scheint nur in Paris, und geschmückt wie in den schönsten Tagen sitzt die junge Frau auf ihrem Sterbebett. Sie verlangt nach dem Spiegel und sieht sich darin so schön wie früher und keine Spur ihrer Krankheit. Da sagte sie: „Ah! traistre visage à ma maladie, pour laquelle tu n'a changé!"

Heinrichs Ehe mit Marguerite wurde in Rom getrennt wegen kanonischer Fehler und von nun ab lebten die beiden Gatten in den freundlichsten Beziehungen zueinander und begannen sich zu schätzen. Ihre ehelichen Rechte an Heinrichs Geliebte Gabrielle d' Estrées abzutreten, à cette tant décriée bagasse, das widerstrebte ihr, aber Gabrielle starb früh und rechtzeitig und vor der neuen Gattin, der Nichte des Großherzogs von Toskana,

MARIE MEDICI UND HEINRICH IV.

gab sie, die mediceisches Blut hatte, nach. Heinrich war gerührt und schickte einen seiner Edelleute, daß er der früheren Königin seinen Dank überbringe und hielt was er ihr versprach und mehr als das. Mit einer zärtlichen Sorgfalt regelte er die etwas schwierige Situation der Abgedankten, erlaubte ihr, daß sie ihr Exil in der Auvergne verlasse und bei Hof erscheine. Aber Margot war nicht weniger delikat und kam erst sechs Jahre später nach Paris. Heinrich schickte ihr einen Edelmann entgegen, der Marguerite aus früherer Zeit mehr als bekannt war. Wahrscheinlich hatte der Gatte das längst vergessen. Man unterhielt sich einige Stunden lang und Heinrich bat, daß sie ihrer Gesundheit wegen nicht mehr die Nacht zum Tage und den Tag zur Nacht mache. Was sie versprach. Aber nicht, etwas sparsamer zu sein in ihren Ausgaben. Ihren Sohn, den Dauphin und künftigen Louis XIII. wünschte sie zu sehen, und der verschreckte Junge kam und begrüßte sie als seine „Mama-fille", — diese Bezeichnung war eine Erfindung der Marie Medici. Sprach Heinrich von seiner ersten Frau, so sagte er „meine Schwester". Die Dichter, die Musiker, die Schöngeister waren glücklich über Marguerites Anwesenheit. Sie hielt wahrhaft Hof. Ihr Name war im Munde und Herzen aller, schreibt ein Zeitgenosse. Da wurde ihr ein junger Geliebter von einem andern jungen Mann aus Eifersucht erschossen. Margot tat den Schwur, nicht früher zu essen, bevor nicht Gerechtigkeit geschehen, nun ganz Schwester Karl des Neunten und dritten Heinrich. Der Verurteilte schritt fröhlich zum Tode. Und von einem Fenster ihres Hôtels de Sens schaute die alte galante Dame Brantômes der Exekution zu. Aber sie war besser als sie glaubte. Es graute ihr vor ihrer Rache und sie fiel in Ohnmacht. In derselben Nacht noch verließ sie ihr Palais und betrat es nie mehr wieder. Sie wurde fromm. Heinrich versuchte sie weltlich zu trösten. Er ließ ihr sagen, es gäbe an seinem Hofe eben so tapfere und galante Ritter wie den getöteten Saint-Julien, mindestens ein Dutzend. Aber die alte Margot blieb bei der Frömmigkeit. Nur die Pamphletisten sagen ihr noch ein paar Liebhaber nach. Und der Mönch, der mit ihrer Leichenrede betraut war, trat als Abgesandter der Musen auf, die ihn beauftragt hätten, auf dieses Grab die Lilien der Reinheit und die Rosen der Tugend zu legen und alles dies mit dem Lorbeer und den Palmen zu überschatten.

Währenddem ließ sich Marie, die zweite Gattin und Witwe Heinrichs, von Rubens malen, und der ein Liebhaber vielen Fleisches war hatte Mühe, mit den ungeheuren Fettmassen der Königin so weit fertig zu werden, daß sich das Ganze noch einigermaßen schön präsentiere. Aber man hatte bei ihm ja auch kein Porträt, sondern eine Apotheose bestellt und so kam es ihm nicht darauf an, der Nachwelt ein so irrtümliches Bildwerk zu hinterlassen. „Sie hat keinen Schimmer von der Malerei", schreibt er. Das wahrhafte Porträt dieser jedes Maß überschreitenden Dummheit, Bösartigkeit und Eitelkeit hat Guillaume Dupré in dem Profil seiner Medaille gegeben. Sie hätte trotz ihrer Eifersucht und ihrer Borniertheit, schreibt Saint-Simon, die glücklichste Frau Europas sein können, wenn

MARIE MEDICI

sie sich nicht nur ihrer Laune und dem Geschwätz ihres Dienstpersonals überlassen hätte. Der vierte Heinrich war kein guter Ehemann, aber Marie war die Frau der Szenen. Das ging bis zu Ohrfeigen, wie Sully, der Minister, Zeuge sein mußte. Nicht einmal die Witwenschaft brachte etwas Ruhe über sie. Sie ohrfeigte in der Erinnerung noch den Toten.

Vous êtes entière, sagte Heinrich zu ihr, pour ne pas dire têtue. Er wollte sie in die Staatsgeschäfte einführen. Aber sie begann dabei, völlig ohne Verstand und Verständnis, ihre privaten Affären, ihre Schlafzimmerangelegenheiten zu erledigen. „Ein wenig sympathischer Charakter" melden die venezianischen Gesandten nach Hause.

*MARIA MANCINI*

ALS die französischen und spanischen Armeen vor Casal in Italien loszuschlagen einander gegenüberstanden, da sprengte aus der spanischen Front ein junger Kapitän, hatte dem päpstlichen Legaten das Kreuz entrissen, das er nun in der einen Hand hielt und in der andern seinen Hut, den er schwenkte und schrie: „Den Frieden! Den Frieden!" Die Franzosen wollten ihn nicht hören. Schüsse fielen. Aber was er den Spaniern an Bedingungen entrissen hatte, war gut, und der Friede kam zustande. Durch den geschwenkten Hut. In diesem Jahr 1631 war der Kapitän Giulio Mazarini neunundzwanzig Jahre alt. Er gefiel dem alten Richelieu, der ihn der Königin vorstellte, der spanischen Anna von Österreich, der Mutter des vierzehnten Ludwig, mit den Worten: „Madame, Sie werden ihn gern mögen." Mit vierzig war er ihr Liebhaber, aus dem geschwenkten Hute von Casal war ein Kardinalshut geworden und aus dem Kapitän der Herr Frankreichs, das er durch eine Frau regierte mit einer von Charme und Finesse temperierten Gewalt. Er starb mit neunundfünfzig zur rechten Zeit in den Armen seiner Mutter, der Fortuna, um nichts als dies bekümmert, daß er alle diese aufgehäuften Schätze seiner Bücher, Statuen und Bilder, Paläste und Parke verlassen müsse, — „alles das nicht mehr sehen, was mich so viel Geld gekostet hat, so viel Geld!“ Von allen seinen Passionen hatte ihn nur der Geiz nicht verlassen, diesen alten immer noch schönen Mann. Und nicht der Stern seines Glückes. Er starb, als sich der vierzehnte Ludwig nicht mehr von ihm an der Hand führen lassen wollte und darauf verzichtete, nur in Balletten den Sonnenkönig nec pluribus impar darzustellen und in keinen andern Herzen zu herrschen, als in denen der Hoffräuleins seiner Regentin-Mutter. Man weiß, daß die Söhne für die Liebhaber ihrer Mutter nicht freundliche Gefühle hegen.

Ich will von dem Heptarchat seiner sieben Nichten und einer besonders erzählen, die sich der Onkel und Kardinal in drei Schüben aus Italien nach Paris kommen ließ, aus Familiengefühl dieses Mannes gänzlich unbekannter Herkunft, der sich aber als Ahne fühlte, also einen dynastischen Genius hatte; und aus Hausmacht-Politik; und um das Erbe besorgt. Es ist also nicht der Ort hier, den Mann der historischen Pose zu zeigen, den Mazarin des pyrenäischen und westfälischen Friedens und der Fasaneninsel und den Pazifikator Frankreichs, der vor seinen Feinden bis hinter die eigene Front flüchtete, aber der zurückkam. Nicht also diesen Mann der Geschichte, mit dem die schwere Sprache der Historie nie ganz fertig wurde, ihn bei aller Würdigung seiner Verdienste um Frankreich etwas verächtlich den Mazarin nennt, trotzdem er der größte Mann seiner Zeit war, neben dem ein Condé, der große Condé, zu einem

Musketier herabsinkt und sich ein Kardinal Retz nur durch sein schriftstellerisches Talent behauptet, Retz, sein einziger Feind, der glücklich ist in einem Milieu der Kabalen, die er genießt, um kein anderes Ziel bekümmert, als sie zu beschreiben und darum vor Mazarins gutem Verstande und kalter Geduld versagte. Mazarin gab dem Kardinal Retz nie das unterste Schauspiel seines Ekels und seines Zornes, sondern schlürfte lächelnd jede Beleidigung, als ob es guter Wein wäre. Und doch verweigert die Geschichte diesem Mazarin, der fast ein Mediceer war, die Größe. Was aber ist das, die Größe? Nicht die Fähigkeiten und deren richtiger Gebrauch bestimmen sie, und nicht deren Erfolg. Vielleicht aber eine imponierende Art des Seins, sei es in der Tugend, sei es im Laster. Und diese mystische Qualität besaß Mazarin nicht. Menschen gehen unbemerkt durchs Leben und würden groß sein, käme ihnen die geschichtliche Gelegenheit. Und andere haben diese Gelegenheit und sind doch nie groß, auch wenn sie einen Stern haben wie dieser italienische Kapitän unbekannter Herkunft, dieser typische Italiener seiner Zeit im Schlechten wie im Guten. Er war hübsch, war klug und besaß eine verborgene Tiefe. Aber er war auch von liebenswürdiger Verdorbenheit, Falschheit und einer ewig gekrümmten Höflichkeit des Händeküssens. Er meinte: „Wenn man der Herr ist, verbeugt man sich nie zu tief.“ Er war ein Abenteurer und hat sicher einmal mit gefälschten Würfeln gespielt und mit gezinkten Karten. Ganz nah kommt er dem Entremetteur, wenn er seine Nichten kommen läßt, um aus ihnen Instrumente seiner Herrschaft zu machen. Und wenn er später sich der Heirat seiner Nichte Maria mit Ludwig XIV. widersetzt, so tut er das in Briefen, geschrieben, um die Geschichte zu fälschen, denn nicht um die Ehre des Königs ist er besorgt und nicht um das Wohl des Staates, sondern er hat Angst, daß ihm die Nichte, indem sie ihm den König nimmt, auch die Macht entreißt. Ein Abenteurer, ein Entremetteur, ein Harlekin, ob er die Kapitänssporen trägt oder die violetten Strümpfe des römischen Monsignore oder den Purpur des Kardinals. Und er war Sicisbeo, Freund, Geliebter und Mann der Königin-Regentin, der Cavaliere servente, weibisch, seine Hände pflegend, seinen Bart kräuselnd und parfümiert wie die Gärten der Armida. Er kam aus dem Lande der Masken und trug eine seidene. Richelieu, der ihm die Leiter hielt, daß er in die Hand der Regentin steigen konnte, sagte von sich: „Ich bin von Natur furchtsam. Ich traue mich nichts zu unternehmen, bevor ich nicht viel darüber nachgedacht habe. Aber hab ich mich einmal entschieden, geh ich gerade aufs Ziel los. Ich stürze um, ich haue nieder, aber ich decke das alles mit meinem roten Kardinalsgewand." Das traf Mazarin nicht. Sein rotes Kleid verbirgt nicht den Abenteurer, den Maskenträger, den Sicisbeo. Er bleibt so auf eine reizvolle Weise menschlich. Aber das heißt nicht „groß" sein vor dem Forum der politischen Begriffe, welche die Geschichte konstituieren.

Bei der Erziehung seiner Nichten hatte der Onkel nicht gespart, und es waren köstliche Ladungen, die da in Kutschen aus Italien kamen, um alsbald in den höchsten Familien und Herzen Frankreichs untergebracht zu sein. Laura Mancini wurde Herzogin von Mercoeur, Anna-Maria Martinozzi wurde die Prinzessin Conti, Laura Martinozzi wurde Herzoginregentin von Modena, Olympia Mancini wurde Connetable Colonna, Hortensia Mancini Herzogin von Mazarin, Maria Anna Mancini Herzogin von Bouillon, ein Neffe Philipp Mancini wurde Herzog von Nevers, ein zweiter und ein dritter Neffe – aber von allen zehn Kindern zweier fleißiger Mütter und allen zehn Nichten und Neffen des versorgenden Onkels soll nur die burlesk-phantastische Lebensgeschichte der Maria Mancini erzählt werden, so schön, seltsam und gefährlich auch diese ganze Brut war, die da, aus obskuren Nestern aufgeflogen, nichts als Mancini und Martinozzi hießen, aber am Pariser Hofe lebten wie von fürstlichem Geblüt, voll Schönheit, extravagantem Geist und feinstem Geschmack den belauschten Ton angaben in den leichten Futilitäten des Tages sowohl, in Mode und Möbel und Festen, wie auch im Urteil über Bücher, Musik und Werke der Kunst; sich den Ruf schufen, aber auch die unheimliche Legende, denn als ob es das natürlichste von der Welt wäre, konnte eine dieser Nichten sagen und schreiben, daß sie ihren höchst braven Gatten meide, denn es könnte ihm einfallen, sich wegen ihrer Streiche auf Italienisch zu rächen, indem er sie vergifte. Jede von ihnen eine große Dame, durchbrach jede von ihnen in jedem Augenblicke, der einem Abenteuer günstig schien, die Schranke, und war es nicht mehr. Auch die sehr fromm gewordene Gräfin Conti, die jung starb, lockte das Abenteuer von Port Royal zur unmäßigsten Beziehung zum lieben Gotte, an den keine andere der Nichten glaubte, abergläubisch wie sie lebten inmitten von Astrologen und Wahrsagern, seltsamen Tieren und Zigeunern des Lebens. Sie liebten das Abenteuerliche um seiner selbst willen. Darum konnte sie nie ein Fehlschlag enttäuschen. Sie fingen eben etwas anderes an. Etwas noch Gewagteres. Etwas ganz und gar Verbotenes. Das allein schien ihnen das Vergnügen zu enthalten. Sie waren bar jedes moralischen Sinnes. Durchaus die Nichten ihres Onkels, der überzeugt war, daß nur die Dummköpfe das Leben mit ungefälschten Würfeln spielen. Mit dieser Weisheit hatte er ja auch im Laufe von zwanzig Jahren äußerer und innerer Kriege einen Reichtum erworben, der seinesgleichen bis auf ihn nicht hatte. Als er starb, hinterließ er, was man auf hundert Millionen schätzte, das Jahresbudget Frankreichs betrug damals insgesamt die Hälfte. Mazarin war der umfassendste Armeelieferant, den die Geschichte kennt. Er verkaufte sogar das Trinkwasser an die Soldaten in den Laufgräben. Seine honneteste Form, zu Geld zu kommen, war der Griff in die königlichen Kassen. Sein Vater soll Kammerdiener bei den Colonnas gewesen sein.

So was Ähnliches hatten die Nichten in Italien zurückgelassen, einen Vater Wahrsager, einen Vater Kammerdiener und fanden in Paris das Haus ihres Onkels mit einem militärischen und zivilen Hofstaat wie das des Königs selber, ohne auch nur eine Sekunde über solchen Wechsel zu staunen oder im Schritt zu zögern, der an Leibwachen vorbeiführte, die Offiziere aus den ersten Familien des

MARIA MANCINI

Landes kommandierten. Es war ihr Blut, das ihnen alles dies als das Selbstverständlichste und Natürlichste der Welt erscheinen ließ. Konnte Maria Mancini, als sie des jungen Königs erste Geliebte wurde, zweifeln, daß sie Königin von Frankreich werden würde?

Die Schwester Conti war eine Heilige, die Schwester Olympia Gräfin de Soissons eine Verbrecherin, Maria war, wie Saint-Simon sagt, „eine Verrückte, aber die beste der Mazarinen". Mit dem zweiten Nichtenschub, dem vom Jahre 1653, war sie in Paris eingetroffen, ein Wunder an Häßlichkeit und so zwischen dreizehn und vierzehn. Der Hals war zu lang und die Arme hörten nicht auf. Im gelblichen Gesicht ein großer flacher Mund. Die Augen hart und schwarz. Kein Anzeichen, daß daraus einmal was Besseres werden könnte und etwas wie Charme die Häßlichkeit erträglich machen. Aber mit ihrem Witz war sie ihrem Alter voraus. Madame de Lafayette sagte von diesem Geist des zotteligen halbwilden Scheusals: „Elle l'avait hardi, résolu, emporté, libertin et éloigné de toute sorte de civilité et de politesse."

Ludwig hat es später selber gesagt, daß er mit zwanzig Jahren wohl in allen ritterlichen Fertigkeiten des Leibes geschickt, aber im übrigen ein völliger Ignorant gewesen sei. Der Kardinal ließ ihn nichts lernen, und Nichtgelerntes zu erraten war der junge König zu mittelmäßigen Verstandes gewesen. Er zitterte, gab er einem hübschen Mädchen die Hand. Wurde rot und blaß. Der Schüchterne hatte von der Liebe Gefühle erwartet, die ihm daraus entgegenstürmen würden, aber die

Kammerfrau seiner Mutter äußerte nur Respekt dabei, das Gärtnermädchen lachte und die überaus erfahrene Herzogin von Châtillon hatte gelächelt, als sie den Knaben voll Ungeschick in den Schätzen ihrer Erfahrung wühlen und so ahnungslos wählen sah, um dem Gefühle etwas zu finden, das bei ihr längst schon nichts als Geschicklichkeit geworden war. Bei diesen Hirtinnen gab es nichts zu schwärmen, zu träumen, zu disputieren und zu weinen, was alles ein schüchterner junger Mensch verlangt, wenn er liebt. Als Maria Mancini den Connetable heiratete, war der, so wird behauptet, sehr erstaunt, in dem so wenig unschuldigen und in Liebessachen so erfahrenen Mädchen eine Jungfrau zu finden, — „er hatte", so schreibt die Schwester Hortensia, „es nicht für möglich gehalten, daß die Liebe des Königs keusch gewesen war". Man braucht das nicht so wörtlich zu glauben, aber daß Maria, dieses Mädchen „schwarz wie eine Backpflaume", die bezaubernden Mittel ihrer Liebe mehr dem romantisch-schwärmerischen Inventar entnommen hat als dem leiblich-sinnlichen, das wird man nicht bezweifeln können. Dieses Mädchen war zu aufgeweckten Verstandes, um nicht zu merken, daß es weit mehr die Schwärmerei war, die dieser junge Mensch suchte und liebte und die er bisher nicht kennengelernt hatte, sondern nur sein ihn etwas beschämendes sinnliches Ungeschick bei Frauen, die damit ihre erzieherische Pflicht zu erfüllen meinten und nicht mehr taten als sie konnten.

Und anderes noch wirkte, daß das junge Paar sich füreinander erlesen und miteinander verbunden fühlte. Maria haßte ihren Onkel, der, von der Häßlichkeit und Ungebärdigkeit seiner Nichte beleidigt, sie mit Auszeichnung schlecht behandelte. Und Ludwig haßte den Liebhaber seiner dummen Mutter, die für den jüngeren Philipp von Anjou, seinen Bruder, größere Liebe zeigte als für ihn. Als der zwanzigjährige Ludwig auf den Tod lag und alles schon für Philipp als den Thronerben umpackte, da war es allein Marie Mancini, die Häßliche, die sich einem wilden Schmerz hingab, was man dem Rekonvaleszenten zu erzählen nicht versäumte und was, wie die Madame Lafayette bemerkte, Maria ihm ja wohl auch in der Folge öfters erzählt haben dürfte. Man war nachsichtig gegen diese Liebe geworden, da ja doch hinter dem jungen Mann der Tod stand. Man war äußerst davon alarmiert, als der dunkle Schatten wich und das Licht wieder auf die Krone auf Ludwigs Haupt fiel; denn Maria wollte Königin werden. Weil es ihr als etwas ganz Natürliches zukomme, nicht aus der leeren Eitelkeit der Mätresse, für die der Liebhaber nur das Mittel einer großen Karriere und Sicherheit für die immer Unsichere ist. Für einen so kurzen Gedanken war Maria Mancini zu bedeutend, sowohl in ihrem Geiste wie in ihrer Leidenschaft und, das wußte sie, zu bedeutungsvoll für ihren Geliebten, den sie durch ihre stürmische Liebe zum Manne machte und davor bewahrte, aus einem glücklichen Sardanapal ein weichlicher Sultan zu werden. Wofür sie den Grund legte, das hat dann Madame de Maintenon, eine der respektabelsten Frauen der Geschichte, vollendet. Die wohl häßliche, sonst aber tapfere, stolze, geistvolle und generöse Sizilianerin hat den vierzehnten Ludwig, der alle Anlagen dazu hatte, davor bewahrt, ein fünfzehnter zu werden, indem sie ihn das Gefühl der Liebe erleben ließ, seine leere Eitelkeit in den Stolz auf große Dinge wandte und den unwissenden Menschen dazu brachte, zu sehen, zu lesen, zu lernen und sich bewußt zu werden, daß er einmal der König über dieses Land sein würde und daß dieses etwas bedeuten müsse. Zum Abschied sagte sie ihm: „Ihr liebt mich, Ihr seid König, und ich gehe." Er hat bei dieser Geliebten in den sechs Monaten mehr gelernt, als in seinem ganzen Leben bisher. Er lernte bei ihr, sich zu schämen, ohne jeden Ehrgeiz so hinzuleben und keine höheren Wünsche zu kennen, als einen neuen Ballettschritt zu lernen, ein neues Kostüm zu probieren, sich mit Buffonen zu unterhalten und im Gespräche mit Männern zu versagen und ernste Dinge nichts als langweilig zu finden. An Jahren jünger, war sie die ältere. Sie führte, er folgte. Wie sein Schatten war sie unzertrennlich von ihm, und er hatte nur Auge und Ohr für diese Geliebte, die seine Egeria geworden war, die er bewunderte, der er vertraute und der er zärtlich dankte. Sie sagte über die Schranke jedes Convenüs wegsetzend alles was sie dachte, und er bekam daraus Mut, sich etwas zu denken und zu sagen, was er sich dachte. Ihre Klugheit fragte er um Rat. Kaum mehr zu merken, so niedrig war die Staffel geworden, um die er höher und dort stand, wo die dicke Regentin-Mutter, von Mazarin besorgt und geliebt, auf dem Thron saß. Kaum einer Bewegung hätte es bedurft, kaum zu merken wäre es gewesen, hätte sie auch den andern Fuß noch hinaufgezogen, um neben dem König und vor dem Thron zu stehen. Wenn der Onkel Mazarin, die spanische Anna und die hohe Politik königlicher Ehen nicht gewesen wären, mit denen man Kriege anfing oder endete.

Es ist das ungewöhnliche Leben einer Frau zu erzählen — und jedes Frauenleben ist paradigmatisch und erzählenswert —, nicht der Staub von einem intriganten Hoftheater zu klopfen, geben die Akteure sich und ihrer Staatsaktion auch noch solche Wichtigkeit. Die achtundfünfzigjährige Anna von Österreich schreibt an Mazarin die heißesten Liebesbriefe, die der kluge und höchst geschmeichelte noch ältere Mann nicht weniger heiß beantwortet. Vielleicht ließ einige Scham den unbändigen Stolz dieser Spanierin so absurd in allen andern Dingen werden, denn Mazarin genierte sich nach einer ersten Zeit der Liebe nicht, recht ehelich grob und gleichgültig zu werden, was um so stärker traf, als er in der Öffentlichkeit von den feinsten Manieren war. Aber die sonst so indolente verliebte alternde Frau nahm es hin, obzwar sie wußte, daß nur ihre Treue den verhaßten Mann so und so oft vor der Rache der Fronde gerettet hatte. Auch er wußte, daß er nur dem Wunder dieser Liebe sein Leben verdanke. Auf diese Liebe hin glaubte er alles wagen zu können. War er doch der wirkliche Souverän Frankreichs! Durch seine geschickt verheirateten Nichten war er mit dem Hause Bourbon verwandt, mit Modena, mit Savoyen. Olympia, die dann den Savoyer geheiratet hatte, wäre beinahe Ludwigs Frau geworden, man wartete nur auf ein Zeichen von ihm, das aber nicht kam. Marias Traum war nicht so müßig. Es kam nur auf den Onkel an. Denn die Königin-Mutter würde nur seinen Willen tun.

Mazarin war ehrgeizig, aber kein Narr, der leeren Träumen nachjagte. Er dachte nicht daran, sein Geld und seine Macht zu riskieren einem nichtigen Ruhme zuliebe. Er brauchte Sicherheiten, um seine Zustimmung geben zu können. Aber die Nichte war ein phantastisches, unberechenbares Geschöpf, bar aller Schlauheit und Berechnung. Sie verteidigte ihre Liebe mit nichts als den wilden Mitteln der Liebe, kämpfte mit Krallen und Zähnen darum wie ein Tier um sein Junges. Und die spanische Anna war in der Affäre nichts sonst als Rasse und Blut und jedem Worte Mazarins unzugänglich machte sie aus dem Liebhaber einen Angestellten, dem man mit der Entlassung droht. Er präsentierte Margerete von Savoyen als künftige Gemahlin Ludwigs, die dann als Königin von Frankreich Kusine der Olympia geworden wäre. Die Regentin-Mutter war für die spanische Infantin. Aber auch dieses Eisen hatte Mazarin bereits ins Feuer gelegt, als man sich zur Begegnung mit Savoyen nach Lyon begab, denn hier weilte, ganz zufällig natürlich, der spanische Gesandte.

Ludwig und Maria ritten Seite an Seite nach Lyon. Und waren hier nicht zu trennen. Erst im äußersten Moment, als man der Savoyerin entgegenfuhr, bestieg er die Karosse seiner Mutter. Und war der willfährigste junge Mann und Sohn, der sich zu verheiraten wünschte. War Maria nicht da, war der Zauber gebrochen. Unter ihrem Wort und Blick lebte er auf.

Alle Welt erschrak über die Häßlichkeit dieser Margerete. Nur Ludwig fiel das nicht auf. Er stieg in ihren Wagen und unterhielt sie von seinen Musketieren. Sie ihn von ihren Gendarmen. Als ob sie sich schon Jahre gekannt hätten. Die savoyische Mama war entzückt, die französische Mama war konsterniert. Und sparte am gleichen Abend dieses burlesken Tages nicht mit Vorwürfen an ihren Sohn, verspottete ihn wegen der Häßlichkeit dieser Prinzessin, bat ihn, beschwor ihn, weinte und bekam nur zur Antwort, daß sie es doch so gewollt habe und daß er außerdem der Herr sei. Anna lief zu Mazarin, der vorsichtig erklärte, daß ihm das alles nichts anginge, es seien nicht seine Affären. Anna lief in ein Kloster und ließ Nonnen eine ganze Nacht beten, daß aus dieser Heirat nichts werde. Aber was sie, Mazarin und alle angerufenen Heiligen des Himmels nicht vermocht hätten, das brachte Maria Mancini zustande. Von allem unterrichtet fiel sie Ludwig, weder resigniert noch klagend, sondern nichts als eifersüchtig an, zunächst mit dem Spott: „Schämen Sie sich nicht, daß man Ihnen eine so häßliche Frau geben will? Und einen Buckel hat sie auch!“ Und dann ließ sie einen Sturm leidenschaftlicher, schamloser und frecher Worte über ihn los, — und am andern Tage hatte der die Savoyerin vergessen.

Er gab Arm in Arm mit Maria ein offenes Schauspiel seiner Passion, und die bestürzte savoyische Hofgesellschaft ließ die Kutschen wenden, um heimzufahren. Mazarin entschuldigte sich, indem er den spanischen Gesandten vorschob und den Wunsch der Regentin. Und revidierte seine Ansichten über seine Nichte. Vielleicht setzte er überrascht auch einmal die Leidenschaft einer Liebe in das politische Kalkül. Er ließ die beiden einen glücklichsten Winter erleben. Brächte er Maria auf den Thron, würde das seine Stellung nicht erschüttern; durch sie würde er den König beherrschen. Mit der Mutter würde er fertig werden. Sie würde wütend sein. Aber sie ist die Vergangenheit. Vielleicht würde sie auch versöhnt nachgeben. Er kannte seine wirkenden unfehlbaren Mittel gegen die alte Frau.

Er sprach mit der Nichte. Sie wäre so weit, erklärte sie, es käme jetzt nur noch auf seine Unterstützung an. Er sprach, etwas zweideutig vorsichtig, mit der Regentin, machte sich über die Narrheit Marias ein bißchen lustig, aber doch nicht so viel, daß die Frau nicht merkte, was er für eine Antwort erwartete. Frau von Motteville hat was Anna sagte aufgeschrieben: „Ich glaube nicht, Herr Kardinal, daß der König einer solchen Niedrigkeit fähig ist. Aber sollte es doch so sein, mache ich Sie aufmerksam, daß sich ganz Frankreich gegen Sie und gegen ihn erheben wird und daß ich mich an die Spitze der Revolte stelle mit meinem Sohn Philipp."

Mazarin rächte sich an Anna — als Gatte. Aber zog sich von Maria zurück, nicht um ihre Sache aufzugeben, sondern sie mit höchster Vorsicht zu fördern und zum Gelingen zu bringen. Aber Marias Ungeduld konnte die Chancen weder wägen noch abwarten. Mit dem politischen Onkel schien ihr die Sache verloren. Sie stellte sie also auf nichts als sich selber. Nahm es auf sich, den Kardinal mit

Spott und Witz zu vernichten, und der König fand Geschmack daran und tat mit. Mazarin zog die Stirne hoch. Er wußte, der Tag, an dem die Nichte den Thron besteigt, ist seiner Tage letzter. Er vermißte durchaus die Sicherungen, und Maria war, fortgerissen von ihrem Temperamente, nicht klug genug, ihm solche vorzutäuschen. Da blieb dem Kardinal nichts anderes übrig, als seine Ehre, das Staatswohl und den Ruhm des Königs zu entdecken. Er wurde, wie es der Memoirist Choisy formulierte, „der Held aus Verachtung für eine Krone“, und arrangierte die spanische Hochzeit.

Maria war in dieser Liebe und im Kampfe um sie, den sie gegen die Regentinmutter, den Kardinal und die andern Nichten des Kardinals führte, eine hübsche Frau geworden, wenn auch keine schöne. Denn ihre Nase war zu lang, und die etwas schief gestellten Augen und die hinaufgezogenen Mundwinkel ließen sie bizarr aussehen. Aber die Lippen waren rot und die Zähne weiß, die Haare schwarz und der ehemals braune Teint war blasser geworden. Doch von ihren Leiblichkeiten ging ja nicht die Verführung aus. Sondern von dem Dämon, der in ihr steckte. Der astrologische Vater hatte aus ihren Sternen gelesen, daß sie eine Welt zugrunde richten würde. Er hat falsch gelesen. Maria Mancini hat sich nur selbst zugrunde gerichtet, indem sie ihrem Dämon folgte.

Dieses Mädchen war toll in der Wahl ihrer Kampfmittel, aber weder die Intrige noch die Perfidie waren darunter. Sie begleitete den König in das Schlafgemach seiner Mutter, und der so respektvolle Sohn erlaubte sich Frechheiten. Anna drohte ihn nach Val-de-Grâce zu schicken, ins Kloster. Er antwortete ihr, daß sie weit eher dahin gehen könne.

Keinen Augenblick ließ Maria den Geliebten allein. Immer hörte er und horchte er auf ihre Stimme, sah den Blitz ihrer Augen, drohend, lachend, vernichtend.

Was in zwei jungen Menschen jene Illusion eines Gefühles hervorruft, das sie beglückt Liebe nennen, ist gleichgültig, da das Wesentliche ja eben diese Illusion ist und daß sie zustande komme. Auf die Motive geprüft ist Liebe ein äußerst komplexer Zustand, und es laufen diese Motive vom Banalsten bis zum Sublimen und bestehen nebeneinander in gleichem Rechte und mit gleicher Stärke. Für das, was man die wahre Liebe nennt, wird immer die Beteiligung des „Herzens" als das Wichtigste und Wertgebendste angenommen, und wo „das Herz" fehle, wird dem Gefühle so Bedeutung wie Wert abgesprochen. Aber was ist das schon, „das Herz"? Ist es wirklich eine so eindeutig bestimmbare Sache und klar ablesbar aus der Beziehung zweier Menschen? Oder ist „das Herz" nicht gerade das undeutlich gelassene Reservoir, besser die vermeint köstlichste Pumpstelle für halbe Gefühle, halbe Denkungen und Mischprodukte daraus, von denen man meint, sie seien das Superbeste, bloß weil man vermeidet, hinzusehen, aus Scham, aus Bestürzung, aus Klugheit? Man hat, um die Illusion zu behalten, ein vitales Interesse daran, auf die Quellen, welche diese Illusion speisen, keinen Blick zu werfen, der immer nur ein Einzelnes faßte, vor dem man erschrickt. Denn dieses Einzelne kann die Lust sein, der Vorteil, die Klugheit, der Stolz, die Pflicht, die Gewöhnung, die Eitelkeit, das Mißtrauen gegen sich selber, das sich durch die Hingabe eines andern aufgehoben wähnt, es kann die Angst vor dem Alleinsein sein, Furcht vor dem Leben, aber auch Haß, Vernichtungswille, Grausamkeit — und vieles noch und nie bloß dieses oder das, sondern alles das in vielfach gradierten Dosen. Man sagt, daß diese unteren Quellen wie Schleier und Masken vor einem Herzen hängen, das leer ist, und daß solche Täuschung notwendig sei, weil anders der Mensch es nicht ertrüge, mit zwanzig Jahren wahrzunehmen, daß er ein leeres, für Liebe unfähiges Herz habe. Vielleicht ist es so, denn wenn immer wir wahrnehmen, daß ein zwanzigjähriger Mensch Liebe nur kennt und übt als eine egoistische Routine, da geben wir der Zukunft eines solchen Lebens sogut wie nichts.

Die verzweifelte Königin-Mutter, der von seiner Nichte immer wieder gefoppte Onkel, der ganz in dem Kinde verfangene König, den der Minister mit der Drohung, seinen Abschied zu nehmen, vergeblich umzustimmen sucht, das um ihren Geliebten mit Leidenschaft und List kämpfende Kind, die jenseits der Pyrenäen hergerichtete spanische Braut: das politische Europa wartete in höchster Spannung auf die Peripethie dieses es aufregenden ungewöhnlichen Stückes, das in keinem geringeren als Racine seinen Dichter fand, in der Berenice.

Ludwig warf sich vor der Mutter und Mazarin auf die Knie: er könne solches Liebesleid um seinetwillen nicht ertragen und er wolle Marie heiraten. Die Mutter war gerührt. Aber der Kardinal hatte seiner Nichte schon zu arg mitgespielt mit Verbannung und Einsperren, als daß er ihre Rache nicht zu fürchten gehabt hätte: er sei der Herr seiner Nichte, erklärte er, und würde sie lieber erdolchen, als sich durch einen so großen Verrat der dynastischen Interessen zur Würde königlicher Verwandtschaft erheben.

Von diesem Kampf verliebter Leidenschaft mit der politischen Intrige gibt es ein dreifaches Zeugnis: das Racines in der sublimierenden Sprache seines Trauerspieles, das einer aufmerksamen Augen- und Ohrenzeugin in der Frau von Motteville und das der Maria Mancini selber in ihrer Apologie. In der politen Sprache des Dichters geht nichts von der Heftigkeit der Gefühle einer von ihrem Geliebten verlassenen Frau verloren:

's ist also wahr, daß Titus mich verläßt —
Trennung soll sein! Und er ist's, der's befiehlt!

wie es jambisch unserm Ohr besser klingt als in den Alexandrinern und ihrem pointierenden Reimpaar. In der Zwiesprache wirft Berenice Titus vor, daß er sie in ihrem Gefühle ermutigt habe und doch nicht daran gedacht hätte, sie zu ehelichen. Er hätte ihr besser sagen sollen:

Gib nicht ein Herz, das nicht hinnehmbar sein kann!

Und von der sich erweichenden Starre des Titus sucht sie gleich zu gewinnen:

Wenn's wahr ist, Herr, weshalb dann Trennung, sagt!

Aber schon erwacht Titus wieder zu seinem Entschluß. Und Berenice verläßt mit der Drohung, sich zu töten, das Gemach, kommt aber gleich zurück, da Titus sie ohne ein Wort gehen ließ. Sie tobt, sie wird ironisch, sie weint, sie stürzt hin, sie hat eine Nervenkrise wie man heute sagt. Und reißt Titus mit hinein, daß er mit ihr weint.

Ihr, Ihr seid der Kaiser, Herr, und weint!

läßt Racine Berenice zu Titus sagen. Nach Frau de Motteville sagte Maria Mancini in der Wirklichkeit dieser Szene: „Sie weinen, und sind der Herr!" In ihren Erinnerungen zitiert Maria, was sie dem König gesagt hat, so: „‚Sire, Sie sind König und lieben mich, und doch dulden Sie es, daß ich gehe!' Darauf antwortete er mir mit einem Schweigen, und ich zerriß ihm die Ärmelspitze, als ich ihn verließ und sagte zu ihm: ‚Ah, ich bin verlassen!'" Je suis abandonnée! — diesem Aufschrei hat Racine mit seinem „Ihr weint und seid die Majestät" nur ein schwaches Echo gegeben; hier glättete der Vers die Natur zu stark.

Es gab eine Trennung und keine. Man fand Wege zueinander, die der düpierte Onkel selber bereitete, ohne es zu ahnen. Er ging der kleinen Person in jede Falle. Sie war ihm überlegen. Und auf die erneute Drohung, sich samt seiner Nichte nach Italien zurückzubegeben, antwortete der König, er werde die Nichte heiraten und für ihn würde sich, falls er die Geschäfte aufgebe, schon ein anderer finden, der sie gern übernehme. Mazarin ist fast geneigt, nachzugeben. Sein Widerstand, mit dem er erst so stolz getan, wird schwächer. Vorsichtig zieht er sich in seine Liebe mit Anna von Österreich zurück, deren Zärtlichkeit in neue Blüte kam, als sie ihren schönen Geliebten so tapfer für die Interessen der Dynastie gegen die seiner Familie kämpfen sah. Mazarin glaubte, eine Position nicht mehr halten zu können, ohne die seine ganz zu verlieren. Er wiederholt sich: Mit der girrenden Anna würde er fertig werden. Ihre Verliebtheit würde zustimmen. Aus dem frondierenden Adel machte er sich so gut wie nichts. Denn ihn unter das Königtum zu beugen und wenn's sein mußte zu brechen war die Erfüllung des ihm von Richelieu hinterlassenen politischen Testaments, wenn er es auch mit andern, weniger gewalttätigen Mitteln als sein Vorgänger ausführte. So schrieb er an den König: „Ich habe eine solche Verehrung und einen so tiefen Respekt für Ihre Person und alles was von ihr kommt, daß ich nicht einmal den Gedanken fasse, das Geringste zu bestreiten. Im Gegenteil habe ich nicht das leiseste Bedenken, mich Ihren Gefühlen zu unterwerfen und zu erklären, daß Sie in allem Recht haben, Sire."

Es stand alles außerordentlich günstig für Maria. Man hätte Hochzeitsvorbereitungen treffen können für den Schluß des letzten Aktes dieser Komödie. Dem Schlusse bei Racine, wo Berenice aus reinem Heroismus auf Titus verzichtet, ein ganz anderes Substrat geben können. Es war die Heldin selber, die dem, was sich nun als nichts weiter als ein Convenü vollziehen und so ab- und auslaufen hätte können, eine höchst überraschende Wendung in die Natur gab, aus ihrer Natur. Denn nicht daß die in ihrem Exil so gut wie eingesperrte auf schmale Kost gesetzte Maria nichts von der

# MARIA MANCINI

Geneigtheit ihres Onkels nachzugeben wußte, und hörte, daß die spanischen Heiratsverträge geschlossen seien, nicht dieses motiviert ihren plötzlichen Entschluß, auf den König zu verzichten, wie sie Mazarin schrieb. Sondern: im äußersten Augenblicke der ihr günstigen Entscheidung merkt sie ihre Leidenschaft ausgebrannt und nur mehr die Asche beleidigten Stolzes ist übrig und daß sie mit vielen Mitteln um die Ehe mit einem Mann gekämpft hatte, der nur schwach immer wieder erlag wie ein Knabe, aber nichts tat wie ein Mann. Oder: es war diese Liebe nichts als eine Sache des Kopfes geworden, der nun der Anstrengung sich als Passion zu gebärden müde, nicht weiter will. Was wie eine unbegreifliche Laune des Herzens aussieht, ist ein sehr natürlicher Vorgang des Hirns, das sich in Monaten erschöpft hat, Herz zu spielen. Das kluge Hirn sagt: besser verzichten als den Abschied bekommen. Und das befragte Herz erklärt sich für nicht mehr interessiert.

Mazarin, der gestern noch seine Nichte eine gefährliche Närrin genannt und entsprechend behandelt hatte, gibt seiner Freude über die Wendung den höchsten Ausdruck damit, daß er, der Geizhals, seine Börse öffnet und Maria jeden gewünschten Betrag zur Verfügung stellt. Er empfiehlt ihr, zu heiraten, hat auch schon in dem Connétable Colonna einen Mann, den aber Maria mit einem andern, an den sie denke, ablehnt; und er rät ihr den Seneca zu lesen, da sie sich nun für die Moral entschieden und dieser Seneca so vortrefflich darüber geschrieben habe. Am meisten profitiert die alte kuhäugige Anna, denn der verärgerte unfreundliche von der Gicht geplagte Mazarin wird wieder zärtlicher Philemon dieser Baucis. Ludwig aber ist so beleidigt darüber, daß man ihn ausschlagen kann, daß er seine Liebe zur Infantin Marie Therese entdeckt. Überlegungen, daß es ohne Mazarin in der Politik ein bißchen schwierig werden könnte, helfen nach. Der König versteht nichts von den politischen Geschäften und der Friede ist noch nicht unterzeichnet, würde es auch kaum werden, hätte er statt der Infantin irgendeine Demoiselle Mancini geheiratet. Schon am 6. Juni 1660 wird die spanische Hochzeit gefeiert. Der Roman mit der Heldin Maria Mancini ist aus. Der Roman der Abenteurerin Maria Mancini beginnt.

„Wenn ich den Prinzen Karl von Lothringen nicht zum Gatten bekomme, gehe ich ins Kloster", schwört Maria, und dieser Karl hat wie früher der König völlig den Kopf verloren. Auf der Heimreise von der Hochzeit hatte Ludwig eine sentimentale Anwandlung, die einzige seines Lebens: er ließ seine Frau in Saintes warten, um nach Brouage zu reiten, hier die Tränen der Einsamen, Verzichtenden, Verlassenen zu trocknen. Im Schmerz, im untröstlichen, eines Opfers wollte er noch einmal die Freuden, geliebt zu werden, genießen. Er wollte eine Liebe sehen, die um ihn leidet. Aber in Fontainebleau erfuhr er, daß er schon einen Nachfolger gefunden habe. Auch ein anderer Mann als dieser, der einzig auf dem Thron und in den Herzen sein wollte, hätte diese Nachricht übel aufgenommen. Daß er sich in diese Frau mit zweifelhaften Nachfolgern teilen sollte, das erlaubte ihm sein königliches Metier nicht. Er hielt sich jetzt und künftig an den andern Teil, an das Oder von Maria Mancinis Schwur: das Kloster. Daß sie ihn trotz des Lothringers noch immer lieben könne, wenn auch in bloßer Eifersucht auf die andere, eine solche Ambianz des Gefühles ließ, so natürlich sie war, das Schema seiner Absolutität nicht zu und auch nicht jene männliche Grausamkeit, die den Tod der Geliebten aus Gram dem vorzieht, daß sie sich mit einem andern tröstet. Bei der ersten Zusammenkunft, wo Maria der Königin vorgestellt wird, kann es sich der König nicht versagen, seiner früheren Geliebten die Vorzüge seiner Frau zu rühmen.

Alle politischen Affären waren geordnet mit dem pyrenäischen Frieden, und Mazarin konnte sich ohne weitere Sorgen solcher Art in das Privatleben seiner Gefühle und Neigungen zurückziehen, ohne Furcht, daraus Opfer bringen zu müssen. Seine eben noch höchst geliebte Nichte Maria wurde unter die gespannteste Aufmerksamkeit ihrer Gouvernante gestellt, ihr Einkommen auf das geringste reduziert und ihr die Heirat mit dem Prinzen Karl verweigert, der sich rasch mit einer andern tröstete, so daß Maria zwei verlorene Liebhaber zu betrauern hatte. Die von der Laune des Kardinals abhingen, hatten nichts zu lachen. Die Gicht und die Blasensteine machten ihn noch geiziger, als er von Natur aus war. Der Königin zahlte er nur die Hälfte ihrer Revenuen aus und diese in gekippten Goldstücken, die er selber mit der Waage aussuchte. Seine Nichte Hortense wollte und konnte den Karl Stuart heiraten, er hatte es verhindert, und zwei Monate später war dieser Stuart als Karl II. König von England —, daß es ihm nicht gelang, diese verpatzte Geschichte in Ordnung zu bringen, bekam die Österreicherin zu spüren, die er „wie eine Kammermagd" behandelte. Er ahnte seinen Tod und ordnete, fluchend inmitten seiner Schätze, was noch zu ordnen war. Wie einen Gegenstand auch seine Nichte Maria, die er an den Colonna verheiratete. Daß er das nicht verhindere und ihr zu dem Lothringer verhelfe, warf sie dem König in einem Briefe vor, der seinen Gefühlen, wenn noch etwas davon da war, den Rest gab.

„Endlich ist er verreckt", rief die ganze mazarinische Familie, als die Nachricht kam, der Onkel sei gestorben, dieser Onkel, dem diese Familie allen ihren Glanz verdankte. Gleich darauf richtete der König Marias Hochzeit mit dem Colonna aus und schickte die Braut zu ihrem künftigen Mann nach Italien. „Sie erlebte den Schmerz, vom König aus Frankreich gejagt zu werden", schreibt die Madame de Lafayette, aber sie, die erst daran zu sterben meinte, überlebte ihn. Der wie alle andern toll verliebte Colonna, beau cavalier et fort hônnete homme, ertrug alle üblen Launen und Bösartigkeiten seiner Frau, die ihn nicht ausstehen konnte. Plötzlich liebte sie ihn. Von einer Minute zur andern. Und es gab die glücklichste Menage mit einer ganzen Menge Kinder. Der Colonna war der beste, der nachgiebigste, rührendste aller verliebten Gatten. Keine Laune seiner Frau, die er nicht sofort befriedigte. Und sie hatte viele und seltsame Launen. Selbst ihre Kindbetten machte sie zu prunkhaften Festen. Nach ihrer ersten Niederkunft empfing sie das heilige Kollegium der gratulierenden

Kardinäle in einem Bett, das die Form einer goldenen Muschel hatte, in der sie als Venus lag. „Die Muschel schien auf den Wellen eines Meeres zu schaukeln", erzählt Maria in ihren Memoiren, „so gut nachgemacht, daß es nichts Wahrhafteres gab. Die Muschel wurde von der Kruppe vierer Seepferde getragen, auf denen Sirenen ritten, in einem Material wie Gold geschnitten. Ein Dutzend Kupidos hielten als Agraffen die Bettvorhänge aus reichem Goldbrokat und ließen sie so geschickt fallen, daß nur das zu sehen war, was gesehen zu werden verdiente."

Gab es kein solches Kindbett, so Maskeraden, Karussells, Bankette, Reisen, Bälle bis zur fünften Niederkunft, die ein bißchen schwierig und schmerzlich war, so daß das schöne Schauspiel der Venus in der Muschel nicht aufgeführt werden konnte. Maria erklärte daher ihrem Gatten, sie hätte genug Kinder und wolle mit diesen Sachen nichts mehr zu tun haben. Als sich der Connetable anderwärts das Vergnügen holte, das zu gewähren ihm seine Gattin sich weigerte, wurde sie eifersüchtig. Als das nichts weiter nützte, tat sie etwas ganz Dummes: sie rächte sich mit Liebhabern. Das war leichte und zu leichte Arbeit, denn kein Mann, den die Dreißigjährige in höchster Entfaltung ihrer Reize wollte, widerstand. Es war auch nicht Liebe, was sie da beschäftigte. Nicht einmal deren Vergnügungen. Sondern damit verbundene Extravaganzen und Streiche. Der häßliche Kardinal Flavio Chigi, Neffe eines Papstes, war mit seiner Verdorbenheit und Lustigkeit der geeignete Mann, zu jedem Unsinn immer bereit. Nur gerade zur

Hälfte angezogen, sollte er einer Kongregation präsidieren, als ihn Maria in einem Wagen aufs Land entführte und ihn bis zum Abend bei sich behielt. Ein anderesmal nahm sie ihm seine Kleider weg, zog sich als Kardinal an und wollte an seiner Statt Audienz geben. Als Diana kostümiert zog sie vierzehn Tage lang mit ihm jagend durchs Land und übernachtete in den Wäldern. Die kirchliche Zucht Roms in dieser Zeit konnte sich einen Kardinal wie Flavio Chigi erlauben. Aber selbst dieser Kardinal weigerte sich aus Moral, einen Glücksritter wie den Chevalier de Lorraine zu empfangen, den Lustknaben Monsieurs, des Gatten der Liselotte von der Pfalz und Bruders des Königs. Aber er überbrachte der Colonna im Namen Monsieurs einen köstlich mit Bändern geschmückten Jagdwagen und sich in einem solchen prinzlichen Geschenk ihren römischen Landsleuten zu zeigen, dem konnte die petite harengère von ehmals nicht widerstehen.

Den Chigi wollte der Colonna übersehen. Bei diesem Chevalier war es nicht möglich. Er machte seiner Frau Vorstellungen, aber „ich antwortete ihm, wie es sich gehört", sagt sie in ihren Memoiren. Einen Mönch, der sie ins Gebet nehmen soll, wirft sie zur Tür hinaus. Auch den Chigi, der sich beschwert.

Wie alle verliebten und verlorenen Gatten war der Colonna nicht sehr geschickt und ein bißchen brutal in der Wahl seiner Mittel, auf alles draufzukommen. Er bezahlte Vigilanten und Spione und plagte die Frau mit seinem ihm hinterbrachten Wissen. Er wurde lästig und langweilig. Und da gerade Hortense, eine andere Nichte, mit dem ziemlich närrischen Herzog von Mazarin verheiratet, diesem durchgebrannt und nach Rom gekommen war — in Männerkleidern war sie durch ganz Frankreich geritten —, so lockte dieses Beispiel. Maria und Hortense verließen in ihrem Wagen Rom an einem schönen Maitag des Jahres 1672, zwei junge Damen, die unter ihren Kleidern Männerhosen trugen. Was wie eine kleine Spazierfahrt nach Civita-Vecchia aussah, war eine Flucht. Sie schickten den Wagen heim, zogen ihre Kleider aus und warteten, zwei junge Herren, auf die bestellte Feluke, die sie nach Marseille bringen sollte. Sie kam nicht, es war drückend heiß und es gab nichts zu essen, achtundvierzig Stunden lang. Maria verlor den Mut. Nicht Hortense. Die hatte sich schon in viel schwierigeren Situationen befunden und bewährt. Hatte in einem Kloster die Belagerung durch ihren Gatten und sechzig Kavaliere ausgehalten und die Belagerer heimgeschickt. Der ausgesandte Diener fand zwar die Feluke nicht, aber eine Bark, deren Leute bereit waren, die beiden nach Frankreich zu bringen. Das kostete den Nichten all ihr Geld. Anders drohte ihnen, von der Mannschaft über Bord geworfen oder auf einer einsamen Insel ausgesetzt zu werden. Bei einbrechender Nacht mußte sich die Bark vor einem türkischen Korsaren hinter Felsen verstecken, zum Leide der Flüchtigen, die sich von einem türkischen Abenteuer im Augenblick weit mehr versprachen als von einem französischen, das sie zunächst nur an die provenzalische Küste warf, wo man sie nicht aussteigen lassen wollte, denn in Civita-Vecchia war die Pest. Es gelang durch falsche Papiere und sie fielen um vor Müdigkeit.

Aber aus dem kurzen Schlaf schreckten sie zwei Kerle, der Bravo Manechini im Solde des Connétable und der Kapitän Polastron im Dienst des Herzogs von Mazarin, hinter die Flüchtigen gesetzt und sie hetzend. Hortense wurde eingekreist und von Polastron über die Grenze gebracht. Maria entkam, borgte sich bei Madame de Grignan unterwegs ein paar Hemden und zog gegen Paris. Um den König zu sprechen. Daß die beiden behosten, ihren Männern durchgebrannten Damen unterwegs seien, hatte sich schon verbreitet. Man war in Paris belustigt und gespannt auf den Ausgang. Nicht Ludwig, der ohne Sinn für Komik derlei Abenteuerlichkeiten höchst abgeschmackt fand. Und der in seiner Umgebung noch zu viel Leute wußte, die seine rotgeweinten Augen und seinen Nachfolger gesehen hatten. Auf einen Brief Marias, in dem sie bat, in Paris wohnen zu dürfen, antwortete er kurz und trocken, daß sie sich in ein Kloster begeben möge, um „der üblen Nachrede zu steuern, die ihrer Abreise aus Rom so schlechte Deutungen gegeben hatte". Nach diesem Briefe schien es Maria höchste Zeit, den König zu sprechen. Aber die Posten hatten Auftrag, ihr die Pferde zu verweigern, und hinter ihr war ein Abgesandter Ludwigs her, der sie aufhalten sollte. Er erreichte sie erst in Fontainebleau. Bis dahin war sie, durch dick und dünn reitend, auf gekauften Pferden gelangt. Herr de la Gibertière überbrachte was er ihr vom König zu sagen hatte: entweder sie kehre sofort nach Rom zurück oder begebe sich in ein Kloster in Grenoble.

„Das habe ich ihm geantwortet: ich bin von zu Hause nicht weggegangen, um so bald wieder dahin zurückzukehren. Was mich veranlaßt hat sind keine eingebildeten Vorwände, sondern gute solide Gründe, die ich aber nur dem Könige sage. Ich bin überzeugt, habe ich ihn nur gesprochen, daß er von dem schlechten Eindruck abkommt, den man ihm von meiner Aufführung beigebracht hat. Was die Reise nach Grenoble betrifft, bin ich zu müd dazu. Außerdem warte ich hier die Antwort Seiner Majestät ab.“ Dann nahm sie eine Laute und spielte dem Abgesandten so lange vor, bis der seine Versuche, zu Wort zu kommen, aufgab und abreiste. Der zweite Abgesandte traf ein. Maria saß im geliehenen Hemd auf dem Bett der elenden Herberge und zupfte die Laute. Bewegt von dem Anblick versuchte der Herzog von Créqui seine Botschaft so freundlich wie möglich vorzubringen. Aber ihren Inhalt änderte das nicht: das Verbot nach Paris zu kommen und vor dem König zu erscheinen. Um Zeit zu gewinnen, gab sie nach und ließ sich in ein Kloster bei Mélun bringen. Und Brief auf Brief ging nach Paris, worin sie sich über die „geringe Courtoisie beklagte, die sie von Seiner Majestät erfahre“. Mélun war der Majestät zu nah von Paris. Er hatte Angst, sie könnte doch zu ihm kommen trotz aller Garden. Colbert beförderte sie also in ein Kloster sechzig Meilen weit von Paris. Nur ein einzigesmal wolle sie noch den König sprechen, schreibt sie Colbert, der keine Antwort gibt. Darauf: „Es ist nicht möglich, daß der König gerade bei mir beginnt, unerbittlich zu sein!“ Der König aber schickt wieder Herrn de La

Gibertière, der sie in ein Kloster nach Reims einpackt und dahin befördert. In ihren Memoiren schreibt sie: „Der König behandelte mich sehr kalt, ohne daß ich auch heute noch weiß warum." Sie wußte es wirklich nicht. Sie war eine Zigeunerin.

In der Folge der Jahre gab es wohl kein Kloster in ganz Frankreich, aus dem sie nicht ausgebrochen wäre, immer wieder entweder vom König oder von ihrem Mann in ein anderes gesperrt. Immer unterwegs, wird ihr Frankreich zu klein. Man trifft sie in Italien, in Spanien, in den Niederlanden. Überall fällt sie auf und die Briefschreiber erzählen von ihr. Frau von Sévigné schreibt im November 1673 an ihre Tochter — diese hatte Maria das Hemd geliehen —: „Man fand Madame Colonna am Rhein, in einem Boot mit Bäuerinnen. Sie begibt sich in ich weiß nicht welche Tiefen des Deutschen Reiches."

Im Älterwerden bekommt sie eine fixe Idee: daß es nur ihres Blickes bedürfe, um sich Ludwig besiegt und reuevoll zu Füßen zu werfen. Der König aber läßt die Grenzen für sie sperren.

Libera nos, Domine, de la Condestabile, sangen die Nonnen eines Madrider Klosters in einer Prozession zum König von Spanien, der ihnen die Colonna als Pensionärin auferlegt hatte, diese Kirchengeisel, wie sie die Klöster der europäischen Christenheit nannte, die sich kaum war Maria eingetroffen aus Orten beschaulicher Frömmigkeit in Tollhäuser oder höchst weltliche Unterhaltungsstätten verwandelten. Sie goß Wasser in die Betten der guten Nonnen oder Tinte ins Weihwasserbecken. Sie hetzte die Klosterfrauen mit Hunden durch die Korridore wie in einer Jagd. Fand sie des Nachts die Ausgänge versperrt, brach sie ein Loch in die Mauer und abenteuerte mit ihrer Schwester Hortense, vom gleichen klösterlichen Pensionärtum betroffen wie sie, oder mit einer ihrer Dienerinnen im Prado. Im Sprechzimmer empfing sie ihre Kavaliere und der fromme Ort zwang sie zu keinerlei Einschränkung ihres unfrommen Tuns. Und einer ihrer eifrigsten täglichen Besucher im Kloster war ihr immer noch verliebter Gatte. „Er kam jeden Tag," erzählt die Madame d'Aulnoy in ihren Erinnerungen an den spanischen Hof, „und ich sah ihn ihr Zärtlichkeiten erweisen, wie sie nur ein Liebhaber für seine Geliebte aufbringt." Maria war nah an vierzig und nun vollkommen schön geworden. Aber zu ihrem verliebten Gatten, der „schön zum Malen" war, wollte sie nicht zurück. Das Horoskop hatte ihr verkündigt, daß sie an einem weiteren Kinde sterben würde. Darum zog sie dem Gatten einen Liebhaber vor, der so häßlich war wie jener schön.

Wieder einmal war sie aus einem Kloster ausgebrochen. Es lockte sie, ihren Gatten zu besuchen. Der empfing sie entzückt und sperrte das Haus ab. So aber hatte sich Maria ihren Besuch nicht gedacht und schrie Mörder und Hilfe und daß er sie sicher vergiften wolle, sie kenne die Italiener. Der Hof, der Adel, die Klerisei Madrids nahmen Partei, die einen für den Mann, die andern für die Frau. Der Colonna verlor völlig den Kopf. Er hatte Angst, seine Verliebtheit könnte ihn wirklich zum Mörder machen. Er ließ sie fortschaffen. Bewaffnete schleppten und zerrten die Halbnackte an den

Haaren aus dem Bett und in ein Gefängnis. Hierher ließ der Connétable seinen Vorschlag bringen: er würde Malteserritter werden unter der Bedingung, daß Maria den Schleier nehme. Sie kannte die Klöster aus reichlicher Erfahrung und hatte keine Angst davor. Eine Augenzeugin schreibt: „Die Connétable Colonna traf Samstag zu früher Stunde beim Kloster ein. Die Nonnen empfingen sie an der Tür mit Kerzen und allen bei solchem Anlaß üblichen Zeremonien. Man führte sie in den Chor, wo sie mit höchst bescheidener Miene den Habit der Novizen anlegte. Der Habit ist ziemlich kokett, das Kloster bequem.“ Ein kleiner Teufel war Nonne geworden. „Unter ihrem Wollhabit trug sie Kleider in Silberbrokat, und so wie sie keine Nonnen um sich hatte, warf sie das Oberkleid ab zusamt dem Schleier, machte sich das Haar auf spanische Art mit Bändern in allen Farben. Passierte es, daß es da gerade zu einer Observanz läutete, bei der sie anwesend sein mußte, warf sie rasch Kutte und Schleier über Putz und Coiffüre, und bot einen höchst lustigen Anblick.“

Der Connétable wurde nicht Malteser und ging nach Rom zurück. Er war dieser Frau müde geworden und ließ sie es treiben wie sie wollte. Er ging in dieser Gleichgültigkeit etwas zu weit. Denn er gab ihr auch kein Geld mehr, und Maria saß frierend in einem kalten Loch von Zelle. Vier Jahre lebte sie so im Dunkel, als der Connétable starb, in tiefster Reue. Er bat sie in seinem Testament um Verzeihung. Und aus Angst, daß der Schein seine Kinder gegen ihre Mutter einnehme, beschuldigte er sich selber alles Übels. Maria verließ ihr

Kloster und ging nach Rom zu ihren Kindern, ungeniert vor ihnen und ihren fünfzig Jahren ihre Galanterien weiter treibend wie früher. Als eine alte Dame kam sie nach Frankreich, bis Passy, denn Paris blieb ihr verboten. Saint-Simon berichtet von diesem kurzen Aufenthalt: „L'ennui lui prit d'être si mal accueillie, et d'elle-même s'en retourna assez promptement." Sie ging nach Spanien zurück, sah aus wie eine alte Hexe und beschäftigte sich mit der Zauberei. Man weiß nicht, wann und wo sie gestorben ist, ein verhutzeltes, verrunzeltes altes Weiblein mit ungemachtem weißen Haar und großen schwarzen Augen.

# *LOUISE DE LA VALLIERE*

LOUISE DE LA VALLIÈRE

IN den Dekorationen der Maler, in den Panegyriken der Schriftsteller und in den Kanzelreden der Prediger sind die Bildnisse der Frauen dieses Hofes und seiner schönen Unordnungen der Liebe, wie Saint-Simon es nennt, in die stereotype Großartigkeit pompös arrangierter Draperien gesetzt und thronen da in Fleisch und Würde, Göttinnen gleich, so daß nichts die Leichtigkeit und Einfachheit einer höchst lebendigen Verdorbenheit verrät, die allen diesen Frauen eigentümlich ist, die sich als Sterne um die Sonne dieses Königs bewegten, nicht so sehr vom Glanze dieser Krone angezogen — woran sich mehr die profitierenden Brüder dieser Damen hielten — als von dem Mann selber, nicht seine Liebe suchend, sondern ihre Lust mit ihm. Alle — bis auf eine, die nichts sonst besaß als den Zauber eines liebenden Herzens, der die Häßliche verschönte und der ihr ein nie versiegender Born schien, so daß sie es nicht nötig hatte, wie ihre glücklichen Rivalinnen, die nichts sonst hatten als die Pracht ihres Leibes, mit Liebes- und Zaubertränken zu arbeiten, aus sakrilegisch in schwarzen Messen mißbrauchten Hostien und dem Blut eines unschuldigen Kindes bereitet, wie es im eben anhebenden aufgeklärten Jahrhundert alle diese

Bewerberinnen oder Besitzerinnen der königlichen Gunst taten, die Montespan, die Gräfin de Soissons, Olympia Mancini, Madame de Grammont, Madame de Polignac, die Komtesse du Roure, alles Kundinnen der La Voisin, die nicht nur Gifte mischte, sondern auch die Liebestränke bereitete, und alles eifrige Besucherinnen der schwarzen Messen, in denen sie mit ihrem entblößten Bauch als Altar dienten.

Bei der Ehe ist das Nest wichtiger als die Liebe, die legitime Erbfolge in Kindern, welche den Namen und die Macht der Familie weitertragen, das Wesentliche vor allem andern. Dieser gut katholische Gedanke ist so radikal, daß er den wirklichen Vater ignoriert und nur den gesetzlichen kennt. Mag das Kind vom Kammerdiener gezeugt sein, ist's in einer Ehe geboren, gilt es als Kind des legitimen Vaters und hat alle ihm so zukommenden Rechte. Die Katholizität dieses Standpunktes hat für die heutigen Menschen ihre krasseste Form in jenen dynastischen Eheschließungen gefunden, für die nichts als politische Motive maßgebend waren. Das Unmenschliche dieser politischen Ehebündnisse mußte sich eine menschliche Korrektur durch eine begehrenswerte Nebenfrau gefallen lassen, um überhaupt erträglich zu werden. Demokratische Zeitalter nannten das die Mätressenwirtschaft. Im neunzehnten Jahrhundert, wo der Adelsbegriff der Dynastie verblaßt, weil seine Träger sich mehr und mehr vergewöhnlichen, bis der völlige Mangel auch nur eines Tropfens adeligen Blutes zum Verlust des Thrones führt, zum Entgleiten des Zepters aus schwachen und seiner nicht mehr würdigen Händen, wie im Falle der Hohenzollern und der Habsburger, erst in diesem Jahrhundert, wo man hypokriter schon nicht mehr aus Politik heiratet, sondern fast schon aus Liebe und Königinnen „aus Liebe" mit einem Klavierlehrer durchbrennen wie Gouvernanten, in diesem Zeitalter wird die königliche Nebenfrau, wenn sie vorkommt, ein irgendwelches Frauenzimmer, ein heimlich ausgehaltenes und aufgesuchtes Geschöpf, das betrübt feststellt, daß ihr der Umstand, des Kronprinzen Geliebte zu sein, mehr schadet als nützt. Aus solchem heutigen Erfahrungswinkel gesehen deformiert sich das Frühere ins gleich Schäbige dieses Heutigen. Aber es ist zu erinnern, daß die Montespan eine geborene Mortemart war, also von älterer Familie als die Bourbons.

Frau von Sévigné, die ungern sympathische Gefühle äußert und gern ein gutes Gefühl einer besseren Bosheit opfert, nennt Louise das kleine Veilchen, das sich im Grase verbirgt, sich schämt, Geliebte zu sein, Mutter zu sein, Herzogin zu sein: alles das, was sie dann in einem dreißigjährigen Klosterleben als Karmelitin bereute, ohne die Ruhe in dieser Reue zu finden. Nicht im Gebet, nicht in der Kasteiung, nicht im Aufschreiben dieser Betrachtungen über das göttliche Mitleid, worin sie einmal, als ob sie von sich spräche, von der Blume des Feldes spricht, die am Morgen blüht und am Abend verdorrt. Auf dem Lande, in der weinfrohen Tourraine geboren und aufgewachsen, Kind kleinen Landadels, der seit Franz dem Ersten Offiziere stellte, hat sie in dem Weiß und Rot ihrer Wangen, in der Scheue und Schüchternheit ihres

Wesens, das sich lieber versteckte als zeigte, etwas Ländliches behalten, — ein Entzücken für den zwanzigjährigen Ludwig, der eben von der ganz spirituellen und launisch unberechenbaren Maria Mancini den so unerwarteten Abschied bekommen hatte und sich mit einer Frau verheiratet sah, die an abstoßender Häßlichkeit und Dummheit ihresgleichen in Europa nicht besaß, der Infantin Maria Teresia. Als der junge König in Begleitung seiner Mutter und des Kardinals durch ganz Frankreich unterwegs war, um die Spanierin in Saint-Jean de Luz in den Pyrenäen einzuholen, kam er durch Blois, wo der Onkel Monsieur, der besiegte Prinz der Fronde, seine Gärten pflegend hauste mit seinem komischen Hofstaat von Tanten und Nichten. Hinter deren Reifröcken versteckt sah die fünfzehnjährige Louise zum erstenmal nicht nur den König, sondern den lässig schönen jungen Mann. Er sah sie nicht. Aber sie lief, als die Karossen und die begleitenden Reiter abzogen, auf den höchsten Turm des Schlosses und winkte mit ihrem Herzen dem Zuge nach, bis er über die Hügel entschwand. Mit ihrem verwundeten beglückten Jungmädchenherzen.

Bei Maria Mancini konnte der junge Mensch in Tränen schwelgen, die ihm leicht kamen wie allen Menschen trockenen Herzens. Bei Maria Mancini genoß er um so mehr das Anstürmen seiner Liebe, weil es in einem immer abgeschlagen wurde.

Ob er dieses zarte Nönnchen mit den aufblitzenden und wieder sich verschleiernden Saphiren, mit dem Haar wie Goldstaub liebte, das zu überlegen kam er nicht, ein bißchen von seiner verliebten Aktivität bei der Mancini ermüdet. Aber es war köstlich, in dieser Erschöpftheit sich von diesem an die Brust fliegenden zerbrechlichen errötenden verschämten Wesen lieben zu lassen, das in der holden Zauberei solcher hingebenden Liebe sich so ungemein verschönte, daß man in einem Zeitalter wo die Fülle des Busens die Glorie der Korsage war nicht merkte, daß sie an Busen fast nichts hatte, kleine Narben von Pocken im Gesicht und ein ganz kleines bißchen hinkte. Es war ja auch Maria, das „Schenkenmädel", keine Schönheit gewesen. Und gar erst seine Frau, der er in der ehelichen Pflicht diente wie es sich gehörte und deren oft groteske Auswirkungen alle schnell starben bis auf einen dicken dummen Jungen, den Dauphin. Die Aufmerksamkeit, die der König den Kindern mit seinen Geliebten erweist, Rang und Titel, die er ihnen gibt, wird auch aus den üblen ehelichen Nachkommen verständlich, nicht nur aus den politischen Räsonen, die ihn seine Bastarde zu Pairs machen ließ, den schönen Sohn von der Montespan zum Herzog von Maine, die Tochter von Louise zu einem Fräulein de Blois, die einen Prinzen Conti heiratete, den Sohn von ihr zu einem Grafen von Vermandois. Die Politik, eine königliche Familie gegen einen obstinaten bodenständigen Adel zu schaffen, konnte sich mit den ehelichen Geburten, zumal wenn sie wie im Falle Ludwigs nicht da waren, nicht begnügen.

„Ich habe immer einen so schlechten Gebrauch von meinem Willen gemacht, daß ich ihn in Eure Hände lege", sagte Louise zur Mère Agnes, der sie sich, die Stirne heiß und das Herz klopfend, am

Gitter des Kloster in der rue de l'Enfer gegenübersah. Und etwas später schrieb sie dem Bischof von Avranches aus ihrem Kloster, das Beste was ihr passieren könne sei vergessen werden. Der schlechte Gebrauch ihres Willens war ihre starke Schwäche, wie sie selber einmal in einem Briefe diese beiden Worte zusammenbringt. Sie war, wie sie sagte, unfähig, jemals ihre Liebe zu wechseln. Sie gibt sich einmal und ganz. Es ist ein seltsamer Zufall, daß der Wappenspruch ihrer väterlichen Familie lautete: Ad principem ut ad ignem amor indissolubilis, dem Fürsten wie dem Feuer des Altars unlösliche Liebe. Ihr Leben lang setzte sie, in der Partie mit den Menschen wie in der mit Gott zu verlieren bereit, ihr Herz ein. Auf einer Jagd — Louise war eine passionierte Amazone, aber sie schoß empfindsam das Wild nicht — hatte die Hatz sie von ihrem Geliebten getrennt, der beunruhigt und ungeduldig auf die Rückseite einer Carreau-Zwei ihr befahl, rasch zu kommen. Sie schickte ihre Antwort auf der Rückseite einer Coeur-Zwei in einem Sechszeiler, der begann:

Pour m'écrire avec plus de douceur,
Il fallait choisir un deux de coeur...

Es gab Jagden und Feste jeden Tag. Und Ballette, in denen Molière Louise als die Prinzessin von Elis zeigte und den verliebten König im Sicilianer als Euryalus Prinz von Ithaka, in maurischem Kostüm. Es gab Collationen und Medianoches. Und die Geliebte war aller Entzücken und hatte keine Feinde.

Bei dem Schlosse Vaujours, das Ludwig für die Feste und Sylphen erbauen ließ, stand an einer

Wegkreuzung eine riesige Eiche, der heiligen Jungfrau geweiht und vor Zeiten mit dem Standbilde der Muttergottes geschmückt. Aber die Baumrinde wuchs um diese Statuette und nichts mehr von ihr war sichtbar: sie war in das Herz des Baumes verschwunden. Die Legende ist ein Sinnbild für Louisens Leben, das mondän und sichtbar begann und in der Verborgenheit schloß. Auch ein Sinnbild ihrer Liebe: sie umschloß den Geliebten in ihrem Herzen und alle Reue und alle Schmerzen konnten das im Herzen eingeschlossene Bildnis nicht tilgen.

Es mußte ja eine Zeit kommen, wo das Sentiment des höchst selbstbewußten und vor vielerlei Aufgaben gestellten Liebhabers und Königs der idyllischen Liebe solches unbedingten Geliebtwerdens überdrüssig werden mußte, das wie eine andere Ehe war. Es mußte auch bei größerer komödiantischer Begabung immer schwerer werden, solchem übermäßigen Gefühle gegenüber, in dem sich ein Herz ausgab, so etwas wie Herz zu zeigen ohne zu gähnen. Um das Glück als Behagen in zwei Ehen zu finden, einer legitimen mit der häßlichen Frau, einer illegitimen mit einer liebenden, aber auch schon als nicht sonderlich hübsch bemerkten Frau, dazu war weder dieser Mann geschaffen, noch waren ihm die zeitlichen Umstände günstig, die den Impetus seines Willens aufs höchste affizierten. Der vierzehnte Ludwig war kein weichlicher Schlemmer wie der fünfzehnte, und die vielerlei Erregungen seiner politischen, kriegerischen, bauherrlichen Geschäfte suchten kein Ausruhen an dem gefühligen Busen einer Frau, sondern die heftigen Reize der Débauche. Die dafür bereiten Damen salbten sich schon ihre schönen Glieder.

Vorsorge, die er für die Mutter seiner Kinder traf, bevor er ins Feld nach Flandern zog — „die Armee hat das Beispiel meiner Gegenwart nötig“ — ließ ihn Louise zum Pair und zur Herzogin machen, und das Pariser Parlament registrierte die Patentbriefe am 13. Mai 1667. Louise faßte es schon als Zeichen verlorner Liebe und der Ungnade auf: „Es ist ein Brauch unter räsonablen Leuten, beim Wechsel ihres Dienstpersonals deren Verabschiedung mit der Auszahlung ihrer Löhne oder Anerkennung ihrer Dienste zu mildern. Ich fürchte, mir geht es so.“ Nach sechsjährigem Dienste fürchtete sie den Abschied. Er kam einige Monate später, viel grausamer, da sie erst zögerte, selber zu gehen und man sie auch eine Zeitlang festhielt, um die Montespan zu decken, deren Schlafzimmer neben dem ihren lag, durch das der König gehen mußte, um zu der andern zu kommen. Er warf Louise einmal auf diesem Wege ein Hündchen in den Schoß und sagte lachend: „Das wird genügen.“

Aber die Nonne im Kloster sprach nur von ihren Verbrechen, ihren Sünden und ihrer Reue.

MARIE SALLÉ

# *DREI TÄNZERINNEN*

DIE antike Welt erzog zum Ruhme, die moderne Welt erzieht zum Erfolg: auf den Berg Tabor gestellt und vor die Vision der Wüste zur Linken und der Stadt des Triumphes und der Königreiche der Erde zur Rechten, entscheidet sie sich immer für die Königreiche dieser Welt, gegen den Ruhm, der in der Wüste liegt, für das Simulacrum des Ruhmes, den Erfolg, der in der Welt liegt. Für den gemeinen Mann des Volkes ist schon die Krone auf dem Haupte irgendeines Dummkopfes der Ruhm, und dieser Gekrönte wäre unter andern Umständen geboren nichts weiter meist als ein Kneipwirt gewesen oder ein kleiner Beamter oder ein Nichts. Wenn ich aber nun diese drei Schatten beschwöre, die einst in ihrem Fleische oft nicht viel schwerer als Schatten über die Bühne tanzten, — lebten sie nicht für dieses Paradies des Morgens, welches der Ruhm ist? Lebten sie nicht in dieser leidenschaftlichen Projektion des Glaubens und der Illusion auf die Fläche des allgemeinen Todes? Sie weihten ihr Leben dem, von dem sie glaubten, daß es in der Erinnerung der Nachwelt erhalten bleiben würde. Auch wenn sie sich irrten in ihrer Leistung. Auch wenn diese nichts weiter war als eine Posse der Saison.

# I

Marie Sallé, die Tänzerin, entzückte das Alter des hundertjährigen Fontenelle und die Jugend Voltaires. Jener Fontenelle, dem als Knaben die Jesuiten, seine Lehrer, ins Abgangszeugnis schrieben: Adolescens omnibus partibus absolutus, ein in allen Dingen vollkommener Jüngling, wurde das bestaunte Wunder vieler Akademien wegen der Mannigfaltigkeit seiner Fähigkeiten. Unter denen die geringste nicht war, daß er sich bis ins hohe Alter für die Anatomie des weiblichen Körpers lebhaft interessierte. Es hat dieses Interesse sogar alle seine philosophischen und naturwissenschaftlichen Neigungen überlebt. Er verehrte mit etlichen siebzig Jahren Marie Sallé, die Tänzerin an der Oper, und nahm sich ihrer auf das beste an, als sie sich mit diesem Institut veruneinigte, das im Jahre 1730, wie die erhaltenen Dokumente zeigen, neue Konzessionäre bekam, und zwar zu viele, nämlich vier, und darunter einen namens Le Boeuf, der gar nicht seinem Namen entsprach, sondern mit dem Personal der Oper eher wie ein wilder Stier verkehrte. Die neuen Konzessionäre sollten die etwas zu hohen Ausgaben der Oper einschränken. Das Budget überstieg hunderttausend Livres. Man strich auch und gern am Gehalt von Demoiselle Sallé, die das so übel nahm, daß sie dem ihr auch sonst unsympathischen Herrn Le Boeuf einige Ohrfeigen gab. Aber deshalb hätte sie das Pariser Institut noch nicht zu verlassen brauchen. So sehr empfindlich gegen die Aufregungen der Damen war man da nicht. Daß Voltaire Marie Sallé in Vers und Prosa riet, nach England zu fliehen, dem „Lande der Freiheit und der Gerechtigkeit", wo man die Philosophen und die „Töchter der Terpsichore" gegen die Undankbarkeit der Franzosen räche, das hatte noch andere Gründe, die weder mit Gage noch mit Ohrfeigen zu tun hatten. Demoiselle Sallé machte als Tänzerin eigene Sprünge, andere als ihre berühmte Partnerin Camargo, die nur tanzte um zu tanzen, also „nichts weiter war als eine Person, die mit den Beinen zappelte". Marie Sallé wollte mit ihren Beinen Gedanken ausdrücken und seelische Zustände. Sie fand den Ballett-Tanz zu leerer Konvention geworden, zu sinnloser Parade von technisch zappelnden Beinen degeneriert. Sie wollte einen Tanz der Aktion. Sie kam zu früh damit. Man verstand sie nicht. Die Camargo blieb Siegerin.

Fontenelle gab seiner Freundin Sallé nach London einen Empfehlungsbrief an seinen Freund Montesquieu mit: „Es wäre nur natürlich, wenn Sie mich ziemlich vergessen hätten. Aber es bietet sich eine hübsche Gelegenheit, daß Sie sich meiner erinnern. Ich sage mit Absicht hübsch, hübsch für die Augen, sicher auch für die Ihren. Es ist, um Ihnen Mlle Sallé zu empfehlen, durch unsern Ostrazismus aus der Oper verbannt. Der charmante Tanz und ganz besonders die sehr sauberen Sitten der kleinen Aristida haben ihren Genossinnen mißfallen, was in der Ordnung ist, und auch den Herren, was sinnlos wäre, hätten sie eben nicht unter diesen Genossinnen ihre Herrinnen."

Marie Sallé ging nach London und tanzte da, worüber ein Augenzeuge berichtet: „Sie wagte es, in einer Szene Pygmalion, ohne Reifrock, ohne Unterrock, ohne Leibchen zu erscheinen, mit offnem Haar, ohne irgendeinen Schmuck auf dem Kopf. Sie hatte nichts an als ein Stück Musseline, drapiert nach Art einer griechischen Statue."

Was die sehr sauberen Sitten betrifft, von denen Fontenelle spricht, daß sie Fräulein Sallé auszeichneten, so bestätigt das Voltaire, der sie „die strenge Sallé" nennt und gern auch Diana, die eine mirakulöse Vestalität auszeichne. Aber da eine Tänzerin vom Range der Sallé ein jährliches Gehalt von zweitausend Livres bekam, wovon sie leben konnte, ohne ihre Tugend in den Dienst eines ihr zum besseren Leben nötigen Einkommens stellen zu müssen, muß man nicht glauben, was der Poet Gentil-Bernard Boshaftes über die Neigungen der Tänzerin behauptet hat. Man hat da außerdem einen Vertrag entdeckt, wonach der Duc de Noailles der jungen Tänzerin eine Lebensrente von achthundert Livres aussetzte, die sie fünfundzwanzig Jahre lang bezog. Auch diese Rente wirft weiter keinen trüben Schatten auf die sehr sauberen Sitten Marie Sallés, denn was der Herzog von Saint-Simon über den Herzog de Noailles sagt, daß er „unter verführerischem Äußern alle Monstrositäten verberge, mit welchen die Poeten den Tartarus ausstatten", muß durchaus nicht wahr sein. Saint-Simon haßte diese Familie Noailles, über deren Marschall-Herzog er zum Regenten einmal sagte: „Ich leugne nicht, daß der köstlichste Tag meines Lebens jener sein wird, wo es mir durch die göttliche Gerechtigkeit gegeben sein wird, aus dem Noailles Marmelade zu machen und ihm mit beiden Füßen auf den Bauch zu steigen." Zwischen den beiden Herrn bestand eine kleine Meinungsverschiedenheit und es muß darum nicht wahr sein, wenn Saint-Simon einen Tag nach dem Tode Ludwig XIV. behauptet, Noailles halte öffentlich ein Mädchen von der Oper aus. Oder er war wirklich ein Monstrum, denn zu der Zeit war Fräulein Marie Sallé wohl schon beim Ballett, aber erst acht Jahre alt.

## II

Catherine Rosalie Gérard, genannt Duthé, war eine Tänzerin wie viele, aber sie gehörte, als sie im Jahre 1830 im hohen Alter von zweiundachtzig Jahren starb, zu den historischen Monumenten Frankreichs, so leichtgewichtig auch ihr Dasein und nicht nur ihr tänzerisches gewesen war.

Im Kloster erzogen begnügte Chatherine Rosalie sich was die erlernbaren Kenntnisse betraf mit ein bißchen unorthographisch Schreiben und verließ sich im übrigen ganz auf ihre eine große Tugend: vollendet schön zu sein. Sie hat damit recht behalten. Mit vierzehn wurde sie, wie man es nannte, Überzählige im Ballettchor der Oper, die damals eine Art Asyl war, das so etwas wie ein Brevet der Emanzipation jedem jungen unschuldigen Mädchen ausstellte, das in der Unabhängigkeit und ohne den Eltern zur Last zu fallen leben wollte. So kann man es mit vorsichtiger Dezenz ausdrücken.

Die außerordentliche Schönheit der jungen Duthé verschaffte ihr sehr bald höchst offizielle Missionen im Staatsinteresse. Als Christian VII., der junge

Dänenkönig, studienhalber nach Paris kam — den modernen Telemach nannten ihn die Chronisten — da fehlte das Fräulein Duthé nicht im Programme dieser Studien, und Christian hatte allen Grund wie Brasseur als „König" auszurufen: „Ah! que j'aime la France!" Der Memoirist, der nach ihren Erzählungen das Leben der Duthé aufschrieb, umschrieb das bei dieser Gelegenheit von ihr sicher nicht so, sondern etwas derber und naiver Gesagte: „Diese geheiligte und sehr verehrbare Sache, die ein Monarch ist, und die hohe Meinung, die man von ihr hat, bevor man ihre näher kommt, leidet sehr viel, wenn sie im intimen Verkehr gezwungen wird, Rabatt zu geben, und das passiert immer." Aber, und das war ein Verdienst, das man ihr höheren Ortes nicht vergaß, die Duthé war „diskret angesichts der ihr zuteil gewordenen Ehre". Sie ließ sich nicht darauf ein, die Höhe des Rabattes zu nennen. Weder bei dem modernen Telemach, noch in den späteren offiziellen Missionen dieser Art. Denn sie erhielt deren des öfteren. „Die erste väterliche Sorge des Herzogs von Orléans war, seinem Sohne eine Mätresse zu geben", berichtet die in Erziehungsfragen so überaus kompetente und zuverlässige Frau von Genlis. Des Herzogs Sohn, der Herzog von Chartres, der künftige Philippe-Egalité, war da sechzehn Jahre alt und hübsch wie ein Herz. Das Fräulein Duthé hatte wieder einmal die hohe Ehre, und die diesmal ganz besonders hohe, die erste zu sein, die den Jüngling auf seine männliche Karriere vorbereitet. Sie zeichnete sich auch in diesem Falle zur höchsten Zufriedenheit der hohen Herrschaften aus, sowohl was die Instruktion wie

CATHERINE ROSALIE GÉRARD (DUTHÉ)

was die Diskretion betrifft. Die Familie hat ihr das nie vergessen. Als viel später einmal Sophie Arnould, die Sängerin, von der Galiani sagte, er habe nie im Leben eine Asthmatische so gut singen hören, ein Feuerwerk über das Palais Royal abbrennen wollte, wandte sie sich um Erlaubnis an den Herzog von Orléans und zählte unter den Verdiensten, welche sich die Oper um das Haus Orléans erworben, auch dieses auf: „Wir wollen auch nicht vergessen, daß es eine Opernschönheit war, welche einen teuren Prinzen, Ihren einzigen Sohn, die Erstlinge des Vergnügens hat kosten lassen und daß Sie dem jungen Athleten zu seiner Liebeskarriere gratulierten." Das Feuerwerk wurde gestattet, in dankbarer Erinnerung an Fräulein Duthé. Catherine Rosalie war nicht mehr die Allerjüngste, aber sie hatte wundervolle Zeugnisse, die ihr alles Vertrauen erhielten. Der Chef-General der Emigranten, Seine königliche Hoheit der Prinz Condé, suchte sie persönlich auf, als er seinen Sohn, den Herzog von Bourbon verheiraten wollte und erbat sich für den Fünfzehnjährigen Mademoiselles Gunst, denn seinem Erben solle, wie er sagte, nichts fremd sein. Catherine Rosalie wagte mit aller Delikatesse zu bemerken: „Hoheit lassen ihn sehr jung debütieren." Worauf aber der Condé meinte: „Ja, wenn man ihn sich selbst überließe. Aber unter meiner Aufsicht et avec de bons procédés..." Da gab die Duthé nach, denn wie sie der Hoheit sagte: „Ich bin immer Royalistin gewesen und habe immer die Bourbonen geliebt, einmal wegen ihrer Vorzüge, dann aus Erkenntlichkeit und schließlich, weil ich ihnen keine Fremde bin. Ihre Altesse Sérénissime schien mit meinen Gefühlen zufrieden zu sein."

Catherine Rosalie Duthé ist aber auch eine Freundin Diderots gewesen und so ist ihr solche Witzigkeit zuzutrauen.

## III.

Man überklebte gerade die Plakate der Saharet, erstes Auftreten in München, als man zu einem Tanzen einer Miß Isadora Duncan aus Boston ins Künstlerhaus eingeladen wurde. Das war im Frühjahr 1901 und eine private Veranstaltung für die etlichen vierhundert Damen und Herren, die München bildeten, damals, vor der Entdeckung der bayrischen Belange und vor der Verselbständigung der Eingeborenen unter preußisch-nationaler Patronanz. Jene Oberschicht oder Überschicht der „Zugereisten", polizeilich ausgedrückt Ortsfremden, wurde, da sie fröhlicher, ja etwas leichtfertiger Konsistenz war, gutmütig von den Münchnern ertragen, die darüber ganz ihr bedeutendes politisches Ingenium vergaßen, das frei wurde, als sich diese Zugereisten um 1918 in alle Winde zerstreuten, um jenen Platz zu machen, die unter Herrn von Ludendorffs Führung im Münchner das Kerngebilde künftiger deutscher Größe zu erkennen glaubten, worin sie sich ja auch, wie man seither weiß, nicht täuschten. Damals war es eine Lust in München zu leben. Nach und um 1918 soll es nur mehr ein Vergnügen gewesen sein.

Isadoras Tanzen machte von erbitterten Auseinandersetzungen nicht freies Aufsehen. Die einen kamen, zustimmend oder ablehnend, begeistert oder entrüstet, nicht über die nackten Beine hinaus. Bis dahin gab es das in der Tanzerei nicht. Weder Strümpfe noch Trikot zu tragen war den einen ein Fortschritt, den andern Indezenz. Neuartig war es jedenfalls. Etwas Erfahrenere in der nackten Materie hielten sich mehr an die Beine selber und stellten fest, daß die der Miß Duncan in dem Verhältnis zu dem Leibe, den sie trugen, etwas zu kräftig ausgefallen waren und sie zur betonten Schau zu stellen so eigentlich kein Anlaß bestünde. Dies hinwieder parierten die Begeisterten mit dem Eigentümlichen ihres Tanzes, den man je nachdem griechisch oder schlechthin naturhaft fand, zumal dann, wenn die Betreffenden sich mit Miß Duncan über ihre Kunst unterhalten hatten. Denn Miß Isadora war wie ihre sie begleitende Schwester nicht verlegen in allerlei Tanztheorien. Nur die Mama Duncan enthielt sich solcher schwieriger Unterhaltungen und begnügte sich, immer wieder in der guten traditionellen Art der Ballettmamas zu bemerken, daß Isadora überall in Amerika große Erfolge gehabt und so wundervolle Präsente bekommen habe. Die einfache Frau war ganz auf das Praktische bedacht und das Griechische war ihr Hekuba. Sie verschwand übrigens bald aus dem Verkehr; so intensiver Idealismus brach ihr das Herz; die bewundernden „Griechen“ verstanden sich auf keine anderen Präsente als ihre Bewunderung. Zudem sprach Isadora im verachtendsten Bostoner Ton von der „amerikanischen Dollarjagd“ und im begeistertsten vom deutschen Idealismus. Aber Heymel freute sich wie ein Junge, als er bei Isadora nach dem sechsten Whisky-Soda die Umschaltung ins Normale erreicht hatte, Isadora wie ein Mädchen, das eben tanzt, sprach, und nicht mehr wie die Prophetin einer Heilsbotschaft.

Die sehr Musikalischen protestierten gegen die Musiken, welche Isadora ihren Tänzen unterlegte, und erklärten, sie müsse eigentlich ganz unmusikalisch sein, jedenfalls die Musik nicht lieben. Denn sie sticke keineswegs auf die Seiden und Brokate der Beethovenschen, Bachschen und Chopinschen Musik ihre Rhythmen, sondern sie figuriere darüber Anekdoten, mache aus Gebeten lebende Bilder, aus Emotionen des Herzens gestikulierte Faits divers. Man könne, so sagten sie, die Beleidigung des inneren Lebens nicht weiter treiben, als bis zu dessen völliger Ignoranz. Sie meinten, die Duncan suche im Räumlichen einige Figuren, welche den Bewegungen einer Melodie antworten, und das hieße in die Kunst der Wilden zurückgehen, nicht in die Natur. Die Musik sei aus dem Tanz geboren, aber der Tanz könne nicht aus unserer Musik geboren werden. Wer so was behaupte, der habe weder die eine noch den andern.

Kein Zweifel, daß es sich so verhält. Zuerst war der Tanz der Neger, rhythmisch akzentuiert von nichts als einem Schlaginstrument, zu dem erst in der weiteren Folge andere Instrumente traten bis zu einem ganzen Orchester. Die Neger am Kongo tanzen nicht zu einer Jazzband, aber was die bei uns spielt ist musikische instrumentierte Verzierung eines Tanzrhythmus, der noch keinerlei Musik ist. Ein Präludium von Chopin kann man nicht tanzen, sowenig wie ein Bild von Rembrandt oder eine Architektur von Fischer von Erlach. Man kann dazu unterstützt von allerlei Kostümlichen Bewegungen ausführen, die einen Gefühlszustand zu übersetzen scheinen, aber das ist noch nicht Tanz und bleibt auch, was das Gefühl betrifft, von sehr vager Subjektivität einer gar nicht zwingenden Interpretation. Darüber, was das Präludium gefühlsmäßig auslöst, kann man sich nie einigen. Es kommt auf den Hörer, seine Disposition und allerlei Umstände an. Und ist nebensächlich, weil anekdotisch und zufällig. Wenn die Pawlowa den sterbenden Schwan mimt, kann sie unter hunderten von malenden Begleitmusiken wählen, und sie besaß immer so viel Geschmack, eine recht banale uneigentümliche Musik auszusuchen, die gar keine musikalische Eigenbedeutung hatte, sondern nur gerade so Stimmungsgedudel war, zum einen Ohr hinein, zum andern heraus, ohne Aufenthalt in der Mitte und ohne die Fähigkeit, die Aufmerksamkeit zu teilen. Denn solche Musiken notieren sich nicht. Aber jene, welche die Duncan tanzte, waren schon zuvor notorisch und besaßen ein künstlerisches Eigenleben, über das sich nicht ein zweites legen ließ mit gleichem Anspruch. Hier wurde Bedeutung entliehen.

Als die Duncan zum erstenmal auftrat, konnten die Verteidiger des alten Balletts und seiner Technik nicht sonderlich Wichtiges für eben diese Tanzform beibringen, als daß sie traditionell sei. Also wenig genug. Denn die Erhebung auf die Fußspitze als Sinn und Zweck tänzerischen Daseins, das war nicht viel. Und seine Verwendung in recht staubig gewordnen Ballettstücken war auch recht wenig. Das wurde ja dann zehn Jahre später anders, als die Russen mit sehr eigentümlichen Balletten kamen, die in jeder Hinsicht mehr waren als Kunstfertigkeit, auf der Spitze der großen Zehe herumzuwirbeln. Darin schlug sie ja jede Akrobatik. Aber die Russen stellten die große Zehe dorthin, wo sie hingehörte, in den Dienst eines Ganzen, das Kunst war. Das, was die Duncan brachte, ging andere Wege, abseits vom Ballett und der Akrobatik, nämlich in jenes Tanzen, das Weltanschauung sein wollte, Kulthandlung weiß Gott welcher Religion.

Es mußte einem auffallen, daß hinter den Begeisterten für Isadora die Frauen weit in der Überzahl waren und unter den Ablehnenden mehr die Männer. Was so an Männern anbetend um Isadora herum war, das sah in seinen hellen Hosen und schwarzen Bratenröcken sehr nach griechischer Philologie, also nicht sehr männlich aus. Es machte den Eindruck, als ob sich hier Pädagogen freuten, weil endlich einmal nackte Beine und die unregelmäßigen Verben unter eine Haut gebracht wurden. Man konnte sich für das Nackte interessieren, ohne den Beruf zu beschämen und konnte in der griechischen Schulstunde an das Nackte denken, ohne zu erröten. Der alte Professor Furtwängler schwur jeden Eid, wie die Duncan hätten die alten Griechen getanzt, und sie beeilte sich auch, an Hand der ihr gezeigten antiken Vasenbilder allerlei Griechisches zuzulernen. Aber selbst wenn es keine Meineide Furtwänglers gewesen wären, — wir sind keine alten Griechen, nicht einmal was das Tanzen betrifft.

Der Tanz der Duncan hatte paradoxerweise seinen Höhepunkt dann, wenn sie nicht tanzte, nämlich in dem Augenblick ihres Auftretens, wenn sie auf leisen nackten Sohlen hereinkam und still stand. Das war eine anmutige Statue. Aber dieser kleine Zauber verflog, wenn sie anfing, das Gewicht ihrer Schenkel zu heben. Doch war es nicht dieser etwas zu korpulente Umstand, der die Männer zur Ablehnung reizte, denn sie hätten immer Phantasie genug besessen, sich diesen Umstand auch ganz schlank vorzustellen. Sondern die Duncan mimte so etwas wie Emanzipation der Frau vom Manne. Sie mimte eine Ranküne, eine männerlose Welt. In ihren Tänzen existierte so etwas wie Liebe nicht. Aber wenn etwas, so ist es doch der Ritus der Liebe, der zum Tanz führt. Das Schicksal der Frau, sagte ein Beobachter, ruft nach der Presenz des Mannes. Aber Isadora tanzte in jedem Sinn allein, auch später, als sie mit einer Kinderschar auftrat. Da war eine sterile Hitze ohne Strahlung, eine Trunkenheit von sich selber. Sie tanzte über einem Parkett, das ein Spiegel war, mit dem erstarrten gefrorenen Lächeln des weiblichen Narziß. Frauen, die gelitten hatten, an sich selber und dadurch vielleicht auch am Manne, jubelten ihr zu. Männer verteidigten das Leben, indem sie Isadoras Tanz ablehnten.

Als die Duncan zum erstenmal in Europa und griechisch auftrat, war sie eine Frau von dreißig, die mehr als ein Jahrzehnt Existenz als eines Neuyorker Tanzmädchens hinter sich hatte. Es muß ein Leben mit viel Enttäuschung und Verbitterung gewesen sein, über das keine Kunst tröstete, denn was sie da tanzte, das tanzten neben ihr noch vier Dutzend Beine. Kühl wie eine Vestalin zog sie in Europa ein. Und tanzte, was auf die Schwester als Erfinderin geht, die, gar nicht ein bißchen hübsch, selber nicht auftreten konnte. Die eine hatte den Mann wohl gar nicht erlebt und war darüber eine alte Jungfer geworden. Die andere hatte ihn wohl nur recht unangenehm erlebt. Mann und Liebe mußten aus ihrem Tanz verschwinden. Die Liebe kam erst wieder über die alternde Frau, als sie sich das Tanzen versagen mußte, dieses Ventil, und kam also nicht mehr mit aller der Würde, welche sie der Frau gibt, sondern mit ihren Erbärmlichkeiten. Die mißachtete Liebe rächte sich grausam. Wie es der mißachtete Schleier tat in der bizarren Tragödie ihres Todes, den sie durch einen Schleier fand, der sich um den Hals der Sechsundfünfzigjährigen rollte und sie erdrosselte.

ISADORA DUNCAN

11

# *DAS WIEDERSEHEN*

# I

WELCHE Namen und Titel auch immer die kleinen Freundinnen des jungen Dichters getragen haben, ob sie Friederike oder Lili, Annette oder Lotte hießen, — es waren kleine liebe Mädchen, die gaben was sie hatten oder geben durften. Daß aus dem Blondhaar Gold wurde und aus dem Herzen die Flammen schlugen, das geschah nur in der verzaubernden Welt des jungen Dichters und ist im Biographischen dieser harmlos heiteren Geschöpfe nicht zu suchen und nicht zu finden.
Im Jahre 1816 empfing Goethe den Besuch einer sechzigjährigen, ziemlich häßlichen, aber freundlich gutmütig blickenden Frau. Sie erbat sich die Protektion Seiner Exzellenz des Herrn Staatsministers für ihre beiden Söhne, den einen besonders, der das naturwissenschaftliche Fach lernen wollte. Die Situation war etwas peinlich, weil die Worte fehlten, und so zeigte Goethe der alten Frau sein Herbarium und bot ihr, um einen Abgang zu schaffen, seine Theaterloge an, mit dem Bedauern, sie dahin wegen anderweitiger Geschäfte nicht begleiten zu können.
Vielleicht erinnerte die alte Dame ihn an seine Wetzlarer Jugend, gewiß aber nicht mehr an ihre

eigene. Die alte Frau dachte sicher an ihre junge Zeit, als sie, die damals Charlotte Buff hieß, die Braut des so gesetzten Herrn Kestner war, Sekretär der hannoverschen Delegation, aber in dem kühlhöflichen alten Herrn undurchdringlichen Gesichtes suchte sie vergebens den jungen Kammergerichtsreferendar, der ihr ein einzigesmal einen Kuß raubte, was sie, so erfreut sie auch war, dem feurigen und interessanten Doktor zu gefallen, ihrem Kestner dann beichtete, wie es sich für eine Braut gehört. In ihrem Gefühle ganz Kestners Lotte, fand sie ein Gefallen, aber nicht mehr, an den täglichen Besuchen und Gesprächen des jungen Frankfurter Herrn, und berührte es sie ein bißchen mehr, fand sie immer gleich in ihrer guten bräutlichen Liebe die Kraft, das abzuweisen. Goethe wußte das bald, daß hier für ihn mehr nicht zu hoffen war und daß sich ihm Lotte Buffs Herz nie schenken und daß es ihm auch nie gelingen würde, es zu brechen. Vielleicht, wenn er sich als Heiratskandidat auf die gleiche Ebene mit dem Sekretär stellte, aber ganz fern lag ihm der Gedanke an das Glück eines häuslichen Herdes. Wie lang war es her, daß ihn der Galopp seines Pferdes aus dem idyllischen Pfarrhof und dem Herzen eines Mädchens davontrug, wo man sich seinen Antrag erhofft hatte? Ein paar Monate kaum. Nein, nicht noch einmal solches Fliehenmüssen! Er blieb zufrieden mit dem, was man ihm hier im kinderreichen Hause des alten Witwers Buff gewährte, freute sich der praktisch sorgenden Anmut, mit der Lotte das Hausmütterchen ihrer Geschwister machte, der Gespräche und Spaziergänge mit dem

Brautpaar, das ihm Freund und dem er Freund war, und das ihm aufmerksam zuhörte, wenn er von seiner Welt erzählte. Daß es dann doch an einem heißen Augusttag zum geraubten Kusse kam, gab, da Kestner mit dem großen Zartgefühl seiner Liebe die Sache ordnete, der Freundschaft der drei nur größere Tiefe. Kestner wollte ja erst das Opfer seines Verzichtes bringen. Aber Lotte sagte ihm, daß sie nur ihn lieben könne und Goethe bei allen seinen Vorzügen nie einen rechten Ehemann abgebe. Welcher junge Mann aber verträgt, auch bei geringerer Verliebtheit, einen solchen Entscheid des geliebten Wesens, ohne in seinem Männerstolz verletzt zu sein? Unentschieden wußte der Doktor nicht, solle er bleiben oder gehen. Küßte weinend Lottens Hände und genoß das erschlaffende Gefühl des verschmähten, aber vielleicht doch heimlich geliebten Mannes. Da kam der Kriegsrat Merck aus Frankfurt. Sagte kein Wort, daß er das Mädchen charmant fand, tat gleichgültig und riet weiter zu gehen, zu andern Mädchen.

Es kam der Tag des Abschiedes und Lotte ließ Goethen die Hand, trotzdem Kestner da war. Aber nur für eine kleine Weile, und entzog sie ihm, als er sie fester halten wollte. Am andern Morgen lasen Kestner und seine Lotte jedes den Abschiedsbrief. Es ist besser so, sagte Lotte.

Wie Goethe sich zurechtlegte, was die ewig widersprechende Welt ihm ungeschickt und verworren aufgedrängt hatte: wie der Schuß des unglücklichen Verliebten das Zeichen gegeben, sein Echo die Lösung im Glase berührte, daß sie alsbald zu dem Kristalle wurde: wie Lotte Züge der Maximiliane,

Kestner solche des alten Brentano bekam, Jerusalem sich in den jungen Assessor verwandelte, der aber nicht so resolut ist, freiwillig sich zu entfernen, ehe er durch das Unerträgliche vertrieben wurde, — das steht in allen Literargeschichten ausführlich genug. Von den ersten Exemplaren des Romanes schickt Goethe zweie nach Wetzlar, und Lotte und Kestner, bittet er, möchten jeder für sich das Buch lesen.

Lotte mußte öfter die Lektüre unterbrechen. Das Buch, aus dem es ihr heißer entgegenwehte als sie sich aus der idyllischen Wirklichkeit erinnerte oder erinnern wollte, immer wieder ließ sie es in den Schoß sinken, verwirrt, versonnen. Und wenn sie ihren Blick zurückholte aus dem Träumerischen, dann sah sie ihren Mann, der fiebrig die Blätter schlug, die Stirne voll Falten. Er sah geärgert und verlegen aus. Das bist du nicht, Lotte! Goethe hat nie deinen Zauber begriffen! Und ich soll dieser kalte unempfindliche Albert sein? Ach, Lotte, ich wäre der Werther gewesen, wenn ich dich verloren hätte! So entrüstete sich der honette Kestner über die Umdichtung ihrer einfachen Geschichte in ein tragisches Abenteuer und über das einem fremden Wesen Leibes und der Seele aufgesetzte Gesicht seiner Lotte. Alle Welt würde mit Fingern auf die Kestners zeigen. In solchem Ärger schrieb er an Goethe. Und an alle Verwandten, Freunde und Bekannten, daß sie in der glücklichsten Ehe lebten. Goethe konnte das alles nicht begreifen. Gab ein paar Antworten. Nahm Lottens Verzeihung hin. Und ließ das Paar in seinem kleinen Leben und vergaß es.

## II

Houdons, des Bildhauers, für alle Zeiten definierter boshafter Greisenkopf Voltaires gab einer Legende das Siegel, die nur den alten Voltaire, den dieser Grimasse, kennt und der es unglaubhaft vorkommt, daß Arouet nicht nur einmal jung, sondern jung, hübsch und ein zärtlicher Dichter schöner Verse gewesen ist, nicht nur der ausdauernde Reimer der Henriade, der geistreiche Autor des Candide und der kalte Berechner von Tragödien, sondern ein junger Mensch von zwanzig, ausgestattet mit allen köstlichen Privilegien dieses Alters und als deren vornehmstem: enthusiastischer Freundschaft und fortreißender Liebe, die ja eine Erfindung der Jugend ist.

Die der junge Voltaire liebte hieß mit allen ihren Namen als Tochter respektabler Eltern aus dem Beamtenstande Fräulein Gravet de Corsembleu de Livry und Suzanne mit ihrem neben solcher Großartigkeit winzigen Vornamen. Sie wollte zum Theater und betrübte damit ihre Familie um so mehr, als sie kein Talent hatte. Dem dachte Voltaire damit nachzuhelfen, daß er der schönen Suzanne Deklamationsstunden gab, nicht als ob er sich davon für die theatralische Karriere Suzannes viel versprochen hätte, aber es war der einzige Weg, der der Eltern wegen zu den intimeren Schönheiten Suzannes führte und zu deren Erweckung durch die Liebe.

Da war auch noch ein Herzensfreund, Taugenichts wie Arouet selber, und Freundschaft dieses Alters kann verliebtes Glück nicht verschweigen. So kam es, daß der junge Lafuère de Genonville an den Unterrichtsstunden seines Freundes teilnahm, dann auch an den andern Zusammenkünften, in denen nichts mehr gesprochen wurde, weil die allzu bedrängte Brust nur mehr seufzen kann. Genonville wurde Suzannes zweiter Sprachlehrer und etwas mehr.

Et j'aurais pu m'en courroucer,
Mais je sais qu'il faut se passer
Des bagatelles dans la vie,

wie es in dem schönen Gedichte Voltaires an den verstorbenen Freund heißt, das er zehn Jahre nach dessen Tode schrieb, der mitten in diese seine Liebe zu Suzanne fiel, schmerzlich, aber immerhin etwas erleichternd, was diese Liebe selber betraf. So wenig pathetisch man auch damals die Liebe nahm und so sehr man sich der Freundschaft verpflichtet fühlte, von den Bagatellen des Lebens gering zu denken, als welche auch allzu starke Teilnahme des Freundes an der Liebe gilt, — ganz läßt sich doch die Eifersucht dem Zeitstil nicht opfern und erst gar wenn man zwanzig Jahre alt ist.
Suzanne wurde keine Schauspielerin, sondern heiratete sehr vornehm den Marquis de la Tour-Du-Pin de Gouvernet und wurde eine fromme Dame. Ihre Liebesgeschichte lag schon einige Zeit zurück, als Voltaire die Marquise besuchen wollte. Aber der Türschweizer ließ ihn nicht vor. Madame la Marquise fühlte keinerlei Bedürfnis, den Herrn Voltaire zu empfangen. Der rächte sich in einer impertinenten, aber gar nicht weiter bösartigen gereimten Epistel Vous et Tu.

CHARLOTTE BUFF

Eine Zeit, die sich hundert Jahre lang an der pathetischen Liebesromantik infiziert hat, tut sich leicht, wenn sie solchen Beziehungen den Charakter der Liebe abspricht, dem romantischen Idol einer „wahren Liebe" zuliebe, das im Flor der Tränen steht oder in der Blutlache des Selbstmörders. Es könnte aber immerhin als Beweis für ein starkes Gefühl gehen, daß der letzte Besuch des lorbeergekrönten Voltaire, jenes des Houdon, im Jahre 1778 seiner ersten Geliebten galt, welche die Liebe verraten oder verleugnet und trotzdem sie dieses getan hatte. Nach der Aufführung der Irene, der Segnung von Franklins Enkel, nach allen Ansprachen und Reden ließ sich der sterbende Achtzigjährige nach dem Hause der längst verwitweten Marquise von Gouvernet tragen, der Philis seiner Epistel aus der Zeit, da er noch François Arouet und noch nicht der Gott Voltaire war. Diesmal wies ihn kein Schweizer ab.

Im Salon Suzannes sah er wieder, wovon sich die Marquise bei aller Frömmigkeit nicht getrennt hatte: sein von Largillière gemaltes Porträt, den zwanzigjährigen Arouet in blauer Seide, strahlend, jung und schön. Darunter saß die Marquise, am selben Tage wie Voltaire geboren, nun achtzigjährig wie er selber. Nichts mehr von Suzanne, nichts mehr von Philis, sondern ein Gespenst wie er selber.

Als man ihn von diesem Besuche nach dem Quai des Théatins zurückgebracht hatte, sagte er: „Ah, meine Freunde, ich komme vom einen Ufer des Cocytus ans andere."

Im selben Jahre starb Voltaire. Und einige Monate nach ihm Suzanne, seine erste Entzückung, seine letzte Erschütterung.

## III

Als Casanova in Grenoble weilte, empfahl man ihm das Haus eines Advokaten Morin, den man ihm als Onkel einer hübschen Nichte bezeichnet hatte, und solches machte ihm einen Onkel immer beachtenswert. „Endlich erschien die hübsche Nichte. Ihre Seidenhaut war von blendender Weiße, was das tiefschwarze Haar noch hob. Ihre Gesichtszüge waren von vollendeter Regelmäßigkeit, ihr Teint leicht gefärbt, ihre dunklen, schön geschnittenen Augen konnten lebhaft sein und dann wieder weich und schwärmerisch. Schön gezogene Brauen, ein kleiner Mund, regelmäßig gesetzte Perlen von Zähnen und zartrote Lippen, auf denen das Lächeln der Grazie und der Scham lag", beschreibt er etwas im Zeitstil die Schönheit der jungen Nichte Anne Couppier und ihre Moral: „Ihr Betragen war so natürlich und so reserviert, daß sie meinen Scharfblick blendete." Das junge Fräulein tat sehr tugendhaft, was Casanova nicht hinderte, auf seine Weise familiär zu werden. Aber als sie allzugern und allzuoft darauf zurückkam, daß all ihr Ehrgeiz sei, „einen netten und genügend reichen Mann zu finden, der es einem nicht an dem Nötigsten fehlen lasse", dachte Casanova wohl an den Rückzug. Das ist natürlich ein Schwindel, was er in seinen Erinnerungen erzählt, die er ja schrieb, als ihm das weitere Schicksal des jungen Fräuleins bekannt war. Er wird eben einfach weitergegangen sein, wenig von den Heiratsabsichten der jungen Dame zur Fortsetzung eines Abenteuers befeuert, das solche Gefahren in seinen Falten barg. Denn auch der Abenteurer kann schwache Stunden haben, wo er von der Vision eines häuslichen Herdes entzückt eine Dummheit begeht. In den Erinnerungen aber erzählt er, daß er dem Onkel, der Tante und der jungen Dame erklärte, wie er sich vor dem in den Sternen vorgezeichneten Schicksal der jungen Nichte beugen und ein Opfer bringen müsse und auf das eheliche Glück verzichten, wenn es ihm auch das Herz breche. In den Sternen sei nämlich geschrieben, daß Anne Couppier ein weit höheres Los bestimmt sei, als Madame de Saintgalt zu werden. Daß sie nach Paris gehen würde, um hier „die Mätresse ihres Herrn zu werden“. „Wäre solches Los nicht Ihrer Nichte bestimmt,“ sagte er der Tante und küßte ihr die Hand, „niemand wäre glücklicher als ich, um die Hand Ihrer Nichte anzuhalten. Um nicht gezwungen zu sein, Ihnen Vorschläge zu machen, die das große Glück zerstören, das Ihre Nichte erwartet, bin ich entschlossen, morgen abzureisen.“ Die Tante, eine Frau von liebenswertestem Wesen, war entzückt von solchem Heroismus.

Von Anne Couppier, die als Mlle de Romans zur Zeit der Pompadour eine Geliebte des fünfzehnten Ludwig wurde, gibt es ein Porträt des beliebtesten Schönmalers Drouais, der Nattier noch weit darin übertraf, aus den einfachsten Bürgermädchen Versailler Göttinnen zu machen. Von Casanovas etwas schematischer Beschreibung, selbst von ihr ist nicht viel zu sehen auf diesem Bildnis, das aus einem schwer lastenden Hermelinmantel besteht, aus einem zu ihren Füßen schlummernden Eros, dem die Romans die Flügel beschneidet. „Das ist kein Fleisch“, pflegte Diderot vor den Bildnissen Drouets zu sagen, die königlich staffierte Puppen waren. Aber bei dem Fräulein von Romans hat der Maler mit seiner Kunst das psychologisch Richtige gerade dadurch getroffen, daß er eine großartig staffierte, glücklich-dumme Puppe malte. Denn das war sie. Das böse Maul der Sophie Arnould, das keine weibliche Schönheit verschonte, bemerkt über die Romans: „Bei dieser extraordinären Person gefiel sich die Natur ihre guten Geschmacksregeln aufgebend darin, eine große Übertreibung zu schaffen. Für sich betrachtet war Mlle de Romans wie ein Abguß ihrer selber als Ganzes und in allen Teilen ganz richtig und proportioniert. Aber sie war so kolossalisch, daß sie in Gesellschaft alle andern Frauen um Bedeutendes überragte in allen Dimensionen der Breite und Höhe. Neben ihr war der König, der eher groß war, nur ein Halbkönig.“ Mlle de Romans hatte sich zu einem Riesenweib ausgewachsen und entwickelte auch den Appetit eines solchen. Vor der Eifersucht der Pompadour in einem Hause zu Passy verborgen gehalten, paßte ihr das nicht. Sie hatte Lust auf die ganze königliche Torte, nicht nur ein Stückchen davon. Sie wollte ihre Chance ausnützen. Mit allen Mitteln. Auch dem des Kindchens, das sie vom König hatte. Vor allem Volke gab sie in den Tuileriengärten dem Säugling — dem späteren Abbé de Bourbon — die Brust, die mächtige. Trug dabei einen Kamm aus Diamanten im Haar. Das Volk drängte erstaunt

und amüsiert, denn das Kind war schön, die Mutter eine Riesin und des Königs Geliebte, das Ganze ein Schauspiel. Und die Mutter schrie erschreckt: „Aber meine Damen und Herren, erdrücken Sie doch das königliche Kind nicht! Sie nehmen ihm ja die Luft, dem königlichen Kind!"
Der Hofstaat der Pompadour hatte eine hübsche längst gesuchte Gelegenheit, die Romans unmöglich zu finden. Das fand dann der König auch. Schickte seine Bogenschützen, die der Romans das Kind wegnahmen und ließ die Mutter ausweisen. Diese heiratete schließlich doch noch einen Herrn von Soundso, einen netten Mann und reich genug, daß es einem nicht an dem Nötigsten fehlt.
Aber zur Zeit, da sie noch als „seine Große" des Königs Geliebte war, sah sie ihren Sterndeuter aus Grenoble wieder, der sich schmeichelte, durch seinen großmütigen Verzicht zu ihrem Glücke beigetragen zu haben. Nachdem die ersten Küsse des Wiedersehens getauscht waren, gestand ihm die Favoritin des Königs, daß sie nicht glücklich sei. Sie habe ja Diamanten und Spitzen und ein schönes Haus und Wagen und hundert Louis Nadelgeld im Monat und liebe den König, der höchst höflich sei und gut und zärtlich und schön und nachgiebig, aber: „kann man glücklich sein, wenn man seine Selbstachtung verloren hat?" fragt sie, das Grenobler Bürgermädchen. Und Casanova schließt: „Wir trennten uns nicht, ohne Tränen vergossen zu haben." Die Unschuld des Fräuleins von Romans weinte sich am Busen des weisen und wissenden Casanova aus. Vielleicht waren es nicht einmal hypokrite Tränen. Sondern jene aus dem

Heimweh nach einer verschwundenen Kindheit, eng und klein und ärmlich, aber so fest und sicher.

## IV

In den Bekenntnissen, dem einzigen lesbaren und gelesenen Buche des sonst ganz Figur und Begriff gewordenen Rousseau, und in der langen Reihe der Frauen, von denen er bis auf eine einzige in diesen Konfessionen indezent erzählt, steht, in einer freundlichen Nische nur, nicht auf einem pompös ausgezeichneten Altar, das zierliche Persönchen der Madame de Larnage. „Ich danke ihr, nicht gestorben zu sein, ohne das Vergnügen gekannt zu haben", lautet das gute Zeugnis, das dieser bis zur schamlosen Aufrichtigkeit verlogene Mann ihr ausstellt und das sie sich um ihn in seiner jungen Vagabundenzeit verdiente, in der er frech und furchtsam, ungeschickt und gerissen war, ein Ingénu und ein Gil Blas. „Und wenn ich hundert Jahre alt werde, nie werde ich mich ohne Vergnügen an diese reizende Frau erinnern", und zählt nachgenießend auf, was er bei ihr genossen hat.
Ganz wie der eitle Casanova detailliert er sein Glück. Aber über einen Umstand schweigt er, nennt ihn nur: daß eine Bizarrerie ihn veranlaßt habe, sich Madame de Larnage als einen Engländer auszugeben.
Auf der Straße nach Montpellier trennen sie sich. Sowie er von seinem Polypen kuriert sei, wolle man sich, so beschloß man, in Bourg-Saint-Andéol treffen. Er verfehlte das Rendezvous. Er besucht den antiken Pont du Gard, verliert sich in Ge-

danken über römische Größe und Erhabenheit, bedauert kein Römer gewesen zu sein, fühlt sich klein wie ein Insekt inmitten solcher Größe und etwas erhebt ihm außerordentlich das Gefühl. Zerstreut und träumerisch wurde er, „und diese Träumerei war nicht günstig für Frau von Larnage". Dieser von der Größe der Römer an- und dadurch von seiner Geliebten abgezogene Mann war fünfundzwanzig Jahre alt. Man hat also einigen Grund, das Aquädukt für einen Vorwand zu halten. Die, der er so nie zu vergessendes Vergnügen dankte, hatte sich auf der Straße nach Montpellier nicht von einem sentimentalen Jüngling verabschiedet. Wenn er auch jetzt gern diese Gelegenheit benützt, von seiner Tugend zu sprechen und von der Angst, sich an dem verabredeten Orte in die Tochter der Frau von Larnage zu verlieben. So bricht er mit heroischem Getue ab. Aber aus den getürmten Wolken des Pathetischen bricht ein dünner scharfer Strahl und gibt Licht auf diese Begebenheit und ihre bizarre Komik. Er hatte sich als einen Mr. Dudding aus England vorgestellt, und „es brauchte in diesem Bourg-Saint-Andéol nur eine einzige Person sein, die in England gewesen oder englisch sprechen kann, und ich bin demaskiert." Das war der Grund, der den Abenteurer abhielt, das schöne Haus der Frau von Larnage kennenzulernen und seiner Liebe weitere Kapitel zu geben, das schöne Haus, in dem die von ihrem Gatten Louis-François d'Hademar de Monteil de Brunier geschiedene Frau Suzanne lebte, nachdem sie diesem Gatten, der Generalleutnant der Armee des Königs war, zehn Kinder geschenkt hatte und ihm trotzdem untreu war. Und mit vierundvierzig Jahren dem Fünfundzwanzigjährigen das gab, dessen er sich noch mit hundert Jahren erinnern wollte: das Vergnügen der Liebe, die Vergnügen ist, und um dessentwillen er der Frau eine größere Jugend gab als sie besaß. „Sie war, die Liebe machte sie dazu, charmant. Denn sie war weder schön noch häßlich noch alt. Aber sie hatte nichts in ihrem Gesichte, das ihrem Geiste und ihrer Grazie Hindernis gewesen wäre, alle ihre Effekte zu zeigen. Im Gegensatz zu andern Frauen war es ihr Gesicht, das am wenigsten frisch war. Ich glaube, die Schminke hat es ihr verdorben." Sie war kürzer gesagt eine nicht mehr junge, aber um so erfahrenere und verliebte Dame.

In der Einsamkeit ihres Sterbens suchte sie Trost und Unterhaltung in alten vergilbten Liebesbriefen. Einige von einem jungen Engländer namens Dudding waren darunter. Sie erinnerte sich. Auch daran, daß sie diesen hübschen jungen Mann vergeblich eine Zeitlang erwartet hatte. Es war so hübsch gewesen, diesen jungen Engländer zum Mann zu machen, ihm das beizubringen. Während sich so Madame de Larnage erinnerte, etwa im Jahre 1756, und ein imaginäres Wiedersehen feierte aus vergilbten Briefen, war der sie schrieb der bewunderte und umstrittene radikale Philosoph geworden, der Verfasser des Discours sur l'Inégalité. Daß der jakobitische junge Engländer Dudding und dieser M. Rousseau ein und dieselbe Person waren, das wußte sie nicht und hat es nie erfahren. Einmal ist Jean-Jacques um nichts als seiner körperlichen Schönheit willen geliebt worden, und da war er ein Mr. Dudding gewesen.

# *DIE BEIDEN FRAUEN DANTONS*

GABRIELLE, die Tochter des immer lächelnd seine Gäste bedienenden Wirtes des Café du Parnasse am Quai de l'Ecole, saß hinter der Theke und kassierte die Zechen der Gäste ein. Dem großen schönen, etwas bäurischen Mädchen gefiel der lärmende, ungeschlachte Kerl vom ersten Sehen an. Er ist doch so häßlich, sagte man ihr. Was macht das aus, wenn ich ihn schön sehe? Und der Gast kam jeden Tag zwei Wochen durch, stand an der Theke und plauderte mit dem Mädchen. Nicht wie ein Courmacher. Dann war's entschieden, daß man heiraten wolle. Es gab eine schöne gute Hochzeit, denn von Mitgift und derlei war nicht die Rede. Zuvor war der Bräutigam nach seinem Heimatstädtchen in der Champagne gefahren, um da Bürgen und Geldgeber zu finden, damit er sich eine Advokatur beim königlichen Gericht kaufen konnte. Nun hatte er die liebende und geliebte Frau und sein Amt und wartete in der düsteren Passage du Commerce auf seine Klienten und den überaus nötigen Louisd'or, den der Schwiegervater jede Woche schickte. Bald hatte Danton mehr Schulden als Klienten, von diesen nur drei Stück in der ganzen Zeit von vier Jahren bis zum Tode Mirabeaus im Jahre 1791, wo sich mit der dahingegangenen Konstituante ihm seine Zukunft auftat. Aber er war keiner von den vielen, die fiebrig im Dunkel ihrer Existenz auf die Karriere warteten. Auch von denen keiner, denen das letzte bereits schon nicht mehr wahre sentimental-philanthropische Philosophieren des Jahrhunderts im leeren Hirne zu Phrasen ausschwärte und die begierig waren, das Zeug an den Mann zu bringen in Pamphleten und Reden. Wenn das Blut dieses kolossalischen Burschen mit dem häßlichen Tatarengesicht in einem revolutionären Rhythmus schlug, so kam das weder aus Büchern, deren er keinerlei las, noch aus dem Ressentiment des Neides, den er nicht empfand, sondern aus der wilden Ungebärde seiner Sinne, die ihn die Republik lieben ließ wie eine Frau und die ihn auch betrog — wie eine Frau. Das Rauschen seines Blutes machte ihn stark und machte ihn schwach. Aus dem Schoße der Geliebten gewann er den Aufschwung. Aber auch die verwundbare Stelle für die heimlichen Pfeile seiner Gegner. „Die erstaunliche Kraft, von der er in schwierigen Momenten Zeugnis gegeben hatte, brach mit den Umständen und Fakten zusammen, die sie erzeugt hatten und übersteigerte sie nicht." Er schlug aus der Liebe erwacht wie ein Rasender um sich, und inmitten solchen Tobens sank ihm der Mut und die Kraft verbrauchte sich, und nichts mehr blieb als Sehnsucht nach der Faulheit, unter Bäumen zu liegen, vielleicht zu schlafen oder geküßt zu werden und zu küssen.

Zwei Kinder hatte er von Gabrielle, das eine gezeugt am andern Tage des Bastillensturmes, das andere am Tage nach dem Tode Mirabeaus. Zwei

Buben und immer die in den riesenhaften Schatten dieses Mannes sich schmiegende Liebe dieser Frau, die, eine starke Natur, nie schwach wurde bei den Untreuen dieses Gatten, nie ein grollendes Wort sprach, sondern nur gute, tröstende, beruhigende Worte, und sich mühte, aus der kleinen Wirtschaft des Hauses eine sichere, freundliche Stätte zu schaffen mit guten, ergebenen Gästen, Frauen besonders, die lachen und fröhlich sein konnten und wie gute Schildwachen stehen, damit den Tribunen nicht auch noch im Hause die politischen Männer überfielen. Es war ja selten genug, daß er des Abends zu Hause sein konnte. Oder sein mochte. Denn die knurrende Bulldogge, wie ihn Roederer nannte, ließ sich nicht gerne an die Kette guter Konnivenzen legen, auch von der zierlichen Lucile, der Herzensgenossin Desmoulins nicht. Ganz aus dem Stoffe des Volkes gebildet redet er in Flüchen und unflätigen Redensarten, aber aus der Masse seines derben Fleisches heraus und nicht wie ein zynisch überspitzer Intellektueller ist er gutmütig, unbekümmert, sorglos, offen. Kutscher, Diebe, Trunkenbolde, Straßenweiber, Sträflinge, das ist für ihn alles seinesgleichen. Er kann sogar dem offenkundigen Narren Marat öffentlich einen Kuß geben. Nur Typen von der Art des Tugendschulmeisters Robespierre sind ihm als nichtig und verlogen in der Seele zuwider. „Danton hat sich für berechtigt gehalten, das Geld des Hofes gegen dessen Interessen zu verwenden, und wahrscheinlich hat er dabei innerlich jenes schlaue Lächeln gelächelt, das der Bauer lacht, wenn er den Viehhändler hereingelegt hat.“ Taine sagt, ohne die Revolution wäre Marat ein kompletter Narr des Irrenhauses geworden, Robespierre ein schönredender Advokat in Arras und Danton hätte als Brigant auf dem Schafott geendet oder als Seeräuber, denn er hatte, ganz Volk, einen ungemein praktischen Sinn. Auch als Politiker ist er ganz frei von theoretischen Erwägungen. Ein bloßer Tatmensch, dessen Bewegung von Vision zu Vision geht. Er sieht seine Tat realisiert, bevor er die Mittel dazu gefunden hat, denn er berechnet nicht, sondern er sichtet. Seine Sinnlichkeit steht immer vor einem Schauspiel, das er als erster sieht. Die Tat ist ein völlig inkarnierter Gedanke von urgenter Exekution. Danton war unter allen seinen Genossen der Revolution der einzige, der aus dem Vielfachen der Umstände in jedem Augenblick das zu lösende Einfache freimachen, das heißt handeln konnte. Er hat die ganze brauchbare Maschinerie der Revolution geschaffen, aber dafür, nun den Hebel rückend dabei zu stehen, war er zu faul, kannte als Volk das Volk zu gut und liebte sich in ihm zu sehr, als daß er sich Wert davon versprach, es mit Methode und System zu quälen, mit Bureau und Akten. Er weiß, die Maschine geht nur, wenn sie mit Kostbarstem geheizt wird, und er will nicht Heizer sein. „Ich lasse mich lieber selber guillotinieren, als daß ich guillotiniere", sagt er und tritt zur Seite, wie ein großer starker Kerl, an den man schon nicht rühren wird. Daß sie es dann doch taten und ihm den Kopf in den Korb legten, dazu gab er selber die geschwächte Hand.

Als der ins Ministerium der Justiz als Minister berufene Deputierte dieses Haus verließ, um wieder sein Quartier in der rue du commerce aufzusuchen, lag sein Weib Gabrielle krank auf den Tod, nur mehr ein Schatten ihrer selbst. Aber er konnte nicht verweilen, mußte in höchster Gefahr der Revolution zur Nordarmee nach Belgien. Der riesige Mensch lag am Bett der Sterbenden und schluchzte fassungslos wie ein Kind. Die kleinen Buben verbargen heulend ihr Gesicht in den Kleiderfalten der guten Nachbarin Frau Recordin, die sich ein ums andre mal kräftig schneuzte. Und im Dämmer des Raumes stand erschreckt und bebend ein sechzehnjähriges Mädchen, von der Sterbenden den Kindern zur Mutter, dem Manne zur Gattin bestimmt. Noch nicht Witwer und doch schon Bräutigam, verließ Danton sein Haus, um nach Belgien zu gehen. Als er zurückkam, erwartete ihn nur mehr seine kleine Braut Louise Gély mit den Kindern, führte dem jüngeren der Knaben beim Schreibenlernen die Hand, war die Ziehmutter und sah aus wie die ältere Schwester.

Das Lachen ihrer sechzehn Jahre vertreibt aus dem düsteren Hause die Trauer, und die Zärtlichkeit ihrer Kinderarme, der sinnliche Atem ihres vollen Mundes, das leuchtende Edelsteinblau ihrer Augen machen den mit vierunddreißig schon alten und müden Danton wieder jung. Um diesen Frühling in seinem Herbst, dieses Rosenband in seiner Trauer und diesen Regenbogen nach dem Sturm bringt der alte Freigeist und Schüler Diderots jedes Opfer, das die ihm feindlich gesinnte Familie der zarten, aber so starken Braut fordert, ja, auch dieses, richtig katholisch zu heiraten. Er enttäuschte die

Eltern, die sich den Altar als das Hindernis gedacht hatten, vor dem dieser widerliche Jakobiner zurückweichen und ihnen die Tochter lassen würde. Denn der Jakobiner wäre, ganz vom Verlangen als seinem Herrn beherrscht, noch durch ganz andere Flammen gegangen. Und er selber schichtete den Scheiterhaufen, auf dem er verbrennen sollte. Fand den refraktären Priester, der den Eid nicht auf die Republik geleistet hatte, kniete vor ihm, schwur, wie es der Ritus von den Renegaten verlangt, seinen bisherigen Irrglauben ab, und andern Tages fügte der Priester die Hände des Paares ineinander vor einem zum Altar umgestalteten Tisch in einer Mansarde des Hauses in der Rue du commerce, wo vier Monate zuvor ein Geistlicher von Saint-André-des-Arts die tote Gabrielle abgeholt hatte, aus dieser selben Mansarde. Da liegen auf der Kommode noch Gabrielles Hüte, ein seidner und ein Biberhut, über eine Stuhllehne geworfen die pelzverbrämte Mantille aus blauem Satin. Und aus einem dunklen Winkel leuchtet es: da hängen gestreifter weißer Musseline und Zitz; und dort steht das Bett, in dem sie litt und starb, auf dem Tischchen daneben noch das Glas, aus dem sie trank. Am Altartischchen wartet der Priester, und das Brautpaar tritt ein, und hinter ihm Gabrielles Söhne, festlich geschmückt, Antoine und François-Georges. Danton strahlt. Er sieht nichts als seine kleine Kind-Braut, ihm von der Verstorbenen gegeben, nichts als diese Louise, die so drollig ist, wenn sie sich würdigen Ernst als Mutter gibt, dieses lachende, sinnliche, zierliche Gerank um seinen riesenhaften Stamm, der dem Mädchen erst so Angst gemacht hat und vor dem sie sich nun nicht ein bißchen mehr fürchtet.

Danton schlenderte mit seiner so jungen Frau in den Weinhügeln seiner Heimat. Weit weg war der Krieg und war Paris mit seinen Komitees. Nichts als ein Verliebter war er und ganz in die weiche Lust versunken; kaum drang ein Echo von dort in das Glück dieser Landschaft und des sich verlierenden und verlorenen Mannes, der unter den Bäumen sein Weib liebte wie diese Bäume, diese Hügel, diese Wiesen und Weingärten. Die Spannung seiner Muskel löste sich, sein Schritt bekam das Schwankende eines, der sich gleich ins Gras fallen lassen wird, faul, gedankenlos, nachgiebig dem Sommer, der Geliebten, der Müdigkeit. Er lachte wie ein beglückter Sklave, wenn das Frau-Kind auf den Berg seines ruhenden Leibes stieg, um den Pfirsich über ihnen im Baum zu erreichen und zu pflücken. Was bedeuteten die Ränke der Gegner in Paris, — er brauche nur die Faust zu schütteln und sie zitterten. So sagte er. Aber er glaubte es nicht mehr. Er wußte, daß er das Leben aus einem andern Quell sog, und wäre es ein schwächendes Gift, aus einem andern als dem, der ihm einmal seine Größe zu speisen schien. Er sagte sich, er brauche sich nur zu recken, aber er zweifelte. Und verzweifelte. Und stärker noch kochten daran seine Sinne auf und wie ins Vergessen stürzte er sich über das junge Weib.

Danton saß wieder vor dem Tisch seines Pariser Hauses, dem mit Zeitungen und Flugblättern und Pamphleten bedeckten. Er las im Vieux Cordelier, was da allzu freimütig Desmoulins, das „enfant terrible seines Geistes", sein Johannes und das Herz seines Herzens, über Robespierre geschrieben hatte, den er mit Zitaten aus dem Tacitus einen römischen Tyrannen nennt. Aber er las es nur so mit den Augen. Seine Sinne lauschten der Stimme Louisens, die im Nebenzimmer, wohin die Türe offen stand, den beiden Jungen und dem neunjährigen Sohn der Schwester Fabeln von Lafontaine vorlas. Er schaute von seinem Tisch aus, wo es nach Staub und Moder roch, in das andere Gemach, in dem die Sonne lag, und wo die beiden Mägde leise kamen und gingen und den Tisch abdeckten. Die Freunde waren wie fast jeden Tag dagewesen, nicht mit Worten, aber mit den Augen fragend, warum Danton schlafe. Fabre d'Eglantine, der idyllische Dichter, Camille, sein Herzfreund und der so vieler Frauen, fast so vieler wie er selber, Hérault de Séchelles, der Aristokrat der Partei, Philippeaux. Er würde schon aufwachen und dann ... Danton reckte sich. Aber nur das Gebirge seines Leibes bewegte sich. Sein Geist, seine Seele, sein Herz lagen im guten Schlaf seiner einfachen Menschlichkeit. Die Tränen am Sterbebett Gabrielles, die Hochzeit vor dem Priester, sein junges Weib, die Kinder, — besser ein armer Fischer sein, als die Menschen beherrschen wollen. Er rekapitulierte im Geiste: „Die Gironde hat uns gezwungen, uns dem Sansculottismus in die Arme zu werfen. Der wird uns und schließlich sich selber zugrunde richten. Laßt Robespierre und Saint-Just nur machen. Bald wird Frankreich nur mehr eine Einöde mit anderthalb Dutzend politischer Trappisten sein. ... An einem solchen Tage habe ich den Revolutionsgerichtshof einsetzen lassen. Ich bitte dafür Gott und die Menschen um Verzeihung. In solchen Zeiten kommt die Macht in die Hände der ärgsten Schurken."

Es war am Abend des sechzehnten Germinal, als die Magd ging, einem Klopfenden das Tor zu öffnen. Kaum konnte Panis, der Freund, sprechen, so hatte ihm der Lauf vom Konvent bis zum Hause den Atem genommen. Die Verhaftung Dantons sei beschlossen. Der sagte: „Nein, nein, sie werden es nicht wagen." Und der Bote verschwand in Angst und Eile wie er gekommen war. Louise brachte die schläfrigen Kinder zu Bett. Nun legte sie die Arme um den müden Mann, küßte ihn. Da pochte es wieder ans Tor und Danton ging selber öffnen. Lindet schickte einen Boten: das Komitee werde im Augenblick alle Zugänge zum Hause umstellen lassen. Noch sei Zeit, zu fliehen. „Fliehen?" Danton ärgerte das Wort. „Trägt man denn das Vaterland an den Schuhsohlen mit?" Der Bote verschwand wie der erste in der Nacht, und Danton ging wieder zurück in sein Arbeitszimmer, fiel auf einen Stuhl, hielt sein Löwenhaupt in den Händen. Von Zeit zu Zeit schürte er heftig die brennenden Scheite im Kamin. Sprach zu sich selber. Unzusammenhängende Worte. „Ich hab ausgedient. Das Leben ist mir zur Last." Maß mit großen Schritten das Gemach. Blieb am Fenster stehen und sah in die Nacht, diese langsame, schleichende Nacht... Tappten da nicht leise Schritte ums Haus? War nicht ein Flüstern da draußen? Klirrte da nicht etwas wie ein Degen? Louise war aufgewacht und lief zu ihrem Mann, der in seinem innern Sturm durch den Raum schwankte. Sie warf die Arme um ihn, küßte seine Hände, badete sie in Tränen. Schon brauchten draußen die Schritte keine Vorsicht mehr. Und donnerten Pistolenknäufe und Degengriffe ans Tor und schrie eine Stimme: „Au nom du Comité de Sûreté!"

Das war das Todesurteil, das rituelle, und Danton brüllte einen kurzen rauhen Schrei, wie ein gefangenes Tier in der Falle. Dann nahm er seines Weibes Arm von seinen Schultern und öffnete. Fackellicht beleuchtete Soldaten in Waffen und Parteigänger Robespierres. Danton stieß ein dröhnendes Gelächter aus. Aber es fand kein Echo. Da wußte Danton, was dieses Schweigen bedeute. Und daß er nicht mehr sein Schicksal aufhalten könne. Und sprach kein Wort mehr und tat keine auffallende Geste mehr. Schritt durch das Spalier der blitzenden Bajonette mit raschem Schritt und gab sich gefangen.

Louise Danton lag ohnmächtig in den Armen der Mägde.

Auf dem Weg zur Guillotine sang Danton nach einer populären Melodie die Strophen eines Liedes, das er während seiner Haft verfaßt hatte. Eine davon ging so:

Uns bringen an den Galgen zwar
Viel Schurken — eine ganze Schar,
Und das betrübt uns sehr.
Bald aber kommt der Augenblick,
Da kriegen alle sie den Strick,
Das tröstet uns noch mehr.

Samson ließ ihn singen und merkte sich das Lied.

Und zwei Jahre darauf, am 21. Germinal des Jahres vier heiratete bürgerlich und brav die Witwe Louise Danton den Bürger Claude-Etienne Dupin, dessen korrekten Anschauungen und sauberen Sitten es gelungen war, durch die ganze Revolution seinen eigenen Zielen zu dienen, die bescheiden waren und kleine Ämter betrafen. Erst nach dem Thermidor wurde er weniger bescheiden und machte zur Bedingung seiner Heirat, daß Louise niemals den Namen Dantons ausspreche und daß, falls sie von ihrem neuen Gatten Kinder bekomme, diese nie erfahren dürften, daß sie mit dem Königsmörder verheiratet gewesen. Dupin besaß ein naives Kindergemüt in diesem ängstlichen Glauben, daß sein 21. Germinal die Erinnerung jenes 16. Germinal auslöschen könne und die letzten Worte Dantons unter dem Beil: „O bien-aimée! Ma bien-aimée, je ne te verrai donc plus!“ Zwei Jahre brauchte die achtzehnjährige Witwe, um den fließenden Quell ihrer Tränen zum Versiegen zu bringen, und so weit zu sein, Herrn Dupin zu heiraten, der unter Napoleon Präfekt und Baron wurde und an den sich Louise gewöhnte und den sie um vieles überlebte. Sie wurde über achtzig Jahre alt.

*DIE MALERINNEN*

ANGELIKA KAUFMANN

## I

ANGELIKA Kaufmann, das vorarlbergische Wunderkind, fand den Frieden ihrer Seele, wenn auch nicht die Ruhe ihres Herzens in Ruinen, denen Roms und denen des alten Malers Zucchi, der seinerseits am liebsten Ruinen malte. Goethe war ihr ständiger Sonntagsgast während seines römischen Aufenthaltes und sie führte ihn, eine pädagogische Sybille, durch die römischen Kunstwerke, was, wie Goethe bemerkt, ein Vergnügen war, denn sie besaß ein geübtes Auge und verstand sich vortrefflich aufs Metier. Mit alldem war sie empfänglich für alles Wahre, Gute, Schöne und von höchster Bescheidenheit. „Sie ist aber", schreibt er nach Hause, „nicht glücklich, wie sie es zu sein verdiente bei dem wirklich großen Talent und bei dem Vermögen, das sich täglich mehrt. Sie ist müde, auf den Kauf zu malen, und doch findet ihr alter Gatte es gar zu schön, daß so schweres Geld für oft leichte Arbeit einkommt." Als Goethe den deutschen Römern die Iphigenie der ersten Fassung vorlas, fehlte Madame Angelika nicht und auch ihr alter Gatte war da, und der allein wußte, warum ihr die Tränen flossen bei Iphigeniens Worten: „Dies ist's, warum mein blutend Herz nicht heilt.

In erster Jugend, da sich kaum die Seele... So tiefe Narben bleiben von jenem alten Schaden in der Brust, daß weder Freud noch Hoffnung darin gedeihen kann.“ Der Ruinenmaler war ein alter Mann voll Einsicht und Verstand für Stürme, die er selber längst nicht mehr erlebte, und der Schmerz, der melancholische, stand seiner Frau, die so gut verdiente, auch wenn seine Ursache so weit zurücklag.

Angelika Kaufmann, in Chur geboren, aber aus Bregenz am Bodensee, war ein Wunderkind. Was ihr Vater, der ein Maler war, alsbald erkannte und Angelika einfach für den Ruhm erzog. Sie sang, und Freunde rieten zum Theater. Schwankend zwischen der Leier und dem Pinsel, der Musik und der Malerei, so hat sie sich selber in einer Allegorie gemalt und damit für den Pinsel entschieden. Dazu war sie ein schönes Mädchen nach dem Kanon Winckelmanns, groß, blond und blauäugig, — wie aus der Mythologie des Ritters Rafael Mengs entsprungen. So hat sie in London Reynolds gemalt, der sich in sie verliebte. Sie nicht in ihn. So sehr sie der Kunst ergeben war, blieb sie ein weibliches Wesen und brachte ihr nicht das Herz zum Opfer. Sie wartete, bis es sprach.

Sie war darüber immerhin siebenundzwanzig Jahre alt geworden, aber nur um so stürmischer brach aus ihr die Liebe hervor zu dem jungen über alle Maße schönen und eleganten Schweden Friedrich Grafen von Horn, unter dessen Blick ihr wie der Firnschnee reines alpines Herz hinschwand. Vielbeneidet heiratete sie den entzückenden Kavalier einer entzückten Gesellschaft, der sich aber schon ein paar Tage nach der Hochzeit als ein abgefeimter Schwindler und Hochstapler herausstellte und benahm. Er war weder ein Graf noch hieß er Horn. Er hieß auch nicht Friedrich. Und die Historiker haben festgestellt, das er nicht einmal ein Schwede war. Sondern nur ein ehmaliger Lakai des Grafen und Spitzbube. Angelika dachte zunächst an den Tod. Dann aber daran, den Gatten mit 300 Pfund davonzujagen und London zu verlassen. Sie hätte ihn aber nicht davonjagen sollen, denn bis zur letzten Stunde ihres Lebens war es ihr großer Schmerz, diesen entzückenden jungen Mann verloren und es nicht vorgezogen zu haben, mit ihm zu leben und zu lieben, auch wenn er kein Schwede und kein Graf, sondern nur ein Lakai und ein Schelm war. Darüber konnte sie auch der Ruinenmaler Zucchi nicht trösten, der harmloseste ihrer vielen Verehrer und der älteste, von dem sie in ihren schwärmerischen Nachgedanken nicht gestört zu werden sicher war. Der gute alte Maler war der letzte, der imstande gewesen wäre, ihr den süß schmerzenden Pfeil aus dem Busen zu ziehen. Auch die viele Malerei, die sie nun trieb, konnte sie nicht darüber trösten, daß es vielleicht besser gewesen wäre, den schönen Lakaien bis ans Lebensende zu behalten, statt nun mit dem Herrn Dr. Goethe aus Weimar im Palazzo Barberini einen Lionardo erklärend zu bewundern, der, wie sich viel später herausstellte, so wenig ein Lionardo war wie jener junge reizende Bursch ein Graf.

Das vestalische Genre, in dem Madame Angelika malte, ihr verhimmelnder, auf große Gefühligkeit gestellter Stil findet heute keinerlei Beifall mehr.

Aber auch ihre Zeitgenossen waren in der Anerkennung etwas zurückhaltend, schrieben etwa: „Angelika befand sich zuweilen in dem Fall, wegen ihrer Zeichnung kritisiert zu werden. Sie vermied es, Figuren in der Verkürzung zu zeigen. War sie dazu gezwungen, tat sie es mit Intelligenz."
Sie starb, lange nach ihrem Gatten, in ziemlichem Elend, das sie aber mit heiterer Würde ertrug. An ihrem Tode nahm ganz Europa Anteil, soweit sie es porträtiert hatte. Und hinter ihrem Sarge trug man wie bei Raffaels Leiche zwei Gemälde von ihrer Hand.

## II

In den Lebenserinnerungen, die Madame Vigée-Lebrun als siebzigjährige alte Dame aufschrieb, wird man vergeblich das Erlebnis suchen, das den Zeitstil, dem auch sie mit ihren nach vielen hunderten zählenden Bildnissen erlag, noch süßer machte, als er schon war. Sie hatte vor der Zeitgenossin Angelika neben vielem auch dieses voraus, daß sie als Pariserin in der Luft einer malerischen Tradition aufwuchs, die ihr Talent in feste Ufer aufnahm und so formierte. Während die im Gefühle immer bewegte, beunruhigte und ins Leere schwärmende Angelika die bewunderten alten Meister nur mißverstehen konnte, wenn sie glaubte, in deren Spuren zu gehen und ihnen noch das Himmlische ihres Gefühles in ihren Malwerken zu geben. Ihre glücklichere und immer glückliche Zeitgenossin, Madame Elisabeth, hatte einen Gatten und durchaus keinen guten. Dieser Maler Lebrun

ELISABETH VIGÉE-LEBRUN

nahm ihr das Geld weg, das sie verdiente, und verspielte es. Aber sie brachte dafür bis zu ihrer Scheidung eine heitere Resignation auf und ertrug es als die kleine unvermeidliche und nötige Korrektur ihres sonstigen Glückes, das nicht einmal der Herbst des Jahres 1789 unterbrach, der sie als bereits berühmte Frau überraschte und als eine dem Hofe und Versailles so sehr attachierte, daß sie unter den ersten war, die aus Frankreich flohen. Die ganze Revolution lernte sie nur in einem Individuum kennen, das sich auf dieser Flucht in ihre Diligence setzte, ein schmutziger, stinkender Kerl, wie sie erzählt, der davon sprach, die vornehmen Leute an die Laterne zu hängen, und er zählte auch alle auf, an die er dabei dachte, und jeder zweite, den er nannte, war Madame Elisabeth Modell zu einem Porträt gesessen. Auf dieser Reise war sie schon eine junge Mama und hatte von Marie Antoinette bis zur Generalpächtersfrau alles gemalt, was es an hübschen oder bloß reichen Frauen in Paris und Versailles gab. Sie reiste mit ihrem Töchterchen, und das Kind beruhigte den wilden Sansculotten, so daß er statt in effigie zu hängen, schließlich ganz friedlich mit der Kleinen Händepaschen spielte. Als die ersten savoyischen Berge auftauchten, bekam Madame Angst vor ihnen. „Aber unmerklich gewöhnte ich mich an dieses Schauspiel und endete damit, es zu bewundern.“ Wie alle Damen ihrer Zeit, war sie ein Adoptivkind Rousseaus und fand sich im Anblick des Genfer Sees so sehr Nouvelle Heloise, daß sie nach zwanzig Jahren europäischer Reisen wieder hierher zurückkehrte, um diese Natur zu malen. Aber vor dem Montblanc versagten, wie sie erzählt, ihre Pastellstifte. Ihre Ergriffenheit war stärker als ihre Hände, sie zu meistern, wenn auch nur im Pastelle. Sie begnügte sich in ihren Landschaftereien mit der vorgeahnten Romantik — sie war ja eine Frau — sanfter Täler und baumbewachsener etwas vom Sturme bewegter Hügel. Oder mit Wasserfällen.

Neben moosbedeckte Felsen und fallende Wasser stellte sie ja auch eine interessante, aber so ganz unromantische Frau wie die Gräfin Potocka, die ihr während des Malens von ihren drei Ehemännern erzählte und daß sie sich mit dem Gedanken trage, den dritten, eben hinausgeschickten, laufen zu lassen, um den ersten wiederzunehmen, trotzdem er immer besoffen ist. Während die Vigée Frau von Staël malte, bat sie Corinna, Verse zu deklamieren, was diese auch sehr gern tat, denn sie liebte ihr majestätisches Organ und die Poesie. Doch mitten im Deklamieren rief sie der Malerin zu: „Aber Sie hören mir ja gar nicht zu!“ Madame Elisabeth aber sagte: „Rezitieren Sie nur immer weiter“, und die derbe Corinna ist auf dem Bilde fast eine hübsche Person geworden.

Madame Vigée-Lebrun hat über sechshundert Porträte mit der leichtesten Hand und ganz unbeschwertem Herzen gemalt. Sie haben alle untereinander die Familienähnlichkeit süßer Augen und eines zitternden Näschens, wenn auch nicht die Ähnlichkeit mit sich selber. Aber, lehrt sie die Kollegen: „Laßt euch nicht abschrecken, wenn einige Leute keine Ähnlichkeit in ihren Porträten finden. Es gibt so viel Leute, die nicht zu sehen verstehen!“ Oder: „Man muß den Frauen schmeicheln, ihnen sagen, daß sie schön seien, einen frischen Teint hätten usw. Das versetzt sie in gute Laune und sie sitzen mit größerem Vergnügen. Das Gegenteil verändert sie sichtlich. Man muß ihnen auch sagen, daß sie wundervoll sitzen. Das verpflichtet sie, wirklich gut zu sitzen."

Alles das konnte sie dem Montblanc nicht sagen, den sie als alte Dame so gern porträtiert hätte. Die Schmeicheleien über seinen frischen Teint machten ihn nicht entgegenkommender.

## III

Sie waren die Spanierinnen auf Manet's Bildern: Berthe auf dem „Balkon" im weißen Kleide hinter den veronesergrünen Gitterstäben oder als „Dame mit dem Fächer" oder als „Dame mit dem Muff", die Haare à la chien in die Stirne und tiefes Bistre unter die Augen gezogen. Eva als Frau im Rosa-Schuh. Manet machte sie zu Spanierinnen. Sie waren es nicht. Berthe Morisot aus Bourges, aber früh mit Mutter und Tanten nach Paris gekommen. Oder vielmehr nach Passy, das etwas für sich war zwischen Paris und der Banlieue, mit seinen höchstens zweistöckigen weißen Häusern, seinen Gärtchen und stillen Gassen. Und wo alles sich untereinander freundnachbarlich kannte. Da wohnte das immer in Schwarz und Weiß gekleidete Mädchen, in der rue Guichard, dem Herzen Passys, mit der Mama und Mamas Schwestern, und malte die fetten Blätter des Gummibaumes im Fayencetopf oder Früchte in der weißen Schale. Denn am Stilleben erkennt man den Maler, war eine der wenigen Lehren, die ihr Meister Manet in Worten gab, dieser elegante, hübsche, lustige Manet mit der Lavallièrekrawatte, dessen Atelier immer von Freunden und Mädchen voll war, nicht gekommen, um ihn zu bewundern, denn das taten sie gar nicht, auch Degas nicht, der ihn damit frozzelte, daß er sagte, er sei nun bald so populär wie der Garibaldi. Sondern weil Manet so nett war, so guter Laune immer und sich so schreckliche Mühe gab, die Frauen so hübsch zu malen wie der Modemaler Chaplin und doch nur schwarze „häßliche Krähen" herauskamen, so daß Aurélien Scholl ihm sagte: „Du bist recht hart zu den Frauen." Die Verwandten des Malers waren der Meinung, es gelinge ihm nichts Ordentliches, weil er einen schlechten Umgang habe.

Edouard Manet war, was man einen Chef d'école nennt. Nur sans école. Auch seine beiden berühmten Schülerinnen Berthe und Eva waren das nicht. Sie lernten, indem sie ihm zuschauten und ein bißchen mehr verehrten als Maler, als es die Männer taten, die ihn als Maler nicht ernst nahmen, weil er ein so netter lieber Mensch war und gar kein Aufhebens von seiner Kunst machte. Ganz unintellektuell war er berühmt für Theorien, die er gar nicht hatte. Weder die, die ihm aus Ulk die Journalisten unterschoben, noch die, die ihm Zola aus Schulinteresse beilegte. Er war weder ein Naturalist, noch ein Plainairist. Der „Natur" draufzukommen lag gar nicht auf seinem Wege. Er wollte der Kunst draufkommen, und malte nur an Bilder denkend alle Bilder der Meister auf seine Weise noch einmal. Die Maja Goyas in der Olympia.

BERTHE MORISOT

Schaute sich auch später die Palette Monets an und probierte sie, wie alles. Er war kein Doktrinär. Nur ein Maler von höchster Delikatesse des Metiers.

Von diesen beiden Frauen, die mit Manets Kunst immer verbunden bleiben werden, auch wenn Berthe später unter Renoirs Einfluß geriet, teilte Berthe Morisot Manets Schicksal, ihr Leben lang unerkannt zu bleiben. Während Eva Gonzales den größeren Teil ihres Ruhmes schon zu ihren Lebzeiten aufaß. Sie war auch die unbegabtere. Aber verkehrte in der literarischen und journalistischen Welt und stellte im Salon aus. Das tat die eigensinnige Berthe nicht, die abends abzukratzen liebte, was sie tagsüber gemalt hatte. Die das Weiß so liebte, daß sie das Palisanderholz der Möbel mit weißen Überzügen verdeckte. Ihr war im schweren Öl nichts hell, nichts leicht genug, hatte nicht oder noch nicht die Schrift ihrer Pastellstifte. Und die Tanten und Nachbarinnen standen hinter dem Rücken der Malerin und machten Kritik, — wie die Freunde Manets über den Meister. Sagten etwa: „Eine so charmante Person, mit so viel Chick“ — Berthe gab sich etwas Puder auf die Haut und zog einen schwarzen Strich unter die Augen, was sie auch ihren Modellen empfahl — „und malt so komische Sachen mit so viel Nervosität.“ Oder: „und dann diesen Gummibaum, wo doch ein Bukett so viel passender und hübscher wäre!“ Aber eine dritte: „Und doch gibt Mademoiselle Berthe allem einen Genre!“

Die Freundinnen nahmen den „Genre“ an, worunter man à la mode und chick verstand damals.

Sie trugen, wie sie es auf Berthes Aquarellen sahen, helle Musselinekleider mit Tupfen und leichten Taft. Liebten Gegenstände aus Elfenbein, weiße Puderbüchsen und Quasten, weißlackierte Bürstchen auf dem weiß drapierten Toilettentisch über Rosa. Gläser mit einem Arum darin, Stehspiegel mit cremefarbenen Lackrahmen, Zimmer in Kretone, ein bißchen Pompadour, Parfüm von Pivert, Pomaden aus Violettes de Parme und Mandelmilchseife. Das alles war sehr neuartig und der Genre Morisot, in den sich der Genre Fragonard gewandelt hatte bei diesem Urenkelkind des großen Frago. An ihrem Beispiel gewöhnten sich die Impressionisten einen Realismus ab, den sie nur an Bauern und Kohlenbrennern als Modellen herausholen oder beweisen zu können glaubten. Berthe Morisot, die gute Fee des Impressionismus, wie sie Blanche genannt hat, lieh ihnen ihre Mädchen in Strohhütchen und den hellen Jupons. Der Impressionismus ist ja eine weibliche Malerei. Etwa wie Blumenbinden.

Berthe Morisot hat das, als Frau, als Mutter und als Künstlerin von großer Gewissenhaftigkeit erkannt: sie übertrieb sich nie. Sie kannte ihre Grenzen und blieb prachtvoll jung in ihrer Kunst bis ans Ende. Als sie sich zu ihrer Verheiratung mit Manets Bruder ihr Haus in der rue de Villejust einrichtete, kopierte sie sich im Louvre einen Plafond von Boucher für ihren Atelier-Salon, der nicht nach Norden, sondern nach Süden mitten in die Sonne ging. Sie machte sich aus dem Boucher eine Transkription in Rosa, Hellblau und Weiß. Während Eva Gonzales weiter als gute Kopistin bei

EVA GONZALES

der schweren Art Manets vor 1870 blieb. Und Corot schenkte Berthe seine silberigste Landschaft, in der sie vom Anbeginn ihres Malens gelebt hat. Vielleicht war es Berthe Morisot, die Monet und Sisley auf die Modelle ihrer Landschaft aufmerksam gemacht hat. Vielleicht hat sie auch Manet, den Meister selber, beeinflußt mit ihrer Art, jedem Effekt auszuweichen, das heißt die Gegenspieler Schatten und Halbton durchaus zu vermeiden.

Angelika malte, ohne zu malen, ein männliches Pathos, wie sich das ihre sentimentale Frauenzimmerseele vorstellte. Elisabeth war die malende Dame der großen Welt. Berthe das junge delikate Mädchen.

*STENDHALS FRAUEN*

DER junge Mann, der am 9. November des Jahres 1799 in Grenoble die Diligence bestieg, die ihn nach Paris bringen sollte, trug, so jung er war — im Januar des nächsten Jahres würde er siebzehn sein — ein Diplom in der Tasche, das ihm den Abgang von der Grenobler Ecole Centrale mit dem ersten Preis in der Mathematik bestätigte. Auf einem gedrungenen, etwas zu kurzen Körper trug er einen kräftigen, vielleicht etwas zu großen Kopf, an dem schwarze, höchst lebendige Augen und ein roter sinnlicher Mund auffielen. Ohne Mühe hatte er sein Diplom gemacht, nur damit es ihn aus diesem Landstädtchen heraus nach Paris bringe, wo er die polytechnische Schule besuchen und endlich das große Leben kennenlernen wollte. Und den General sehen, von dem, es war gerade der Brumaire gewesen, das Gerücht ging, er wolle sich zum König machen. Er hatte nicht viel Aufmerksamkeit für die Verwandten, die ihn zum Abschied an den Wagen begleitet hatten. Er konstatierte, daß sein Vater, dieser Geizhals, nicht schöner würde von den Abschiedstränen, die er sich abpreßte. Tante Elisabeth mit der Corneilleschen Seele und Pauline, die geliebte, hübsche Schwester waren bewegt, aber unterdrückten mit Haltung die Tränen. Der

Onkel, der immer viel mehr sein Vater gewesen war als sein unausstehlicher Vater, öffnete die Börse, seinem Neffen zwei Louis zu geben. Der aber lehnte ab. Es kam ihm zu unerwachsen vor, das Geld zu nehmen. Aber er hörte auf das, was der Onkel sagte: „Du hältst dich für einen guten Kopf, mein Junge, und bist von unerträglichem Stolz gebläht, weil du in der Mathematik Erfolg hattest. Aber alles das ist nichts. Man kommt in der Welt nur durch die Weiber vorwärts. Deine Mätressen werden dich verlassen. Merk dir das: in dem Augenblicke, wo man so verlassen wird, ist nichts leichter als im Lächerlichen hängen zu bleiben und da ist der Mann in den Augen der andern Frauen erledigt und nur gut für die Hunde. In den vierundzwanzig Stunden, wo man dich verlassen hat, mach einer andern Frau eine Liebeserklärung, faute de mieux einer Kammerjungfer."

Der Zynismus solcher praktischen Weisheit chokierte den jungen Mann nicht im mindesten. Als ein Enthusiast der Liebe geboren lebte er nur in der Paradoxie ihrer Extreme: in der größten Erschütterung seiner alles übersteigernden Gefühle oder in dem Fieber seiner leiblichen Sinne. Das lauwarme Mittlere war ihm fremd und verhaßt, wo er es sah. Er hat seine Mutter verloren, als er sieben Jahre alt war: er erinnerte sich nur ihres schönen Leibes und wie er eifersüchtig auf den Vater war, dem er in allem und jedem widersprach, aus Trotz und unbekümmert um Recht und Unrecht. Lieber wollte er sich allein irren, als mit der ganzen Menschheit eine Meinung haben. Daß er es im sogenannten Leben zu nichts bringen würde, war früh vorauszusehen. Auch daß er bei den Frauen mit seinem paradoxen, etwas erschreckenden Enthusiasmus à l'Espagnole nicht das sogenannte Glück haben würde. Diese beiden Umstände machten aus diesem jungen preisgekrönten Mathematiker Henry Beyle später den Romancier Stendhal, einen immer bis zum Äußersten gespannten Mann, den auch das Alter nicht blasierte und der sich mit fünfzig fragte, was sein Charakter sei und die Antwort von seinem fünfundsechzigsten Jahr erwartete, das er nicht mehr erlebte. Dabei tat er eigentlich nichts sonst, als alle seine und auch die geringsten Verrichtungen, seine kleinsten Gefühle und Erregungen notieren und kommentieren, mit außerordentlicher Delikatesse und unerhörtem Scharfsinn. Wenn in seinen Jugendbriefen an die Schwester ihn die Romantik Rousseauscher Art packt, in Momenten eines dichterischen kleinen Fiebers, gibt er sich, ängstlich den Boden der Erde zu verlieren, gleich wieder einen gelinden Stoß zur Erde hinunter: gesunden Menschenverstand mit Tiefe zu haben.

Die Corneillische Seele der Tante Elisabeth machte einen stolzen Spanier aus dem Jüngling, lehrte ihn das bürgerliche Vulgäre verachten, das praktische Verhalten zum Vorwärtskommen gering schätzen. Der geliebten Schwester Pauline wird dieser Schüler solcher Lehre alsbald zum Lehrer in täglichen Briefen. Der Schüler, der Vierzehnjährige, lebt in einer Atmosphäre von Frauen. In einem fortwährenden sinnlichen Rauschzustand. Der verhaßte Vater gibt da kein Gegengewicht. Und der Großvater spricht zu dem Jungen mit einer Klugheit, die er nicht auf der Schule, sondern bei den Frauen gelernt haben muß. „Du bist ja häßlich, mein Junge, aber die Frauen werden dir nie deine Häßlichkeit vorwerfen, denn du hast ein Gesicht.“ Und der zynische Onkel ist hinter den Mädchen her und sie hinter ihm. Ganz schamlos lebt der seine Fasson weiter, wie er es in der Jugend getrieben hatte. In Grenoble ist ja das passiert, was Laclos in den Liaisons Dangereuses erzählt, und er zeigt dem Neffen das Modell für die Frau von Merteuil: diese alte würdige Dame dort, Frau von Montmart, die ein bißchen hinkt und den Kindern auf der Straße kandierte Nüsse gibt. Aber vor deiner Zeit, mein lieber Henry...

Da macht man einen Ausflug nach Pont-de-Claix, und der kleine Henry ist dabei. Tante Camille steigt aus der Karrete, schürzt ihr Kleid, und wie ein Blitz in der Nacht fährt der Anblick des weißen Oberschenkels der etwas üppigen Dame dem Jungen in die Sinne und zündet. Und erregt nähert er sich dem Fräulein Cochet, das mit Mama und Bräutigam mit von der Partie ist. Oder soll er sich an die derbere Magd Fanchon halten, die ja nicht hübsch ist, aber so lebhaft und so unbekümmert lacht? Der Onkel ist hinter ihr her. Fräulein Cochet lacht den Jungen an. Aber da steht schon wieder der Bräutigam und der Knabe ist vergessen. Der läuft davon, versteckt sich, und wie das Paar spazierend vorbeikommt, wirft er mit Erdschollen nach ihm. Zu Hause schließt er sich in seiner Kammer ein und liest ein sehr obszönes Buch, das er bei seinem Onkel gefunden hat: Félicia von Nerciat. Aber dann auch die ganze Nacht durch die Nouvelle Heloise, die er später pedantisch und unlesbar fand. Aber er hat doch daraus als Jüngling das erlesen, was er die Amour-Passion einmal nennen sollte. Nerziats lüsterner Schmöker, das war das weiße Schenkelfleisch der Tante, war Fanchons runde Brust. Die Neue Heloise, das war die junge magere Person mit der Adlernase und den melancholischen Augen, die mit einer dünnen Stimme die Hauptrolle in einer Oper von Gaveau sang, im Grenobler Theater, wo der Schüler Henry in den höchsten Gefühlen schwelgte, für die Musik und diese armsälige Sängerin, die Fräulein Kably hieß und deren Adresse er erfuhr, was ihm als eine tolle Kühnheit vorkam. Er traf sie einmal im Stadtgarten, sah sie von weitem und war einer Ohnmacht nahe, als er gerade noch den Mut zur Flucht fand. Er war aufs höchste erstaunt darüber, daß er Fräulein Kably ganz anders begehrte als Fanchon. Das mußte er mit Victorine besprechen, der kaum siebzehnjährigen Nichte seines Beichtvaters, des Benediktiners Morlon, der ihm den Shakespeare in der Le Tourneurschen Übersetzung geschenkt hatte, um ihn, wie er sagte, zum Guten zu encouragieren. Mit Victorine, dem blonden Mädel mit den schelmischen Augen, war er wie mit einem Jungen seines Alters. Während er von der Sängerin schwärmte, auf dem Gras liegend, drückte über ihn gebeugt Victorine den Saft einer Traube über seinem Munde aus und er verhaspelte sich im Erklären, auch weil er die jungen Brüste in des Mädchens Korsage erblickte. Da rief Victorinens Bruder, und als der kurze Rock, der um die schlanken, zum erstenmal wahrgenommenen Beine des Mädchens schlug, verschwand, sagte sich Henry, daß die Liebe weit mehr Schmerzen als Freuden bereite. Er erhob sich. Wie versengt.

Fräulein Kably hatte Grenoble verlassen. Victorine war auf dem Lande. Fanchon gehörte dem Onkel. Beyle stürzte sich in die Mathematik. Mehr daraus als aus dem gräulich stilisierten Code Napoléon hat er sich prägnant auszudrücken gelernt und eine Vorliebe für das Definitorische bis hinein in das nichts als affektive Leben behalten. Darin von den materialistischen Philosophen unterstützt, deren Schüler er war und sein Leben lang blieb.

Ein ehrgeiziger junger Mensch von noch nicht siebzehn Jahren kommt in Paris an, brennend, dem Glück der Liebe zu begegnen, von der er nichts kennt als den wilden Aufruhr seiner Sinne und die zwei sich widersprechenden Rezepte, das zynische des Onkels, das idealische der Tante, Nerciat und Rousseau, Félicia und Heloise. Er ist nicht hübsch, er nimmt nicht ein: das weiß er und übertreibt es sich. Man muß also eine Strategie der Verführung erfinden, Laclos mit Rousseau vereinen, empfindsam und ein Roué sein. In diesen Jünglingsjahren hat Beyle als sein ganz privates Lehrbuch jenen Traktat über die Liebe konzipiert, den er zwanzig Jahre später schrieb, zu einer Zeit, wo es schon zu spät für ihn war, sich auf nichts sonst als auf seine sinnlich berauschte und unbeständige Natur zu verlassen und dem glücklichen Zufall zu vertrauen, den guten Stern des Abenteurers. Da stand er schon ganz unter der Tyrannei der Gewohnheiten seines Geistes, und die so lang getragene Maske, die nur ein aufmerksam beobachtendes schwarzes Auge zeigte, war ihm ans Gesicht gewachsen. Er ist da schon sein eigener intellektueller Tartüffe geworden, wohl von höchster Kraft und Aufrichtigkeit, aber diese ist aus zweiter Hand, wie bei Hamlet, dem nordischen Orest, und der sich weder verurteilt noch freispricht, weder applaudiert noch auspfeift und die einen Christen erschreckende Maxime hat: „Niemals, niemals bereuen!"

Enttäuscht von der Stadt und ihren Menschen treibt er sich einige Wochen in Paris herum, bevor er seine Verwandten, die Darus aufsucht. Vor der Revolution hat dieser alte Daru als Intendant von Languedoc sich eine halbe Million Franken gemacht, ohne zu stehlen. Durch die Revolution kam er ohne Haß und Liebe durch als ein Mensch, der ohne jede Leidenschaft nur ans Nutzbare dachte. Seine große Nase und sein eines schielendes Auge sagten dem jungen Mann aus Grenoble, daß er sich bei ihm nichts zu erhoffen habe. „Meine Eltern ließen mir die Wahl zu tun was ich wolle", sagte Henry. „Nur allzusehr die Wahl", sagte die lange Nase, und die alte Frau Daru nickte, denn zu sprechen traute sie sich in Gegenwart ihres Gatten nicht. Der älteste Sohn Darus, Pierre, Sekretär im Kriegsministerium mit einer Heidenangst vor Napoleon, nimmt den jungen Beyle in sein Amt mit, stellt ihn als Kopisten an, mit Arbeit von früh bis nachts unter den Augen Pierres, dem kein orthographischer Fehler entgeht. Wie er vor Napoleon hatte Beyle vor diesem Daru Angst, der ein Vulkan von Beleidungen sein konnte. Die andern Schreiber neben ihm sind öde Schwätzer. Der

Liebe ist er immer noch nicht begegnet. Nicht einmal irgendeinem Mädchen. Er schaut auf die Linden im Hof des Ministeriums. „Sie setzten endlich kleine Blätter an. Ich war tief bewegt; ich hatte also Freunde in Paris." Bald kommt Pierres jüngerer Bruder Martial dazu, immer zu Scherzen aufgelegt, und macht ihm Hoffnung auf eine Stelle als Adjunkt beim Kriegskommissariat. Was den Siebzehnjährigen besonders der hübschen Uniform wegen freut: krapproter Rock und gestickter Hut. Der neue italienische Feldzug gibt Beschleunigung: Beyle wird zunächst als einfacher Soldat nach Mailand geschickt. Bald darauf ist er Leutnant. In diesen Zeiten keine militärische Uniform anhaben, bedeutet soviel wie den Abschied als Mann bekommen haben. Beyle ist überglücklich. Und macht in Lausanne der Baronin Montolieu einen Liebesantrag nach dem Rezept des zynischen Onkels. Die Dame ist erst ganz baff, dann wird sie wütend über die Frechheit dieses achtzehnjährigen Jungen. Aber er muß ja weiter nach Mailand und nimmt es hin, hier erfolglos gesagt zu haben, daß er liebe. Er reitet immer stark schwitzend und den Säbel an die Beine geschlagen über den Sankt Bernhard. Er war nicht soldatisch erzogen worden. Militärische Tugenden, das galt zu Hause für Jakobinismus. Da liegt die lombardische Ebene vor ihm, und sein Herz jauchzt auf. Die Heimat von Rousseaus Zulietta! Man zieht in Mailand ein. Er kann zwei Wörter auf italienisch: donna und cattiva. Ein alter Priester hat sie ihm beigebracht. In der ersten Mailänder Nacht wird aus dem Jüngling ein Mann. Bei irgendeinem Mädchen. Der sich an alles erinnerte, an dieses Mädchen und die Umstände dabei erinnerte er sich nicht. Der Rausch muß ungeheuer gewesen sein. Oder völlige Enttäuschung. Nichts weiter als das Faktum behält er davon: „Ich brachte aus Paris meine Unschuld mit, und erst in Mailand sollte ich mich, mit achtzehn Jahren, von diesem Schatz befreien. Komisch, daß ich mich nicht mehr erinnern kann mit wem." Da er, wie er sagt, immer furchtsam war, wenn er liebte, hat er das Mädchen nicht geliebt. Aber vielleicht verführt, weil er sie nicht liebte.

Als Stendhal nach Mailand kam, stand immer noch das Cicisbeat in Blüte als eine gesellschaftliche Institution. Der Cicisbeo war etwas mehr als der Freund, etwas weniger als der Liebhaber einer verheirateten Frau. Er war ihr Vertrauter, ihr Herr für alles außer die Liebe. Er war beim Petit lever gegenwärtig und durfte das Hemd reichen, und solange er bei seiner Dame war, war dem Gatten der Eintritt verboten. Er trug das Hündchen, das Taschentuch, den Fächer. Er war der Begleiter, der immer bereit sein mußte. Er konnte zwanzig oder achtzig Jahre alt sein wie der Engländer Mann, der als Cicisbeo begeistert seine letzten Kräfte ausgab. Nicht selten stand der Cicisbeo im Heiratskontrakt.

Beyles Schüchternheit, wenn er liebte, schien ihn für das Cisisbeat zu predestinieren. So wie er war schien der junge Leutnant als Liebhaber so ungefährlich, daß ihn ein Kommissär von Darus Bureau zu seiner Geliebten mitnahm, der süperben Madonna Angela Pietragrua. Es scheint, daß er den Liebhaber dieser Dame nicht täuschte mit seinen Radamontaden im Stile der Liaisons Dangereuses, die ihm unter seinen Kameraden das Air eines verfluchten Kerls geben sollten, der sich wie keiner darauf verstünde, die Widerspenstigsten herumzukriegen. Er traute es sich auch durchaus zu und daß es ihm weit mehr zukomme als diesem Martial Daru, der so viel Glück hatte. Er wartete nur den romantischen Augenblick ab, der ihn einer Frau in die Arme werfen würde, dieser Angela zum Beispiel. Aber immer waren so viele junge Leute um sie herum. Mehr noch als er wußte. Denn Angela Pietragrua hatte einen starken Verbrauch, wobei ihr die Freundin, Madame Dembowski, die Frau des Generals half als Entremetteuse gegen recht kostbare Geschenke. Der junge Leutnant und Adjutant war einer Situation nicht gewachsen, die seinem Sentimentalismus mißfiel und seine Sinne erregte. Er genoß Ruf und Ansehn eines guten tapferen Offiziers, — vielleicht wollte er diesen Ruf nicht durch den eines ungeschickten und lächerlichen Liebhabers riskieren. Er verließ plötzlich Mailand und fuhr nach Paris, logierte sich da in einem Zimmerchen im fünften Stock der rue d'Angevilliers ein und schaute in Gedanken auf die Kolonnaden des Louvre.

Stendhals erste italienische Reise war beschlossen. Mit einem nichts als generellen Abenteuer ohne Bedeutung. Einige Jahre später schrieb er seiner Schwester aus Braunschweig: „Ich fahre fort, an meinen Gefühlen zu arbeiten, das ist der einzige Weg zum Glück." Aber er wußte auch, merkwürdiger Tatmensch, der er war, daß man das Leben schütteln müsse, damit es uns nicht zernage und daß man sich mit den Leidenschaften nie langweile und ohne sie stupid werde und daß man, wenn die Leidenschaften, die man hat, nicht befriedigt werden können, sich neue machen müsse. Tugend, das ist Vermehrung des Glücks. Laster, das ist Vermehrung des Unglücks. Der Rest ist nichts weiter als Heuchelei oder bourgeoise Eselei.

Der erste Akt mit Madame Pietragrua war verfehlt. Abgekühlt vielleicht von dem gefälligen Blumenmädchen ohne Namen war er der großen Dame gegenüber in den ihm von Tante Elisabeth beigebrachten Espagnolismus gefallen und der eigene Dupe seiner heroischen Gefühles am falschesten Platze. Der Weg zu den Maximen des Onkels mußte wiedergefunden werden, aus den Wolken auf die Erde, die seine Welt war. Der Himmel nur sein mißbilligtes Artifizium.

Um Mut zur Liebe zu haben und die Schüchternheit zu verlieren, muß man Geld haben, sagte sich der Zweiundzwanzigjährige. Trage immer hundert Louis bei dir, das gibt Sicherheit. Aber der junge Mann hatte sehr knappe Mittel. Es galt, sie zu vermehren. Mit Theaterstücken. Aber der Versuch kam über einen Verkehr mit Theaterleuten nicht hinaus und vortreffliche Beobachtungen über sie, wie die Bemerkung über Napoleon, daß er nur ein Theaterlächeln habe, wobei man die Zähne zeigt, aber wo die Augen nicht lächeln. Mit seinen imaginären Eroberungen zu prahlen, kann er nicht lassen. Die frühzeitige sexuelle Schwäche kündigt sich an, die sich in Vorstellungen verliebter Abenteuer als dem besseren Teil der ganzen Liebe gefällt. Da erzählt er einem Freund von der Tochter eines Negerbändigers in San Domingo, dessen Tochter er seinerseits bändige. Oder einer Bankiersfrau, die grausam gegen viele weit höherstehende und schönere Männer als er sei, den sie erhöre. In vierundzwanzig Häusern sei immer ein Kuvert für ihn gedeckt. Aber er redet nur wie ein Snob. Bei einem Schauspieler, der Unterricht gibt, trifft Beyle ein kleines etwas molliges Wesen mit Stupsnase und großen zärtlichen Augen und gerade so viel Koketterie, als eine Frau braucht, die zwischen Theater und Galanterie schwankt. Mélanie Guilbert heißt sie, Mademoiselle Louazon nennt sie sich. Der Lehrer fordert Beyle auf, etwas zu rezitieren. „Welche Wärme!" ruft er als ein Lehrer, der an sein Honorar denkt. „Ja," bemerkt ironisch oder gleichgültig die junge Dame, „er hat sehr viel Wärme." Das genügt, um Beyle in Flammen zu setzen. Die ganze Nacht denkt er über die Möglichkeiten dieser Geliebten nach, die beim Wiedersehen am andern Tage ihn gar nicht anschaut — sie ist unwohl, erklärt es sich Beyle zu seinen Gunsten — und ihre Lektion beginnt. Mit großer Talentlosigkeit rezitiert sie ihre Alexandriner, betont falsch, holt mitten im Satz Atem, was ein alter Habitué der Kulisse hinter ihr zum Anlaß nimmt, zu zeigen, daß er die junge Dame „gehabt" hat: bei jedem Fehler schlägt er sie leicht mit seiner Reitgerte auf das runde Hinterteil. Mélanie kehrt sich wütend um. Herr Pacé aber sagt: „Du bist ja ein Engel." Da läßt sie ihn lächelnd weiter hauen, während sie ihre Rezitation zum Schluß bringt. Beyle ist sehr bewegt, aber er verbirgt es hinter studierter stolzer Kälte.

Er, der Roué, für den immer vierundzwanzig Gedecke . . .
Beyle begleitet Mélanie. Auf der Straße erzählt sie ihm, ihr Kleines sei gestern die Treppe hinuntergefallen und sie hätte noch immer den Schreck in allen Gliedern. Beyle legt sich das so aus: „Wenn das nicht passiert wäre, dann hättest du mich auf der Stelle.“ Das genügt ihm. „Ich bete in ihr die Wollust selber an, alles wirkliche Vergnügen der Liebe, frei von allem Tristen und Trüben dieser Leidenschaft.“ Er besucht sie, verplaudert eine Stunde. Beim Abschied zwinkert sie ihrer Zofe: noch nicht so weit. Beyle deutet sich das so: „Wohl nur die Augen, die zur Lust erwacht sind, die noch nicht befriedigt ist. Morgen will ich ihr den Shakespeare bringen. Freitag hab ich sie, wenn ich will.“ Als ob es eine vestalische Unschuld zu verführen gelte und nicht eine kleine Frau zu lieben, die auf nichts anders wartet als genommen zu werden, arbeitet der junge Liebhaber, glücklich über den Vorwand für solche Exerzitien, eine Schritt um Schritt anschleichende Strategie aus, notiert Terraingewinn und Terrainverlust, wo Mélanie, die nichts von ihrem Bühnentalent hält, nur denkt, sich einem Mann hinzugeben, den sie sich als so etwas wie ihren brauchbaren Beschützer vorstellt. Er hält sie für eine große Schauspielerin und für eine leidenschaftliche Seele. Aber mit den Zweifeln des Jünglings, die gleich ganz ins Grobe fallen, legt er sich die Frage vor, ob sie nicht eine Hure ist, schließlich. Er wird nicht eifersüchtig, wenn sie ihm ihre bisherigen Liebhaber aufzählt, sondern stolz, und ist von der Delikatesse hingerissen, die er in ihrer

Erklärung sieht, daß sie bis zu ihrem ersten Auftreten keine Liebhaber haben wolle, aus Angst geschwängert zu werden.

Nach einem erfolglosen Debut in Paris nimmt Mélanie in Marseille ein Engagement an. Beyle fährt mit und wird, um das Geld für seine prinzipielle Liebesgeschichte zu beschaffen, Kommis in einem Lebensmittelgeschäft. Es wird zum Absturz in die simplen Realitäten der Liebe gekommen sein, wie sie auch ein junger Theoretiker wie Beyle nicht vermeiden kann und wahrscheinlich als das Triste und Trübe dieser Leidenschaft erlebte. Er folgt einer Aufforderung seines Cousins Daru, eine Stelle als Adjunkt im Kriegsministerium anzutreten, sofort, unbekümmert um Mélanie, die ohne Geld, ohne Engagement sich seiner in einem Briefe erinnert, ihn an die Stunden ihrer Liebe erinnernd. Das wirft ihn sofort wieder in die Positur der Leidenschaft: er empfiehlt Mélanie, dieses „himmlische Geschöpf" zusamt der Heftigkeit seiner Leidenschaft seiner Schwester Pauline. Aber Mélanie verläßt sich lieber auf sich selber und heiratet. Beyle zieht das Resultat: „Die Liebe wie ich sie kennengelernt habe, kann mich nicht glücklich machen. Ich beginne seit einiger Zeit den Ruhm zu lieben."

Der Widerspruch zwischen den Fakten der Liebe, die sich realiter konsumiert, und dem, was er sich von ihr imaginiert, treibt ihn von einer Frau zur andern. Dieser ganz vorurteilslose, durchaus machiavellistische Mensch ist in allem, was die Liebe betrifft, ein ganz ungewöhnlicher Pedant und Prinzipienreiter. Er hat seinem dürrsten Buche, dem über die Liebe, auch immer den Vorzug vor allen seinen andern Büchern gegeben. Er glaubte damit einen Steckbrief der Liebe verfaßt zu haben.

Er ist ein Musterbeamter, Napoleon lobt ihn, sein Chef Daru behandelt ihn von oben herunter, seine Kollegen hassen ihn wegen seiner ironischen Art, und er macht der Frau Generalin Curial den Hof. Aber das Déshabillé der Ersten Tänzerin der Oper, zu der ihn Martial nach einer Vorstellung gebracht hat, läßt ihn Madame Curial vergessen. Es geht ihm mit ihr wie mit Angela Pietragrua: richtig mit seiner großen Liebe liebt er sie erst zehn Jahre später. Der erste Blick entzündet nur seine Sinne. Für die Liebe braucht er Zeit und die Melancholie der Erinnerung. Und: ein leichtes Verhältnis, dessen nichts als fleischlicher Kontakt ihn davor bewahrt, diesen bei der mit der spanischen Leidenschaft geliebten Geliebten zu suchen und damit Sättigung, Langeweile, Selbstvorwürfe zu riskieren, bei ihr und bei sich. Nach dem Moskauer Rückzug — Beyle ist jeden Morgen dieser wilden Flucht immer frisch rasiert — protegiert ihn die Gräfin Daru, Pierres etwas zum Embonpoint neigende, aber höchst aktive Frau, aus Gefälligkeit erst, dann aus Liebe, die Beyle mit jenem Platonismus erwidert, der für ihn Dauer bedeutet, und den ihm Angela Bereyter, eine Schauspielerin von der Opéra Bouffe, erleichtert, die jede Nacht bei ihm zubringt. So kann er ohne Gefahr bei Tag für die Gräfin Daru schwärmen, die ihn zum kaiserlichen Domänen-Intendanten in Braunschweig macht, zum Auditor im Staatsrat befördert und zum Inspektor des

Kronmöbels. Er muß ihr schließlich dafür danken und die platonischen Wechsel einlösen, trotzdem er weiß, dies bedeute das Ende. Es wird ihm damit erleichtert, daß es der Gräfin nicht gelingt, ihn, wie er wünscht, zum Maître de requêtes und Baron zu machen. Wahrscheinlich hat sie in wenig begeisternder Erinnerung an Beyles schließliche Quittung, die zu der vorher gegebenen platonischen Glut im abscheulichem Mißverhältnis stand, diese letzte Ernennung, die er wünschte, nur so beiläufig betrieben. Beyle findet nun die Gräfin als eine trockene, phantastische und unerträgliche Person und verzichtet darauf, dem Ruhm zu dienen, welcher Dienst ihn über Frauen und von der Liebe weg führte. Er nimmt seinen Abschied und geht nach Mailand, wo er Angela Pietragrua wußte, das Glück in der Leidenschaft, das er von ihr erhoffte. In jenem Herbst des Jahres 1801 hat er die Fingerspitze der schönen Angela berühren dürfen. Das ist jetzt Jahre her, und man ist nicht mehr der kleine Leutnant. Man hat das brennende Moskau gesehen. Nicht nur ein Blumenmädchen, sondern sogar eine Gräfin besessen. Man ist nächstens zweiunddreißig Jahre alt. Ein Mann und kein Knabe mehr. Angelas Züge waren etwas strenger geworden, ihre Hüften etwas ausladender und von der Grazie von ehemals kam nur ein Rest zum Vorschein, als sie ihn überrascht wiedererkannte, der sich vorstellte: „Ich bin Henry Beyle, der Freund von Martial Daru." Angela wandte sich lebhaft zu einem alten Herrn um, der mit ihr eingetreten war: „Was sagst du! Der Chinese, du weißt doch!" Beyle unterhält mit Geist und benützt einen Moment, wo der alte Herr sich abwendet, Angela zu sagen, daß er seit zehn Jahren keine andere als sie liebe. Angela macht große Augen: „Aber warum haben Sie mir das nicht schon früher gesagt!" Sie war ein naives Geschöpf und kannte Beyle nicht, der naiv auf einer ganz andern Ebene war.

Sehr zufrieden mit seinem Besuch, kauft sich Beyle einen eleganten Stock, um nicht immer wie ein Papa die Hände auf dem Rücken zu knüpfen. Und erzählt am andern Tage Madame Angela ausführlich die ganze Geschichte seiner zehnjährigen Liebe, was sie zu zärtlichen Tränen rührt. Auch Beyle ist so überwältigt von dieser Erzählung, daß er Hut und Stock beiseite legt und die Hände der schönen Frau küßt. Aber vor dem kühner Werdenden erhebt sie sich: „Empfangen Sie, aber nehmen Sie nicht!" Und schickt ihn fort: „Morgen werde ich nicht mehr den Mut aufbringen ..." Beyle macht die Geste des Verzweifelnden. Angela aber: „Du hast die Gewißheit, geliebt zu werden." Sie erwartet nämlich einen andern und der muß in jedem Augenblick eintreffen; es ist höchste Zeit, daß dieser da geht. Anders als mit der Versicherung, daß sie ihn liebe, bekommt sie diesen Redner nicht aus dem Hause.

Nun gibt es nichts als Heimlichkeiten, denn Angela sagt, er könne sie nur sehen und treffen, wenn niemand was merke. Er schleicht also ins Haus mit tausend Ängsten, seine Geliebte zu kompromittieren, trifft sich mit ihr in verborgnen Hinterstuben von Cafés, in Gassenwinkeln abgelegener Quartiere. Napoleons Ungelegenheiten, die Beyles Aufenthalt in Mailand unterbrechen, kom-

men Angela gelegen: ihre Sicherheit verlangt es, daß er in Turin bleibe und er gehorcht. Alle zehn Tage kommt er nach Mailand, und eine bestochene Jungfer gibt Nachricht, ob Angelas Gatte, jener alte Herr, da ist oder nicht, Beyle in das Haus kommen kann oder nicht. Die Jungfer hat mit der Herrin einen Streit gehabt und rächt sich: der Gatte, ein guter alter Herr, sei ja nie da, aber andere Liebhaber. Da Beyle zweifelt, läßt sie ihn den Beweis durch ein Oberlichtfenster sehen, das in Madames Schlafzimmer geht. Hier ist man lebhaft beschäftigt. Beyle ist überrascht, so viele ihm unbekannte Schönheiten der Geliebten wahrzunehmen, von der Magie eines andern zum Leben beschworen, der, er muß es zugeben, Qualitäten besitzt, die ihm nicht so eignen. Um nicht seiner Lächerlichkeit zu erliegen, folgt er dem Rat seines Onkels und macht sofort der Freundin seiner Freundin, der Generalin Méthilde Dembowsky den Hof, deren patriotisches Herz Foscolo und den Carbonari und der Befreiung Italiens schlug und die ihre vielen Verehrer an ihre Freundin Angela weiter gab. Für Beyle war Méthilde, deren Gesicht schon kleine Pölsterchen bekam, Inbegriff himmlischer Keuschheit und Reinheit. Sie duldete den kahlköpfigen Verehrer als Cicisbeo, aber nicht als mehr. „Sie sind zu indiskret", sagte sie ihm. Aber Angela dürfte ihr erzählt haben; Frauen sind gegen ihre früheren Liebhaber von einer barbarischen Indiskretion Freundinnen gegenüber. Und sehr boshaft gegen die Freundin, die sie ersetzen soll.
Beyle muß nach Paris. Sein Vater ist gestorben und hat ihn hinsichtlich des erwarteten Erbes sehr

enttäuscht. Die kleine Rente reicht nicht im Entferntesten, Beyle das elegante Leben seiner Launen und Leidenschaften führen zu lassen, das er als sein Leben führen möchte. Er nimmt Abschied von Méthilde. Die Stunden waren hingegangen. Es schlägt zwölf. „Es schlägt Mitternacht", sagte Méthilde und gähnte. Beyle erhob sich und ging.

Wenn es sich nur um einen auf Halbsold gesetzten Offizier Henry Beyle handelte, bestünde kein Anlaß, sich mit dem auf Halbsold der Liebe gesetzten Liebhaber zu beschäftigen, der nie ganz sicher ist, ob er die Frauen liebt oder ob er die Liebe liebt, das Vergnügen der Sinne oder den Elan der Seele, den Genuß oder die Schwärmerei, die Viertelstunde des Stöhnens oder die Jahre des Schmachtens, eine vielfältige Praxis oder eine einfache Theorie. Nie ganz sicher, ob dort oder da das Glück ist. Er kennt und treibt das Dort und Da, nicht in der Ablösung des einen durch das andere, sondern gleichzeitig, soweit es eine Situation mit sich bringt, aber ohne die Situation eines solchen Gleichzeitigen der himmlischen und irdischen Liebe zu suchen oder zu billigen. Denn auch in der himmlischen Situation, das heißt also in einer Verliebtheit in das untaugliche Objekt, redet er sich zu „Attacke! Attacke! Attacke!" Er glaubt das seiner Ehre schuldig. Seinem männlichen Stolze. Und es war die Predigt des erfahrenen Onkels nachwirkend, die ein von Natur aus Schüchterner als Gesetz nahm. Er glaubt, er muß die Frau beim zweiten Sehen im Galopp nehmen à la charge. Aber er verpaßt entweder die Gelegenheit oder er verliert den Steigbügel. Ein Schatten wirft ihn aus dem

Sattel, und er hinkt. Was nun diesen Dragoner Beyle zu einem ungewöhnlichen Liebhaber macht, ist die außerordentliche Ehrlichkeit, mit der er alle seine Unfälle erzählt, wie zur Strafe dafür, daß er den Galopp wagte. Aber kommt es nicht bloß darauf allein an? Ist für den Liebenden zu lieben nicht weit wichtiger und wesentlicher als geliebt werden und dieses immer höchst labile und supraindividuelle Glück der Zustimmung zu erleben? Die Geliebte zu besitzen, ist das einzige Ziel des nichts als Galanten, um kein häßlicheres Wort zu gebrauchen. Wer nur das will, der strauchelt nicht. Wer nur das will, der stürzt nicht in den Abgrund, den jede Liebe kraft ihrer ungeheuren Phantasie vor dem Liebenden aufreißt. Noch bevor sich Beyle den einen Namen gab, unter dem er in die Unsterblichkeit einging, gab er, der so viele Masken trug und Rollen spielte, daß er sich fragte: „Wer bin ich?“, sich schon viele Namen, aber keinen besseren als den: Sir Fiasko Esqu. Als Stendhal war er den Verstrickungen, die ihn sich Sir Fiasko nennen ließen, dankbar. Ohne auch als Stendhal und im Alter von mehr zweimal sechsundzwanzig Jahren diese gewisse sogenannte Abgeklärtheit zu besitzen, die ihn immer noch ein Fiasko zu riskieren gehindert hätte. Nach der abgeschlagenen Attacke auf eine geistreiche Frau schrieb ihm diese: „Bedauern Sie Ihren Tag nicht, er muß zu den besten Ihres Lebens und zu den gloriosesten des meinen zählen. Ich erlebe alle Freude eines großen Erfolges. Gut attackiert, gut verteidigt, kein Traktat, keine Niederlage, alles ist Ruhm in beiden Lagern. Beyle, nennen Sie mich eine dumme Kuh, ein kaltes Weibchen, ein blöde Angstliese, alles was Sie wollen, Ihre Beleidigungen werden nicht das Glück Ihrer göttlichen Unterhaltung auslöschen." Die Dame war übrigens sechsundvierzig und der Liebhaber, wie gesagt, dreiundfünfzig. Und hatte gerade eine höchst lebhafte Liebe zu Frau von Curial hinter sich.

Auch diese etwas exaltierte Frau Curial gehört zu jenen Frauen, bei denen der ungeschickte Angriff der jungen Jahre abgeschlagen und ein Jahrzehnt später erneuert wurde. Wie gewisse Birnen werden sie für Beyle erst reif, nachdem sie einige Zeit auf Stroh gelegen haben. Diese Frauen müssen, so scheint es, um sein Glück zu machen, erst eine gewisse mütterliche Zärtlichkeit und Nachsicht bekommen und Fältchen um die Augen. Der sich eigentlich ganz wohl bei kleinen anspruchslosen Mädchen fühlt, wo er halb Papa, halb Liebhaber ist, nie ein Schwärmer, ihn lockt es immer wieder zu den sich verkannt glaubenden und daraus etwas pathetischen älteren Frauen, vorausgesetzt, daß er sie in ihrer Jugend gekannt und vergebens umworben hat. Mit Frau Curial begibt er sich im Sommer auf deren Landsitz in der Umgebung von Paris, denn der Gatte ist abwesend. Aber der kommt nun unerwartet zurück, und der erschreckte Beyle muß sich drei Tage lang in einem Kellerloch verstecken. Madame bringt ihm das Essen und besorgt seinen Leibstuhl. Sie ist viel mehr eine sentimentale als eine sinnliche Frau, aber Beyle hat das Pathos der Gefühle vor zehn Jahren erledigt und ist jetzt wirklich der Dragoner, der er damals nur der Uniform nach war. Madame schreibt ihm: „Was die tours de force eines gewissen Genres betrifft, so profitiere ich davon, aber schätze sie nicht. Das kommt mir als eine zu vulgäre Manier vor, mir Deine Zärtlichkeit zu beweisen." So war diese Liebe, die Beyle nicht wollte und arrangierte, sondern erlitt, wieder ein Irrtum nach der andern Seite. Und man trennte sich in Eifersucht, Streit und Haß.

Als Konsul in dem Rattennest Civita Vecchia gibt Stendhal sein Urteil über Beyle: „Hätte ich bei meinem ersten Aufenthalt in Mailand geliebt, so wäre mein Charakter sehr verschieden geworden. Ich wäre viel mehr ein homme à femmes und ich besäße nicht diesen Bodensatz von Sensibilität, der mir nun für die Kunst dient. Die zwei Jahre Seufzer, Tränen und amoureusen Elan, die ich ohne Frauen und Vorurteile in Italien verbrachte, haben mir wahrscheinlich diese unerschöpfliche Quelle der Sensibilität gegeben, die mich heute alles und bis in das geringste Detail fühlen läßt... Wieviel verfehlte Erfolge! Wieviel Demütigungen! Aber wäre ich geschickt gewesen, so wäre ich heute von der Liebe angewidert. So genieße ich das Glück, was Frauen betrifft, ein Dupe zu sein wie mit fünfundzwanzig Jahren. Nie werd ich mir aus Ekel eine Kugel in den Kopf schießen. Ich habe noch eine Menge zu tun und könnte zehn Leben damit beschäftigen."

Man ist schöpferisch nur aus der eigenen Substanz.

*PAULINE*
*CLAIRE*
*JULIETTE*

# I

ALS das jüngste von den vielen Mädeln des Geheimen Rates Cäsar in das Alter kam, wo nach einem Vorurteil der Eltern die Bildung als der wichtigste Faktor des Erziehungswerkes auf das Kind losgelassen wird, hatte die kleine Pauline das Glück, ihren Vater zu verlieren und in ihm den, der gebildet und pedantisch wie er war sie in diese Zucht genommen hätte. Die Mutter, eine französische Emigrantin leichten Sinnes und wenig von Vorurteilen belastet, tat nichts, die großen natürlichen Anlagen und Gaben der kleinen Pauline durch den Zusatz gleichgültiger Kenntnisse zu verschneiden. Zur Not, daß man französisch und deutsch schreiben lernte, wobei die orthographischen Fehler um so weniger zählten, als Pauline das was sie zu schreiben hatte immer höchst eindringlich und präzis ausdrückte. Ob im Dativ oder im Akkusativ kam dabei gar nicht in Betracht.

Mama Cäsar besaß Vermögen, eine Pension und ihre guten Beziehungen zur Hofgesellschaft vom Verstorbenen her. Das Haus war voll hübscher Mädchen, und der Gäste waren nicht wenig. Ab und zu heiratete eines der Mädchen, und kam es einmal bei einer Liebschaft nicht zu solchem Abschluß, so machte sich Mama auch keine Sorgen. Wenn es nur lustig herging. Die lustigste war Pauline. Noch nicht fünfzehn war sie, als das Feuer in ihren Augen aufblitzte. Und mit siebzehn hatte sie ihre erste Liebe. Das war der junge Domherr Graf Hugo von Hatzfeld. Er wollte Pauline heiraten, konnte aber seine Säkularisation nicht erlangen. Er wird sie nicht sehr ernsthaft betrieben haben. Er wird gefürchtet haben, daß das Feuer der unbändigen Person nicht taugen würde, ihm den ehelichen Kochtopf linde zu wärmen. Pauline dachte noch mit siebenundvierzig Jahren an ihn — er war ja der erste gewesen! — der ihr so viel Leid zugefügt habe „durch Liebe, durch Schwäche, durch Mangel an Mut".

Der nächste war ein Narr. Oder doch ein Mensch, qui frise la folie, wie Gentz von dem reichen und melancholischen Russen Schuwalow sagte, der für das kurze Glück, das er bei ihr genießen sollte, Paulinen eine lebenslängliche Pension auswarf, die später öfter als einmal wichtig wurde als einzige Ressource im Auf und Ab eines abenteuerlichen Lebens. Es war ein kurzes Glück, denn dieser Schuwalow war ein Melancholiker mit der Angst verrückt zu werden im Nacken, und Pauline war ganz eingestellt auf das Glück des Augenblickes. „Ich bin nie ganz unglücklich, und nie lange", schreibt sie einer Freundin, die wiederholt: „Zum Leiden ist ihr starkes Herz nicht gemacht."

Mit zwanzig verfehlte Pauline nicht, den richtigen Mann zum Gatten zu nehmen. Mama vertrat nach den zwei Liebesaffären die Wahrung der gesell-

PAULINE WIESEL

schaftlichen Dehors, und Pauline weigerte sich nicht, ihre Hand dem Kriegsrat Wiesel zu reichen. Er galt mit seinen libertären Allüren für ein Original. Kluge Frauen wie Rahel Varnhagen, die ihn Humboldt ähnlich fand, haben alles Lob für ihn. Nur seinen Heiratsantrag schlug die Rahel aus. Der Kriegsrat war in seiner geistigen Unrast sicher ein amüsanter Herr, aber kaum ein Gatte, wie sich ihn diese romantischen Frauen trotz aller Schwärmerei der Titaniden wünschten. Dafür war er nicht brav genug. Er eignete sich gar nicht dafür, die geistvollen Aussprüche einer Gattin bewundernd zu Papier zu bringen und der Welt mitzuteilen. Er war imstande, das was man sagte mit dem wie man lebte zu konfrontieren und eine polygame Äußerung, die man modisch tat, mit der Tatsache eines brav monogamen Daseins abzulehnen. Er hatte das Unangenehme, beim Wort zu nehmen. Er war kein schöner Geist. Er war der richtige Geist für Pauline, die in dem was sie sagte nie über das hinausging, was sie lebte. Gerade der richtige für Pauline, das enfant terrible dieses Berliner Bureau d'esprit. Der Moralist jener Zeit stellt fest, daß Wiesels „nihilistische Betrachtungsweise der irdischen Dinge die letzten Moral- und Idealbegriffe der jungen Frau zu ertöten vermochte". Die zwanzigjährige Pauline hatte noch keine Minute ihres Lebens daran gegeben, sich Moral- und Idealbegriffe zurecht zu legen. Sie war zu intelligent, um intellektuell zu sein. Sie war zu lebendig, um trübe Bodensätze des Lebens begrifflich zusammenzukratzen und zu deuten. Was und wie sie lebte, das mußte sie sich mit ihrem eigenen Leben zeigen, nicht mit allgemeinen

Vorstellungen vom Leben überhaupt. Man möchte hier die Erzählung ihres Lebens unterbrechen und von der alten Pauline sprechen, der rückschauenden. Aber es sei nur dies vorweggenommen: der Genuß des Augenblickes ist schön gewesen und die Weisheit eines erreichten Alters desavouiert ihn nicht. Jedes ihrer späten Worte ist Essenz des erinnerten Genusses, nicht bitterer Rückstand eines à quoi bon. „Die Jugend und die Leidenschaften verklären alles. Im Alter kehren wir wieder zu den simpelsten Dingen zurück, wir beginnen uns um Rat zu fragen über unser wahres Glück", heißt es einmal in ein paar Notizen, die sie sich im Alter über das macht, das ihre Jugend nicht verleugnet.

Die Ehe mit Wiesel hatte wie alle Ehen mehr schlimme als gute Tage. Aber weder Tiefen noch Höhen. Für den häßlichen von Blatternarben entstellten Mann, dessen boshaften Geist man bewunderte und fürchtete, auch Pauline tat es, war das eheliche Besitzrecht an diese schöne vielbegehrte Frau ein Titel, der ihm mehr schmeichelte als der andre seiner geistigen Brillanz. Denn er ließ eine erotische Magie vermuten, die er sicher nicht besaß, sondern nur deren verständige Strategeme. Pauline lernte eine Menge bei ihm, aber mit Schmerzen. Doch übertreibt sie, einer Korrespondentin zu Gefallen, wenn sie schreibt, daß Wiesel der Urheber aller ihrer Leiden war und: „eine Hausfrau, eine Mutter hätte ich werden sollen, dazu war ich geboren, aber nicht zu einer Kokette, ich war weich, mein Herz liebend, aber die Welt, die Menschen drückten mich, ein jeder machte seine Frau aus mir, wie er sie liebte und verlangte."

Der letzte Satz sagt die Wahrheit über Paulinens Natur — nur der protestierende Akzent ist zufällig und falsch —: in der Verzauberung, die sie dem Manne antut, indem sie liebt, als Eigenwesen mit einer gleichgültigen Geschichte zu verschwinden, und nichts sonst zu sein als Liebe, die sich gibt. Das höchste Glück des liebenden Erdenkindes ist nicht die Persönlichkeit. Im agonischen Moment sind bei stärkster physiologischer Gegensätzlichkeit Mann und Frau seelisch identisch.

Den Kriegsrat zu betrügen lag nahe. Seine Eitelkeit, wohl auch eine gewisse Verwegenheit seines flackrigen Geistes, vielleicht auch ein sinnliches Moment, das man errät, kamen dem, was man Betrug oder Hintergehen nennen könnte, damit zuvor, daß er seine Frau nicht geradezu an ihre Liebhaber hinschenkte, aber sie vorwissend duldete. Auf den Reisen, welche das Ehepaar vier Jahre lang durch ganz Europa führte, war man nicht allein. Ein Schweif von Anbetern begleitete. Modische junge Herren, die Gelegenheit suchten und wohl auch fanden, aus dem eben gepredigten Evangelium von der Emanzipation des Fleisches so viele und so schöne Vorteile zu ziehen, als dieser köstliche Anlaß Pauline bot. Und bei solcher Bequemlichkeit! Denn hier war alles schon vor dem modischen Schwatz entschieden nach Gefallen oder Nicht-Gefallen und weder das eine noch das andere tat sich mit den romantischen Redensarten irgendeinen Zwang an, einem neuen Evangelium zu dienen. Pauline traf ihre Wahl wie eine Frau. Sie hatte keinerlei Theorie darüber, um hinter deren kokettischer Aufmachung so zu tun, als ob sie wohl

könnte, um schließlich angenehm vom Spiel erregt zu ihrem Gatten ins Bett zu schlüpfen.
Ihre impulsive Natürlichkeit, die sich nicht in den neuen Stil finden konnte und wollte, verblüffte ihre Berliner schöngeistige Umgebung, und das drückt sich in deren widerspruchsvollen Urteilen über diese Frau aus, deren Simplizität in Liebesdingen ungewöhnlich dort erscheinen mußte, wo man nichts als einen Stil der Liebe, aber keinerlei Liebe hatte, nur vieles Gerede darüber, was die Ehen problematisierte, die sich, soweit sie sich nicht lösten, in einer falschen Ekstase erhitzten. Aber auch die trockensten Urteiler, die am liebsten von moralischer Verkommenheit gesprochen hätten, mußten sich vor der starken Natur dieser Frau, die ein Elementargeist unter Esprits war, in ein wohlwollendes Verzeihen begeben. Und nicht wenige weibliche Snobs dieser romantischen Erotik waren nur deshalb zufrieden mit dem Falle Wiesel, weil sie mit dem Namen Pauline die erotischen Wechsel, die sie wohl ausstellten, aber nicht einzulösen dachten, signieren konnten. Hier war und in ihrem Kreise eine, welche bar bezahlte, — das gab diesen vernünftig Glühenden, Frauen wie Männern, das schöne Recht, in gesprochnen und geschriebenen großen Worten zu schwelgen ohne Verpflichtung, wie dem schwedischen Legationssekretär Brinckmann, der „liebte, der Briefe wegen“ und an eine pseudonyme Freundin Stella an tausend Stück schrieb, darunter welche von 114 Quartseiten.
„Pauline, diese alle lieben dich doch nicht! Alle diese Menschen, auch dein ekliger Gentz, sind so kalt überspannt. Exaltation ist zuweilen die Folge

eines heftigen Gefühls, und diese Menschen exaltieren sich, um sich oder andern den Beweis ihres Gefühles zu geben, kein Ausdruck ist wahr, keiner einfach an ihnen", so schrieb ihr — man hatte sich gesehen und auf den ersten Blick geliebt — aus der Tiefe eines starken Gefühles sehr klarsichtig der „Alkibiades des preußischen Heeres", wie man den Prinzen Louis Ferdinand von Preußen nannte oder einen „verlorenen Menschen", wie ihn die Prüden am Hofe fanden, kaum wegen seiner Zechgelage und Weibergeschichten, deren er die ersten mit siebzehn Jahren hatte. Aber er lebte in freier Ehe zusammen mit dieser Henriette Fromm und hatte sogar zwei Kinder von ihr. Und jetzt zeigte er sich auch noch mit dieser Wiesel, über deren Lebensführung selbst ihre Freunde den Kopf schüttelten.

Wenn der lange Nostitz, des Prinzen Adjutant, Louis Ferdinand einen Titanen nennt, so ist das Stil der Zeit, aber er hat Recht mit dem Satz, daß er „den Adel der Empfindung neben allen Frivolitäten in den Ausbrüchen des Temperamentes wahrte". Louis Ferdinands körperliche Kraft — „mein Körper versagt mir keine meiner Phantasien" konnte er sagen — bewahrte ihn vor der erotischen Schöngeisterei, wie sie Mode war, ebensosehr wie sein wohlerzogener guter Geschmack. Er brauchte den Glühenden nicht zu spielen in den modischen Übertreibungen, weder nach der Richtung des Sentimentalischen, noch nach der andern des Roués. Er hatte da und dort ein gutes Gewissen. Aber keine militärische Aufgabe, wie sie seinem draufgängerischen Temperamente entsprochen hätte. Als er sie bekam, war es, als ob ein Stauwehr aufgezogen würde. Er stürmte in die Schlacht wie ein Rasender, und fiel.

Er wollte sich gerade etwas bürgerlich mit der Fromm und seinen zwei Kindern einrichten, als er Pauline sah. „Mit Zärtlichkeit und Innigkeit hänge ich an der himmlischen guten lieben Henriette", schreibt er seiner Freundin, der Rahel, umschreibt damit, daß es mit dieser Liebe schon so weit war, daß sie in die Tyrannei der Gewöhnung überging, die eine Ehe maskieren sollte. Da war es eine Lust, sich in die Liebe und alle ihre Qualen zu werfen. Denn Pauline war keine bequeme Frau. Auf gar kein System ihres Verhaltens eingestellt und ohne gesellschaftliche Ambition — die ihr auch nicht mehr geholfen hätte — überließ sie sich wie immer sinnlich-melancholische Frauen ganz der Laune des Augenblickes. Das Herrische des Prinzen schüchterte sie gar nicht ein; sie tat was sie wollte; betrog ihn auch, wenn es sich so gab. „Du lachtest", schreibt er ihr, „und aßest, und mit der andern Hand stießest Du mir den Dolch ins Herz." Und: „... verliere Dich nicht für mich ... es ist auf einen Punkt gekommen, der nicht steigen darf." Pauline hatte die Erfahrung: die Passion der Männer ist so ephemär. Aber wenn es sie packt, im Affekte kann sie aufschreien: „Du hast alles in mir getötet", und ruft ihm, der an die Saale dem Tode entgegenzieht nach: „Du Krieger, du Jäger, du Musikus." Er war ein hinreißender Geliebter gewesen, denn alle Leidenschaftlichkeit dieses starken, tatdurstigen Mannes schoß aus diesem einzigen offnen Ventil der Liebe, überstürzte die gar nicht so einseitig bedingte Frau mit einer Hitze, die sie verbrannte und aufschreien ließ.

Der Gefallene trug das Bildnis Paulinens an einem silbernen Kettchen auf der Brust.

Pauline zieht das mütterliche Blut nach Paris. Gentz wird ihr Liebhaber, nicht unangenehmer Ersatz wohltemperierter Liebeskunst für das stürmische Auf und Ab der letzten Liebe, die zu viel Zeit für sich hatte und einem damit die Luft aus der Brust nahm. Gentz, der sonst was zu tun hat, liebt die Liebe als den Genuß mit allen reizvollen Garnierungen, und dabei bleibt die Frau, als die weniger leicht erschöpfte, die stärkere. Das ist ja nicht ganz so schön, wie das andere in seinen großen Momenten, aber ... „wir armen Frauen" sagt sie. Auch in dem banalen Sinn des Wortes ist das gemeint, denn man hat kleine Geldsorgen, und Gentz hilft aus. Louis Ferdinand hatte nur Schulden hinterlassen, und die Pension von Schuwalow verzögert oft ihr Eintreffen beängstigend. Die Geschicklichkeit Paulinens in Geldsachen ist nicht der Rede wert. Sie lebt da gänzlich unbekümmert in den Tag. Sie nimmt als Geschenk, was man ihr gibt. Aber sie gibt nichts für ein Geschenk. Wiesel, ihr Mann, kümmert sich nicht um sie. 1826 schreibt sie der Rahel: „Also Wiesel ist auch tot, der hat es auch überstanden; ich beneide ihn." Schon seit dem Prinzen lebte sie getrennt von ihm.

Ist sie glücklich? Ganz unglücklich, schreibt sie, könne sie nie werden, außer durch körperliche Schmerzen, Gefängnis oder Blindheit. Und wenn sie einmal ganz verarme, bliebe ihr immer noch übrig, zu betteln oder Orangen zu stehlen in Rom.

Die gute Gesellschaft in Paris kennt sie, schätzt sie, aber sie macht sich nichts daraus. Blumen, Wagenfahrten, Reisen, die Sonne, ein Duft, das entzückt sie. Ihre „grünen Gedanken", wie sie das nennt. Menschen und Bücher schätzt sie nur, wenn sie ihr Lebensgefühl steigern. Die Wahlverwandtschaften findet sie weitläufig und ennuyant, weil keine Liebe darin ist, „nichts als Tugend, Entsagen auf alles". Voltaires Pensées in der Schweiz für zehn Rappen gefunden zu haben und zu lesen macht ihr weit größeres Vergnügen als der ganze Schiller. „Sie leben alles, weil Sie Mut haben — ich denke mir das meiste", schreibt ihr die arme Rahel, Gattin des Varnhagen, der jedes Bonmot seiner Frau, kaum gesprochen, für die Nachwelt aufzeichnet und der Pauline die Briefe der Rahel an sie abkauft, das Stück für einen Dukaten.

„Hat mich denn der Tod vergessen? Was ist das Leben wert, wenn man nicht mehr geliebt wird und nicht mehr lieben kann?" schreibt die Zweiundsechzigjährige. Sie hat nun das Alter, um das zu tun, was sie nie getan hat: über das Leben nachzudenken, wie ihre Berliner romantischen Freundinnen, die damit schon im zwanzigsten Jahr begannen. So sagt sie jetzt: „Das Nichtwissen ist das Leben, das schöne goldne Rosenleben." Oder: „Nur Schönheit und Jugend allein bringen uns glückliche Augenblicke ... und ist nicht die große Leidenschaft das einzige auf Erden?" Drei Jahre nach dem Tode ihres Mannes hatte sie, mit neunundvierzig Jahren, einen pensionierten Hauptmann in der Schweizer Garde Karls X. geheiratet, noch immer eine schöne Frau, über deren jugendliches Aus-

JULIETTE RÉCAMIER

sehen sich Frau von Staël wunderte. Der Mann war, wie sie schreibt, schön, groß, gutmütig und unbedeutend, aber jeden Tag bemüht, ihr zu beweisen, daß er ohne sie nicht glücklich wäre. Ihr Körper, der nicht altert, freut sich dessen, aber ihr Geist, über den die Reife des Alters kommt, wird nachdenklich, ihr Wesen sonderlich. Sie überlebt ihren schönen aber unbedeutenden Mann um Jahre, eine vergessene Greisin. „Wenn die Leidenschaften früher sterben als wir, das heißt man das Leben vor dem Tode beenden", sagte sie.

Und starb, siebzig Jahre alt, im September 1848 in Saint-Germain en Laye. Die Totenfrau, die sie wusch, erzählte, nie einen schöneren Frauenkörper gesehen zu haben.

## II

Claire de Kersaint, Herzogin von Duras: in der langen Reihe der „Belles Madames", wie die Vicomtesse de Chateaubriand mit herablassender Ironie die vielen Geliebten ihres Mannes nannte, oder wie der Unwiderstehliche mit gespielter Indifferenz von ihnen sagte: unter „all den Frauen, die an mir vorbeikamen", war diese Claire die als Geliebte Verschmähte. Denn auch solche, die ihn wollen, die er aber nicht will, braucht für seinen Ruf der Verführer-Dandy. Sie war nicht hübsch — ihr größter, aber einziger Fehler, denn sie war unter allen Frauen, welche die Langeweile Chateaubriands erheiterten, die wahrhaftigste und zärtlichste. Dabei intelligent, verständig, fromm ohne Bigotterie, literarisch ohne Pedantismus, royalistisch ohne Übertreibung. Und unerschöpflich an liebendem Enthusiasmus und romantischer Selbstverleugnung, so unerschöpflich, daß diese Quelle ein so unersättlicher Egoismus wie der des Vicomte nicht austrocknen konnte. Sie war völlig verzaubert von ihm, der sie beim ersten Treffen „meine Schwester" nannte, und der er immer, zu ihrem größten Leide, nichts als „der Bruder" blieb, — daß er wenigstens ein zärtlicher Bruder sei, war dann ihre auf alles andere verzichtende Sehnsucht. Aber er war ein Bruder, der alle seine schlechten Launen, seine Zornausbrüche, seine Empfindlichkeiten an ihr ausließ, gerade so als ob sie seine Frau gewesen wäre. Denn Frau von Chateaubriand hatte unter der scharfen Nase einen scharfen spöttischen Mund: bei ihr wäre es ihm nicht gelungen, so launisch sich auszulassen, wie es die untreuen Männer am häuslichen Herd zu tun lieben. Claire ertrug es, sie war in ihrer hingebenden Liebe waffenlos, selbst gegen die Unarten dieses Mannes. Da sie ihn nicht zum zärtlichen Bruder machen konnte, wollte sie ihn wenigstens glücklich wissen, und glücklich sein bedeutete für Chateaubriand nach 1815 so oft als möglich Minister oder Gesandter sein. Damit diente sie ihm, tat alles, ihm zu helfen. Für nichts. Sie schrieb ihre stille Klage in einer Geschichte „Ourika" auf, — Chateaubriand ließ sich herab, die Korrekturen dieses für die Sensibilität der Zeit sehr merkwürdigen und mit einem Minimum von Literatur geschriebenen Dokumentes zu lesen, das echter ist, beredter als Atala und René. Man hat Briefe von ihm und von Claire. Die seinen sind kurze sachliche Billetts: „Es geht mir besser. Morgen komm ich zu Ihnen, mir den Schnupfen holen." In ihren Antworten auf solche Grausamkeiten stöhnt oft mitten im Sachlichen ein Wort auf, eine Klage. Sie setzt wahrhaft die Tradition der Aïssé, der Lespinasse fort, der der Liebe für nichts Geopferten. Sie findet aus ihrem Jammer den Satz: „Echte, ehrliche Liebe gibt die Laster und die Vorzüge der Sklaverei." Dieses mit Schmerz erfüllte Herz schreibt an den Minister, um Chateaubriand fürs Auswärtige Amt zu empfehlen und ist glücklich, daß es ihr gelingt, ihn als Gesandten nach London zu bringen. Kann sie ihn schon nicht haben, dann soll er weit weg sein. Vor dem Abschied ist er grausam wie nie. Er fühlt es selber und schreibt zwei kühle Zeilen der Entschuldigung. Und was antwortet sie? „Sie sind verstimmt, mich gekränkt zu haben, ich glaub es wohl, tyrannisches verwöhntes Kind. Ich bin krank. Ganz geschlagen, daß Sie abreisen. Ich hatte Angst, daß Sie nicht kämen, mir Adieu zu sagen. Das sind alles meine Verbrechen. Aber schließlich, — Sie waren bei mir. Und um diesen Preis wollte ich noch einmal Ihre Beschimpfungen ertragen."

Zwei Monate später starb sie. Die Staël, häßlich wie diese Herzogin von Duras, sagte: „Der Ruhm ist für eine Frau nur die eklatante Trauer des Glückes." Aber sie hatte wenigstens den Ruhm.

## III

Juliette Bernard, die 1793 im Alter von sechzehn Jahren an den reichen Bankier Récamier verheiratet wurde, wäre bescheiden wie sie war und gar nicht durch besondern Geist glänzend oder glänzen wollend nichts als eine unbekannte schöne Frau geblieben, hätte die Schönheit dieser Juliette nicht einige Dutzend Romeos zu Füßen gelegt und wäre nicht das Licht einiger berühmter Sterne auf sie gefallen. Frau von Staël, Lucien Bonaparte, Bernadotte, Chateaubriand, beide Montmorency, Wellington, Ballanche, Benjamin Constant, nur dieser letzte wandte sich nach zwei Jahren vergeblicher Versuche, sie zur Liebe zu bringen, plötzlich von ihr ab; alle andern bewahrten diesem Schaustück der Schönheit, das sich nur ansehn ließ — nun, man konnte auch seufzend das Haupt auf ihre schönen Knie legen —, bewahrten ihr die Treue bis zum Tode. So ausdauernde Tugend, ein Komposit aus Güte, Mitleid, Freundschaft und Fächerspiel, war in dieser napoleonischen Gesellschaft, deren militärische Männer überall sonst, nur den Frauen und der Liebe gegenüber keine Disziplin kannten, so große Mühe sich auch der Kaiser und die Kirche gaben, — solche Tugendhaftigkeit, deren leidenschaftlichste Äußerung die Freundschaft gerade noch erreichte, war wie ein Wunder berühmt in ganz Europa. Und so gegen alle Natur, daß man ihr die Natur absprach, und Leben, das sie lebte, der Liebe entsagend, einige veranlaßte, Zweifel zu äußern über die physiologischen Möglichkeiten dieser schönen Frau. Man machte aus ihrer Tugend eine Not, nachdem sie, wie man sagte, aus der Not eine Tugend gemacht hätte. Verheiratet, war sie doch nicht Gattin. Herr Récamier blieb immer ein Herr im Hintergrunde. Zweiundvierzig war er alt, als er heiratete. Sie konnte tun was sie wollte, und da die Gesellschaft des Konsulates anderes zu tun hatte, als sich eine Moral suchen, hätte sie alles tun können. Tat aber nichts, als am hellichten Tage leben; es gab nicht den leisesten Klatsch um sie; nur auf ihre Freundschaft war man eifersüchtig, und es gab da Gradunterschiede. Auf ihre Freundschaft, als ihr hohes Alter es verbot, zu ihr von Liebe zu sprechen. Denn das taten sie erst alle. Lucien mit soldatischer Geradheit, Mathieu de Montmorency mit katholischer Mystizität, geistvoll-leidenschaftlich Constant, Ballanche ängstlich-verwirrt. Sie hörte sich alles an, seufzte, lächelte. Kokette Unklugheiten lehrten sie die richtige Taktik, Vorwürfe zu vermeiden: sie zog sich so langsam zurück, daß der Anbeter es gar nicht merkte, bis er, der als hitziger Liebhaber begonnen hatte, als geduldiger und treuer Freund endete. Mit August von Preußen war sie sehr weit gegangen, wenn man das von einer so keuschen Person sagen kann. Sie scheint ihn geliebt zu haben, und er wollte sie heiraten. Es war in Coppet bei der kuppelnden Staël, daß auf einem gemeinsamen Spazierritt zu dritt August plötzlich zu Constant sagte: „Herr von Constant, wenn Sie ein bißchen Galopp machen wollten.“ Als man nach Coppet zurückkam, war die Heirat beschlossen. Herr Récamier wäre kein Hindernis gewesen. Aber die Braut. Sie wurde kühl, aber blieb lächelnd. Es endete in Freundschaft. Prinz August, „der junge Mann ohne Kompaß" wie ihn Napoleon nannte, dachte Juliettens noch in dem Testament, das er kurz vor seinem Tode im Jahre 1813 schrieb und dem ihr Verlöbnis beilag, ausgestellt wie ein Scheck: „Ich schwöre bei meinem Seelenheil, das Gefühl, das mich an den Prinzen August von Preußen attachiert, in seiner ganzen Reinheit zu erhalten; alles mit der Ehre vereinbare zu tun, meine Ehe zu trennen, keine Liebe oder Koketterie für einen andern Mann zu haben, den Prinzen sobald als möglich wiederzusehen, und was immer auch die Zukunft bringen möge, mein Geschick seiner Ehre und seiner Liebe anzuvertrauen." Als dann dieser Scheck nicht eingelöst wurde, fiel der Prinz ins Nachdenkliche und fragte sich: „Sollte sie eine Kokette sein?" Constant schloß seine zwei Jahre vergeblichen Kniens mit der echtesten Liebeserklärung, die Juliette je gehört hatte: „Mir graut vor ihr!"

Sie hatte das vierzigste Jahr überschritten, aber noch nichts von ihrer Schönheit verloren. Ein bißchen melancholisch war sie geworden, denn im Jahr zuvor war die lauteste Trompete ihres Ruhmes, Madame de Staël, gestorben, und die Freunde begannen sie mit ihrer Freundschaft ein bißchen zu tyrannisieren. Sie war ein junges Mädchen, das einundvierzig Jahre auf das große Unbekannte gewartet hat, als sie Chateaubriand kennenlernte. Etwas später sagte sie einem Freunde: „Il était impossible, d'avoir la tête plus complètement tournée que l'était la mienne, du fait de M. de Chateaubriand. Je pleurais tout le jour." Nicht aufzuklären, worüber sie weinte. Es sind so wenige Briefe von den wenigen, die sie schrieb, erhalten; man kennt ihren Ausdruck nicht; kann sich aus diesen nichtssagenden Billetten keine Vorstellung über Grade ihres Gefühles machen. Der Vicomte war 1818 bereits ein etwas ausgebrannter Vulkan. Aber vielleicht waren gerade diese halb verlöschenden Feuer die rechten, die kühle Frau zu erhitzen. Als der Vicomte seine Memoiren redigiert, tut er es, sowie er auf Liebesaffären sehr diskret zu sprechen kommt, für die Augen Juliettens, die er als die einzige wirklich von ihm geliebte Frau auszeichnet. Daher jener nonchalante Satz: „toutes ces femmes, qui ont passé devant moi." Und er unterschlägt alle Frauenaffären, die er nach 1818 gehabt hat. Wie immer auch das Verhältnis zwischen den beiden gewesen sein mag — man wünscht es so, daß die Keuschheit aufhört, monströs zu sein —, es dauerte dreißig Jahre, bis zu Chateaubriands Tode im Jahre 1848. Juliette starb das Jahr darauf. Als der Vicomte im Jahr 1847 Witwer geworden war, bot er Madame Récamier seinen Namen an. Es hielt sie nur das hohe Alter ab, den Einfall wirklich zu machen, denn er war taub und erloschen, sie war blind und zitterte an allen Gliedern.

Was ihre Freunde über sie schrieben, das sind allgemeine schwärmerische Deklamationen, aus denen man sich kein Bild machen kann. Das gelang einem Maler. Und es gelang ihm so gut, daß Madame Récamier die Sitzungen aufhob: Davids Bildnis blieb unvollendet. Um ihr Porträt herum ist alles im neu-klassischen Stil, aber vor diesem Gesichte vergaß das unbestechliche Auge des Malers seine Mythologien. Er verweltlichte diesen Engel und malte sie wie sie war: eine amüsierte kleine Frau, wie sie diesem alten Jakobiner nicht fremd war, die weder was träumt noch was denkt, noch was weiter bedeuten will, außer dies, daß sie die hübscheste ist. Ein etwas zerbrechliches Spielzeug, das man aus der Vitrine nimmt, ansieht und wieder hineinstellt. Es verkehrten zu viele Literaten bei ihr, als daß ihr ein echtes Porträt hätte gefallen können. Sie gab sich dem Hofmaler Gérard in Auftrag, der sie dann malte, wie sie zu sein verlangte, träumerisch, etwas melancholisch, tief, kurz wie eine nachdenkliche Muse in Ruhestellung. Aber ein drittes Bildwerk, die Büste von Chinard im Lyoner Museum, gibt David recht. En face zeigt es Reine und Unschuld in der ganzen pädagogischen Würde einer Institutsvorsteherin für junge Mädchen. Aber das Profil überrascht und verrät mit einer entzückenden kleinen, witternden, nach verbotnen Früchten lüsternen Nase ein höchst charmantes Grisettchen — gegen alle Legende.

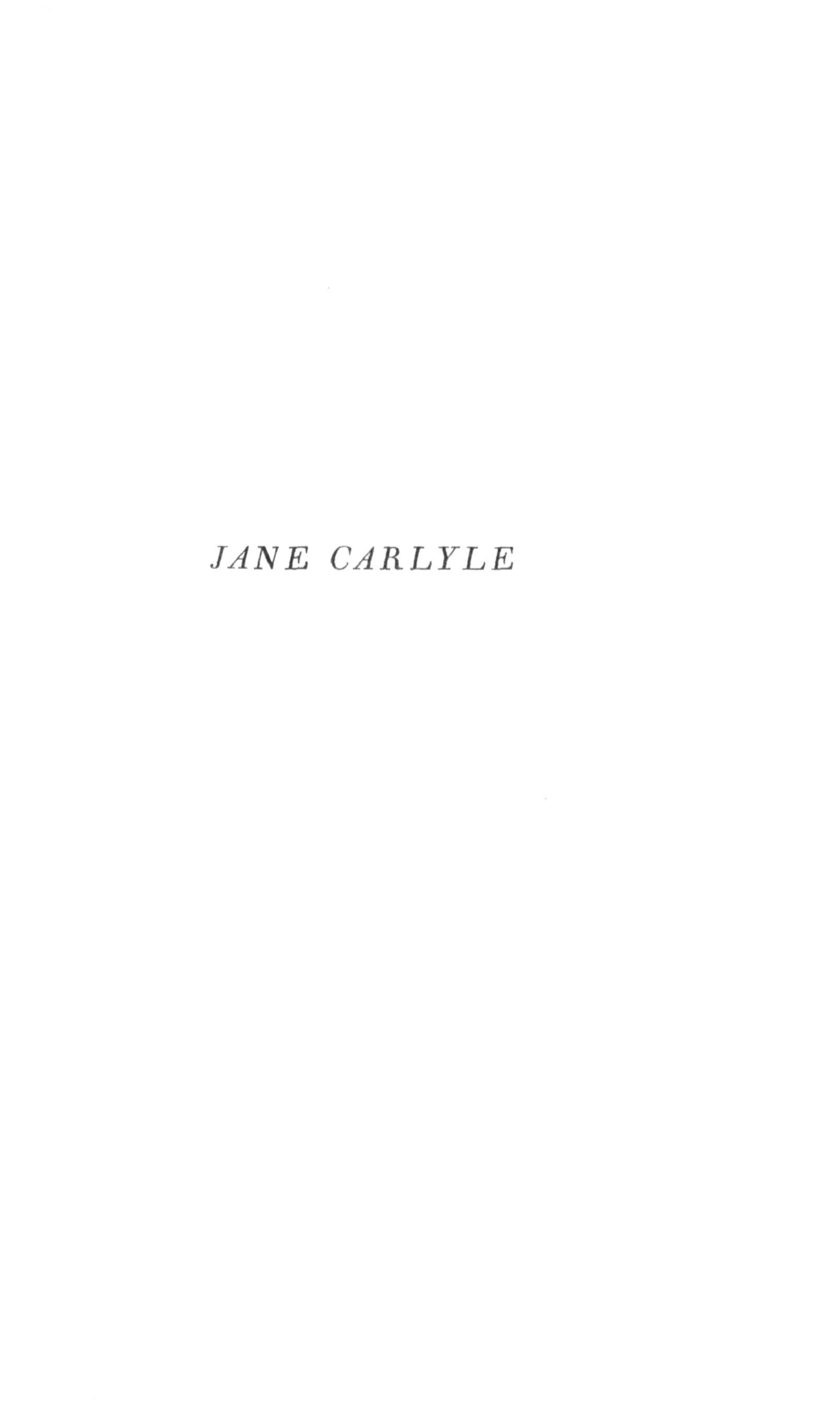

# *JANE CARLYLE*

AUCH wenn Jane Welsh den jungen Pastor Irving geheiratet hätte, wäre es ihr Los gewesen, einen Narren zum Manne zu haben, nur nicht so lang, denn Irving, der Sektengründer der Irvingianer, starb in jungen Jahren. Aber Jane wäre bei ihm Frau und vielleicht Mutter geworden. Der, den sie heiratete, machte sie nur zur Gattin vor der Welt. Als Mrs. Carlyle hochbetagt starb, hätte man ihr Lilien aufs Grab setzen können.

Liebe war es nicht, was das junge Mädchen aus altem gut-bürgerlichen Hause veranlaßte, diesen bäurischen Sohn eines Maurers aus Ecclefechan zu heiraten, diesen übellaunigen und spleenigen Proleten in eisenbeschlagenen Schuhen und abrutschenden Wollstrümpfen, diesen Menschen ohne Herkunft, ohne Vermögen, ohne Gegenwart und ohne Aussichten, aber besessen davon, berühmt zu werden, wenn auch noch nicht feststand worin, denn das theologische Studium hatte er aufgegeben und als Hauslehrer war keine Karriere zu machen. Auch mit der Kenntnis des Deutschen nicht, die gerade nur hinreichte, sich mit Mißverstand über Kant zu äußern und eine Lebensgeschichte Schillers etwas zusammenzuschludern. Janes Bildung war solider, fast die eines Jungen, wie der frühverstorbene Vater es wollte. Sie konnte Latein, schrieb mit literarischen Ambitionen Verse und ein Trauerspiel mit vierzehn Jahren, galt als ein Wunderkind und war ein hübsches Mädchen mit lebhaften Augen, Witz und Übermut. Das hübscheste und begabteste Mädchen im Städtchen. Dieser ungeschlachte, manierenlose, arme Bursch aus Dumfrieshire, der nach Tabak und Kleidern roch, sagte ihr als Mann gar nichts und sie machte ihm auch kein Hehl daraus. Doch seinen Verstand und seinen Charakter müsse sie bewundern: mehr aber wollte der Bursch gar nicht, denn das war ihm alles. Gefühl, ja, davon müsse man eine Welt haben, aber Gefühle der Liebe, die ein Mädchen betreffen, die schloß er aus. Mit plumpen Witz machte er sich über Laura und Petrarca lustig und auch Dantes Beatrice bekam ihr Teil. Jane Welsh, dem jungen überbildeten und ehrgeizigen Mädchen imponierte der Ernst dieses Freiers, für den die Liebe zu den Futilitäten dieser Welt gehörte und die er rechtschaffen haßte. Worin sie nach wenigen Jahren ihrer Ehe ganz seiner Meinung wurde: „Die Liebe oder was man so nennt gehört nur einer sehr eingeschränkten Zahl der Lebensjahre des Menschen und selbst während dieses wenig bedeutenden Zeitabschnittes ist sie nur eines der Objekte des Menschen unter vielen unendlich viel wichtigeren. Um die Wahrheit zu sagen, die auch Mr. Carlyle ganz klar sieht, ist diese ganze Affäre der Liebe eine so miserable Futilität, daß in einem heroischen Zeitalter kein Mensch sich die Mühe gäbe, daran zu denken oder darüber auch nur den Mund aufzumachen.“

Wenn das nicht nur das gefällige Echo dessen ist, was ihr Mann sagte, sondern wirklich Ausspruch dessen, was diese Frau dachte und empfand, dann wird man Jane Welsh bei allen Widerwärtigkeiten, die sie in ihrer Ehe erfuhr, nicht nur nicht beklagen, sondern sie glücklich nennen müssen, in ihrem Mann den kongenialen Partner gefunden zu haben für eine Ehe, die weder aus dem Liebesgefühle noch aus der Leidenschaft ihre Nahrung holte. Sondern nur, es klingt grotesk, aus dem Ruhm. Besser: aus der Berühmtheit. Janes Schmerz war ja auch nur dieser, daß sie nicht immer neben dem Gatten im Scheinwerfer dieses Ruhmes stand, sondern ganz einfach zu Hause bleiben mußte beim Filetstricken.

Nie hat ein Bräutigam, der es aus freier Wahl ist, so im kalten Schweiß der Angst vor seinem Hochzeitstag gezittert wie der dreißigjährige Thomas. In dem Briefwechsel der Brautzeit spricht er von den vergangenen sieben Jahren als solchen des Schreckens und der Hölle und unausgesetzter Torturen, die ihm Kopf und Herz auf gleiche Weise zerstört und verdüstert haben. „Ich kann und will diese Art des Lebens nicht länger ertragen. Meine Geduld ist zu Ende. Ohne Übertreibung, es wäre der Tod für mich besser als in einem solchen Zustand zu bleiben.“ Er erwartet sich die Änderung dieses furchtbaren Lebens von der Heirat und einem Leben als Bauer auf Janes Landgut. Womit sie aber gar nicht einverstanden. „Mein Herz ist einer Liebe fähig,“ schreibt sie ihm, „für welche keinerlei Mangel ein Opfer wäre. Aber ... ich habe Ihnen bereits die Natur meiner Zuneigung zu Ihnen expliziert.“

Der Hochzeitstag ist festgesetzt. Der Bräutigam schreibt: „Bin Opfer des Spleens, krank, schlafe nicht, leer an Glauben, der Hoffnung und der Liebe, mit einem Wort schlecht und verächtlich." Nach der Hochzeit allein mit seiner Frau im Wagen zu sitzen, dies erscheint ihm so unerträglich wie unmöglich. Er schlägt vor, die Diligence zu nehmen, was billiger sei, und einen seiner Brüder mitzuhaben. Aber Jane lehnt Diligence und Bruder ab. Thomas verläßt der Mut völlig. Sich ihn wiederzugeben liest er, ohne Effekt, hundertfünfzig Seiten Kritik der reinen Vernunft. Dann mit besserem Effekt Walter Scott.

Jane schreibt, — ein zum Tode Verurteilter tröstet den andern — dem Bräutigam: „Ich bitte Sie um Himmelswillen, seien Sie weniger düstrer Laune, wobei der Zwischenfall unserer Hochzeit nicht nur einen sehr originellen Aspekt, sondern einen herzbrechenden hat. Wie ich ihn ertragen werde können, weiß ich nicht, bin ganz krank, wenn ich daran denke." Carlyle, der auf Bruder und Diligence verzichtete, stellt eine Bedingung: „Ich stipuliere bloß, daß Sie mich während der Fahrt drei Zigarren rauchen lassen, ohne Kritik und Ablehnung Ihrerseits, als eine für mein Wohlbefinden unumgängliche Sache."

Das junge Ehepaar, das sich in einem so ungewöhnlichen Liebesbriefwechsel näherkam, ist nun in einem kleinen möbliert gemieteten Häuschen in Edinburg installiert und so glücklich als es sein kann. Der Gatte versichert Mutter und Bruder, seine junge Frau sei heiter und froh wie eine Schwalbe, er dagegen sei verdrießlich, krank, schlaflos, nervös, gallsüchtig, schwarzsüchtig und alles übrige noch. „Meine Frau übertrifft meine Hoffnungen. Sie ist so nachsichtig, so gut und mir so ergeben. Warum bin ich nicht glücklich? Mein Herz ist voll Bitterkeit und Trauer. Mein Leben ein ständiger Albdruck, mein Erwachen in der Hölle. Der Rest entsprechend.“ Er möchte den Bruder da haben für die ersten Monate.

Jane wartete vergeblich auf die Erfüllung ihres Mädchentraumes: die geistige Gefährtin und Mitarbeiterin ihres Mannes zu werden. Die ihr zugewiesene Aufgabe war die der schweigenden Dienerin. Er machte aus dem Bürgermädchen so was wie ein Proletarierweib, dazu da, ihm sein Leben leichter und angenehmer zu gestalten mit Kochen, Wäschebesorgen, Brotbacken, Strümpfestopfen und Mund halten vor allem. Sie nahm es hin ohne Widerrede, denn sie hatte einen großen Genius geheiratet, der sich nun auf den Weg mache, seine großen Werke zu verrichten. Schweigend, seine Pfeife rauchend, sah er ihr zu, wie sie das Geschirr wusch, genau wie es zu Hause seine Mutter getan hat. Und sie, praktisch klüger als er, nahm es hin ohne zu klagen. „Kleinigkeiten“, sagte sie, „haben nichts, wenn man zu ihnen lacht, und werden schwere Kümmernisse, wenn man sie mit allzu ernstem Geiste betrachtet.“ Während sich Carlyle anstrengte, große Gedanken zu haben und unsterbliche Bücher sich einfallen zu lassen, tat sie mit Humor die kleinen Verrichtungen des Tages mit den bescheidensten Mitteln ihres kleinen Einkommens, wirklich eine heroische Natur, in welche sie nicht durch die diesbezüglichen Traktate ihres Gatten eingeführt zu werden brauchte. Ihr Leib litt unter dieser Arbeit einer kleinen armen Bäuerin, aber nicht der noble Anstand ihrer Seele. Nicht ein Wort der Klage kam über ihre Lippen. Sie betrachtete sich als „einen der Umstände seines Loses", als nichts weiter. Und in der befohlenen und von Jane ängstlich gehüteten Grabesstille und Einsamkeit des Hauses lauschte der schwerhörige Mann, ob er, endlich, die Stimme seines Dämons vernehme. Überlegt die Würfel, mit denen er den großen Wurf wagen solle. Zermartert seinen schweifenden Ehrgeiz um den seinem Wesen kongenialen Stoff, als den er zunächst, da ihm nichts einfallen will, sich selber findet als den Sartor Resartus.

Carlyle, der romantische Puritaner, ist unsäglich stolz auf das, was er seine Ehrlichkeit nennt, ist es bis zur Unehrlichkeit. Bei einer eigentlich komischen, grotesken Schriftstellerbegabung, die aus ihm hätte einen Rabelais machen können, wenn er erfinderische Phantasie gehabt hätte, wird jedes zweites Wort bei ihm der Ernst, die seriousness. Und jedes dritte das Gebot des Schweigens, — um selber überlaut reden zu können. Auch wenn er selber einmal schwieg, konnte er es nicht ausstehen, daß andere redeten. Sie sollten fassungslos in Schweigen versinken vor dem, was er ihnen gerade gesagt hatte. Er liebte seine Frau, weil sie eine vollkommene Zuhörerin war, sein bestes Publikum. Er schämt sich nicht im geringsten, immer recht zu haben. Er ist nie leise, sondern schreit und brüllt. Um sich zu betäuben, weil ihm vielleicht vor dem leisen Hinschauen auf sich selber graut. So lebt er nur für die Idee, die er von sich einem Publikum geben will. Schwer zu sagen, was das für eine Idee ist, denn seine barocke skurile Art machte sofort auch aus seinen Ideen deren Karikaturen.

Es gehört zum Proletarier-Parvenü, der er ist, daß er mit einem Stammbaum immer ernsthafter kokettiert, der ihn von den Rittern Carlisle direkt abstammen läßt. Es gehört aber auch dazu, daß er aus dem Umstand, daß er als schottischer Bauern-Proletarier auf die Welt kam, ein pathetisches Theater macht. Er redet von seiner Familie und von seinen Verwandten als ob sie weiß Gott was für eine menschliche Elite wären und waren nichts als irgendwelche brave Leute. Sein Vater ein Held der Maurer. Und der Menschlichkeit. Seine nichts als sehr bigotte Mutter, die Pfeife raucht, wird zur Mutter aller Mütter. Nie gibt er, bis an sein Lebensende, seinen Dialekt auf, erklärt den Poridge von Zuhause für Ambrosia, trägt eisenbeschlagene Schuhe, dicke Wollstrümpfe und gibt kräftige Schläge auf den Rücken. Er übertreibt noch, daß er nach Pfeife stinkt und nach zu lang getragenen Kleidern. Er glaubt, sein Händedruck sei ehrlicher, weil er sich nicht die Nägel putzt. Seine Kraft ist die proletarische Brutalität, nach der sich ihm auch sein Heldentyp formiert. Zur Aufstellung des Helden kommt er aus derselben inneren Weichlichkeit und Schwäche, die er als Grund für sein übertrieben starkes und lautes Schreiben angibt. Er ist was man ihn nannte: ein Ezechiel in Knickerbockers, ein als Elias verkleideter Pickwickier. In seinen visionären Momenten der Clown von Pathmos. Wenn er in ein Zimmer tritt, in dem die Luft schlecht ist, öffnet er nicht ein Fenster, sondern schlägt es ein: als Schotte, als Puritaner, als Sohn eines Maurers und als eine Art protestantischer Tertullian, der er sich glaubt, vertraut mit den Wegen Gottes und seinem Strafgericht. Er redet in Zungen aus Unordnung des Geistes, diametral am andern Pol als der ihm ganz fremd gebliebene Goethe, aus dem Bedürfnis, zu bedeuten und groß über alle zu sein und stark über alle. Ein Kraftanbeter bis zum Exzeß — aus Schwäche. Er ist immer ganz außer sich. Kein Lächeln geht über das Gesicht dieses schottischen Großinquisitors. Viertausend maßlose Seiten schreibt er, preußischer als ein Preuße, über den König Friedrich voll Hofgeschichten und Prinzessinnengeklatsch und Schlachtenbeschreibungen, in denen er schwelgt. Mitten in der Arbeit kommen ihm Bedenken über seinen Helden. Aber er kann das Ergebnis jahrelanger Arbeit nicht ins Feuer werfen, kann mitten in der Arbeit nicht seine Einstellung ändern, also lügt er die Heldenlegende weiter bis zur Seite viertausend, und das Ungeheuer dieser sechs Bände enthält weit weniger als die vierzig Seiten von Macaulay über denselben König. Der aus der Moral eine Rhetorik machte, ist er nicht, wie man ihn auch nannte, der Tartarin des Nordens, dem jede Gelegenheit eine Gelegenheit ist, auf der Bühne zu erscheinen, immer als Hauptakteur und fest überzeugt, daß es ohne ihn nicht ginge? Weil er als ein richtiger Autodidakt immer lehren muß, besonders das, was er nicht gelernt hat. So steht er vor der Bude, die große Trommel schlagend für den reinen Charakter, der sich sofort in der Bude produzieren würde, der große Schotte aus Ecclefechan, das moralische Wunder von Dumfrieshire. Er donnert, wenn er schweigt. Wenn er spricht, ist's die Sintflut. Seine Überzeugung, er habe „eine Botschaft aus der Ewigkeit zu verkünden", ist so stark, daß er damit seine Zuhörer außerordentlich impressioniert. Sie glauben es ihm. Nicht aus dem Inhalt seiner Botschaft, sondern aus dem Impetus seiner Verkündigung. Seit Christus, so sagt er, ist er der erste Mensch, der den Menschen als ein unbekleidetes Tier sah. Seit dem Evangelium gab es kein Buch wie dieses seine hier und dieses andere aus seiner Sturmfeder. Solches Selbstgefühl überwältigt. Daß Bücher solcher Bedeutung für dieses und die kommenden Jahrhunderte nicht in gewöhnlichem Englisch geschrieben werden durften, war einleuchtend. Also wurden sie in carlylisch abgefaßt, bis auf jene Artikel, die Geld ins Haus bringen sollten und man sich da in die landesübliche Sprache begeben mußte.

Frau Carlyle erfuhr die Segnungen, die sie sich vom Genie ihres Mannes erwartet hatte, aber „das Genie eines Mannes ist keine Sinekure", mußte sie zugeben. Sie erfuhr nicht die Segnungen der Liebe, aber diese hatte sie ja ausgeschaltet um seines Ruhmes willen: das Äußerste mußte der Mann leisten, das Unerhörte, damit der Effekt seines Ruhmes sie für ihren Verzicht auf die Liebe entschädige. Dafür nahm sie jeden Dienst auf sich, den ihr der Mann als ihr zukommend anwies. Im Jahre 1855 war das hochgesteckte Ziel erreicht: ihr Mann war ein großer Name Englands. Auf dem Weg dahin hatte sie ihren Verstand verschärft. „Ist es nicht sonderbar," sagt sie, „daß die Schriften meines Mannes nur von Frauen und Narren völlig verstanden und ganz geschätzt sind?" Sie war als junges Mädchen eine vortreffliche Mathematikerin gewesen! Mit der Zeit hat sie auch einen feinen Humor bekommen, dem der Sévigné ähnlich. Sie erinnert sich der sieben ersten Jahre ihrer Ehe in der wüsten Öde eines elenden schottischen Bauernhauses verlebt ohne Geld, ohne menschlichen Verkehr, acht Meilen weit weg von der nächsten Poststation, mit dem Manne, den nicht die Frau, wie er gehofft hatte, sondern diese schweigende Einsamkeit von den „Mächten der Blödheit" befreite, in diesem schweigenden Hause, in dem keine Henne gackern durfte, um den über seinen Büchern und seiner Galle eingesperrten Mann nicht zu stören. Während sie das Brot backen mußte, das allein er vertrug und der Weg zum Bäcker, zu Pferd zurückzulegen, zu weit war. „Die ich verzogen von der ganzen Familie aufwuchs und deren Wohlbefinden die Beschäftigung des ganzen Hauses war und von der man nie was anderes verlangt hatte, als daß sie ihren Geist kultiviere, ich war darauf beschränkt, die Nacht damit hinzubringen, ein Brot zu backen, das vielleicht überhaupt kein Brot werden würde. Das machte mich verrückt, so sehr, daß ich den Kopf auf den Tisch sinken ließ und stöhnte. Ich weiß nicht, wie mir da Cellini einfiel und wie er eine Nacht lang am Ofen wacht, aus dem der Perseus hervorkommen sollte. Und ich fragte mich: Ist denn schließlich, vor den Augen des Allerhöchsten, ein so großer Unterschied zwischen einem Brote und einer Statue, wenn eines wie das andere die Pflicht repräsentiert? Der entschlossene Wille, seine Geduld, sein Scharfsinn, das sind die wirklich wunderbaren Qualitäten, deren zufälliger Ausdruck nur der Perseus ist. Und wenn es nun eine Frau gewesen ist, in Craigenputtock lebend mit einem dyspeptischen Mann, sechzehn Meilen von einem Bäcker entfernt und dieser Bäcker bäckt schlecht, so hätten alle diese selben Qualitäten Cellinis ihre Beschäftigung darin gefunden, ein gutes Brot zu backen. Ich kann nicht sagen, wie dieser Gedanke mir Trost über die Traurigkeiten meines Lebens gab während der Jahre, die wir in dieser öden Gegend wohnten, wo von meinen drei unmittelbaren Vorgängerinnen zwei verrückt und die dritte eine Trunkenboldin geworden waren."

Es ist nur zu ahnen, wie groß der Anteil Jane Carlyles am Ruhme ihres Mannes durch das Brot ist, das sie für ihn buk. Wie sich sein Ruhm auf ihren Opfern aufbaute. Schwer zu sagen, was es war, das sie an diesem Manne und Werber faszinierte. Da es die Liebe nicht war. Aber auch nicht die Eitelkeit, denn damals, als sie heiratete, war er ja nichts. Aber er wollte alles werden. Vielleicht fesselte sie dieser wilde Fanatismus des Mannes zum Ruhme. Nicht um eine berühmte Frau Carlyle zu werden, was ja nur bedeutete: die Frau des berühmten Carlyle. Darüber schwindelte sich ihr sehr gesunder Verstand nichts vor. Sie machte sich oft lustig über „diese unglückliche junge Person Jane Welsh, die als einzige Tochter erzogen in Hinsicht auf eine große Position nun Mrs. Thomas Carlyle geworden war". Vielleicht hatte sie es als eine interessante, ihr gestellte Aufgabe angesehen, was durch ihren Verzicht auf Geliebten, Liebe, Mann, Kinder, Haus und Wohlstand aus dem Manne werden würde, dem sie solches Opfer bringt? Sie war es wohl, die dem Mann das gab, was er nicht besaß: Ausdauer, Willen, Mut, Zuversicht, Glauben, Gesundheit bis zu achtzig Lebensjahren. Gab es ihm damit, daß sie jeden Dienst tat, schweigend, wie ihr geheißen. Oder war es der unglückliche Mensch, der Carlyle war, was sie ergriffen hatte, sich ihm zu unterwerfen? Er war der schlechthin unheilbare Hypochonder, der von seinen wirklichen oder eingebildeten Leiden redet, bis er taumelt. Als ein reaktionärer Puritaner sieht er im Leben nur die strafende Hand Gottes, eine grausame und lächerliche Tragödie, sich selber als von einem bösen Dämon besessen, der ihn reden und tun heißt was er nicht reden und tun will. Den Tau in Blumenkelchen konnte dieser Mensch mit dem Überfluß seiner Galle vergiften, den gestirnten Himmel mit einem bittern Witz belächeln. Und diese Frau peinigen, die ein so tapferes Herz besaß, diesen Mann auszuhalten, der sich selber nicht aushielt. Nach ihrem Tode sagte er zu seinem ergebensten Schüler Froude: „Wenn ich sie nur für fünf Minuten wiedersehen könnte, um ihr zu versichern, daß ich ihr immer wirklich ergeben war! Aber sie hat es nie gewußt! Sie hat es nie gewußt!" Sie hat eine lange Zeit das Gegenteil gewußt. Ohne viel mehr zu verlangen in höchster Bescheidenheit als „einen guten Blick, ein gutes Wort, aber wenn das nicht, was soll ich sonst tun als in die Verzweiflung fallen?" Er hätte sich vorwerfen können, zu dieser

Frau, die für sein Essen hungerte, für seinen Trunk durstete, für seinen Schlaf wachte, nicht ein einziges Mal „danke" gesagt zu haben. Das nahm sie ihrem „armen genialen Mann" nicht übel, weil sein barbarischer Egoismus ihr zu seinem Genie zu gehören schien, zu dessen Rechten, wenn auch nicht ganz zu dessen Pflichten. Aber sie litt, als die unausbleiblichen schönen und intellektuellen Bewunderinnen ihres Mannes einen Kreis um ihn schlossen, in dem er sich gefällig drehte und darüber ganz seine Frau vergaß, die außerhalb des Kreises stand. Sie nahmen ihr nicht aus Verehrung für den Mann die Strümpfe ab, die sie ihm stopfte, sondern stahlen seine Schreibfeder, um sie unter einen Glassturz zu legen. Mit Händen, deren Weiße er mit der Grobheit jener seiner Frau verglich und deren elegantes Wesen es ihm auffallen ließ, daß seine Frau „so rustikel" aussah, ohne sich zu erinnern, daß er es war, der dieses feine Bürgermädchen mit Brotbacken, Kochen, Stubenfegen, Flicken zu so was wie einer Magd im Aussehen gemacht hatte. Dagegen hatte natürlich die Frau seines hochgebornen Freundes Lord Ashburton, die brillante Lady Ashburton, das „Wesen einer Königin", wie auch die andern Damen, die er in ihrem immer häufiger und für länger besuchten Salon traf, dieser so vielbeschäftigte Mann, der für seine Frau kaum „zwanzig Minuten" im Tage fand, nach ihrer Gesundheit zu fragen und ob die Bettgardinen schon gestopft seien.

Der Bauernprolet, der nach Pfeife stinkt, erliegt dem Duft der feinen adeligen Häuser. Der Plebejer entzückt sich an der Folie, die ihm die Noblesse gibt, die ihn auf ihre Schlösser einläd, ihn, nur sehr selten seine Frau. Wenn dies in gewissen Zeitabständen nicht mehr zu umgehen war, ließ die Lady die Frau es spüren, daß sie nur als die zufällige Gattin ihres Mannes geladen sei, und der Gatte selber ließ es seine Frau merken, daß sie nur „eines seiner Gepäckstücke" sei, mit dem er sich auf Schloß La Grange zu seinen adeligen Freunden begebe. Daß man sie nicht im Eßzimmer der Dienerschaft ihre Mahle einnehmen ließ, ist alles.

Auch darin hatte sie sich vom Anfang ihrer Ehe aus Nicht-Liebe ihrem Gatten unterworfen, der ihr immer erklärte, daß „er keinerlei Sentimentalitäten liebe". Das war um so leichter zu leisten, als diese Ehe sich ja nie aus der Liebe und deren Gefühlen bestritt. Eifersucht war es daher nicht, was nun Mrs. Carlyle verzweifeln machte und ihr die Erinnerung verdarb an ihr ganzes Leben mit diesem Manne. Sie kam sich um ihr Opfer betrogen vor. Wie ein erschöpfter, im Dienst erschöpfter Dienstbote, den der Herr entläßt, indem er über ihn wegsieht. Dem immer miselsüchtigen, immer verzweifelten Manne, der kein Mann war und sich Krankheit und Düsterkeit aufstöberte, um dafür eine Entschuldigung zu haben, diesem trüben Genossen hatte sie ihr Lachen und ihre Fröhlichkeit, und wie oft weinenden Herzens, gegeben, — nun war ihr für ihre Verlassenheit nichts mehr davon geblieben als so etwas wie Reue und die Frage: wozu tat ich das alles? Sie wurde launisch und bitter in dieser Qual, und der Herr gab der Magd, die zu seinem Gefallen nicht mehr lachen

JANE CARLYLE

wollte, böse Worte, und Sturm war im Haus, der die Frau auf die Gasse treibt, im Gehen sich zu ermüden, den Körper wenigstens, um aus Erschöpftheit schlafen zu können. Anders hilft Morphium. Oder ein Tagebuch, das Bittere noch bitterer zu machen. „Verbrachte den Abend damit, die Hosen Mr. Carlyles zu flicken. Als ich noch ‚einziges Mädchen' war, hab ich nie danach verlangt, Männerhosen zu flicken, nein, niemals." Oder: „Diesen Abend allein. Lady Ashburton ist zurück. Und natürlich ist Mr. Carlyle in Bath House." Oder: „Mr. Carlyles Hausrock geflickt. Viel Bewegung in freier Luft brauch ich, um mein Herz zu hindern, daß es mir in den Kopf springt und mich verrückt macht. Wie glücklich müssen die sein, die Muße haben, daran zu denken, in den Himmel zu kommen! Mein dauerndstes und drängendstes Bedürfnis ist, daß es mir glückt, nicht ins Irrenhaus zu kommen. Nichts anderes." Oder: „Wenn dieser Besuch in La Grange nur schon vorbei wäre! Die Vorbereitungen dafür absorbieren mich, nehmen mir jeden ruhigen Gedanken, jede stille Beschäftigung. Mich in meinem Alter mit meiner Toilette beschäftigen müssen, mehr als zur Zeit, wo ich jung, hübsch und glücklich war — daß ich das alles einmal war, mein Gott! — und tu ich's nicht, damit dafür bestraft sein, als häßlicher Fleck auf diesem Himmel aus Gold und Azur betrachtet zu werden, das ist wirklich zu stark. Ah, wären wir doch in der uns zukommenden Sphäre geblieben, wie viel mehr wert wäre das für uns in jedem Betracht!" Oder: „Die Natur wollte nicht, daß wir zurückschauen, sie hat uns die Augen nach vorn gestellt. Schau vor dich, Jane Carlyle, und wenn du kannst, nicht zu weit ins Vage. Schau deine unmittelbare Pflicht an und tu sie! Ah, der Geist möchte schon, aber das Fleisch ist schwach, und vier Wochen Krankheit haben das meine weich gemacht wie Wasser. Kann nicht mehr London auf Siebenmeilenstiefeln durchlaufen... Das wahre Glück ist schlafen. Darauf bin ich gekommen. Armer Kerl, der ich bin!"

Da starb plötzlich Lady Ashburton. Damit schien die Ehe der Carlyles wieder in Ordnung zu kommen. Aber es ordnete sich alles um eine Leere. Über die in Janes Herzen lief ein etwas gemachtes kräuselndes Lächeln. Carlyle wäre ein wilder Ausbruch vielleicht lieber gewesen, der Versöhnung wegen. Er ist gerade mit seinem „tristen Buche über Friedrich" beschäftigt in Ängsten, Verzweiflungen und Anfällen trübster Schwermut. Frau Carlyle brachte das Lächeln nicht mehr zusammen. Ein Sturz aus dem Wagen verursachte dem geschwächten Leibe unerträgliche Schmerzen. Sie klagte nicht, aber ihr Blick fiel in ein ungeheures Chaos grenzenloser Untröstlichkeit. „Schnitte man mit Messern an mir herum," sagte sie, „risse man mir die Knochen auseinander, es wäre ein Lust gegen das, was ich leide." Carlyle fürchtet in diesen neun Monaten, sein Weib zu verlieren und wird ein ganz klein wenig mitleidig. Für die Frau ist es so viel, daß sie beglückt davon ist, und sie weiß ja auch, daß die „Sentimentalitäten" Herrn Carlyles von sehr kurzer Dauer sind. Geschwind, geschwind freut sie sich, und stirbt. Am 21. April des Jahres 1866. Sie ist fünfundsechzig Jahre alt geworden.

Carlyle sucht in seinen intimen Aufzeichnungen, die er seine Frau um fünfzehn Jahre überlebend nach ihrem Tode macht, sich zu entschuldigen: „Ich sah nicht ... ich merkte nicht ... ich vermutete nicht ..." Er hatte nicht nur ein schlechtes Gehör, sondern, von seinen Gesichten abgesehen, auch ein kurzes Gesicht. Wenn er den Tod Janes als „den Verlust all dessen, was das Leben wertvoll macht" bezeichnet, so spricht er nur eine Redensart nach. Was diese Frau ihm war, das hat er in der Dürftigkeit seines Herzens nie erfahren, im Ausschweifenden seines Denkens nie gewußt. Der, dem als Heldentum die barbarische Macht galt, hatte keine Ahnung, daß sich ihm heldenhaft dienend ein Leben geopfert hatte. Aber die Anschauung, daß das Genie ein natürliches Anrecht darauf habe, ein im Gefühle roher Patron zu sein, hat ihre Anhänger.

*DIE KAISERIN TSÜ-HI*

ALS Siao, der Lieblingseunuch der Kaiserin-Mutter Tsü-hi, auf Befehl ihres Sohnes, des jungen Kaisers Tong-tsche die Rote Stadt verlassen mußte, tat er es in der kaiserlich-gelben Sänfte, vor der das Volk in den Straßen aufs Knie fällt. Denn er hatte, da sie auf seine Rückkehr hoffte, noch einen Auftrag seiner Herrin zu erfüllen: ihr solche breitrandige Strohhüte zu beschaffen wie sie als neueste Mode die Engländer trügen und von denen er ihr erzählt hatte. Es war Siaos letzte Reise. Denn als er in Tschontong eintraf, da hatte der Gouverneur bereits ein ihm von einem Eilkurier überbrachtes Dekret des Kaisers erhalten, das ihm befahl, den Verschnittenen gebührend zu empfangen. Das tat er wie ihm geheißen, indem er auf der Stelle Siao köpfen ließ. Er hatte richtig gelesen: im kaiserlichen Dekret fehlte dem Schriftzeichen, das „Verschnittener" bedeutet, der obere Teil, der Kopf: es hieß nun „töten".

Noch ein anderer Umstand, der sich bei dieser Gelegenheit ereignete, zeigte die Intelligenz dieses Beamten, die ihm alsbald eine große Karriere sicherte. Siao hatte das mit dem purpurnen Siegel der Kaiserin versehene Dekret, das vom Gouverneur jede Unterstützung des Eunuchen verlangte, durch einen

Boten voraus an den Gouverneur gesandt, der sich gerade zum Empfang der also wichtigen Persönlichkeit anschickte. Da traf das mit dem zinnoberroten Siegel versehene Dekret des Kaisers ein. Der Beamte löste den schwierigen Fall zweier sich so widersprechender Befehle damit, daß er das Dekret der Kaiserin zusammenfaltete und Befehl gab, es ihm einige Stunden später zu überreichen. Da aber konnte nichts mehr getan werden, um Siao zu unterstützen. Denn er lebte nicht mehr.

Das Geheimnis der chinesischen Schriftzeichen wie der chinesischen Seele zu deuten, verlangt selbst vom chinesischen Gelehrten höchste Klugheit. Was vermöchte da der Verstand des Europäers? Dieses Volk kennt den Gebrauch der Masken nicht, so sehr ist ihm sein Gesicht Maske. Und aus dem Rituell, in dessen Rhythmus es jede Bewegung des Lebens und jede Starre des Todes gesetzt hat, bricht nicht einmal der Mord aus, der ohne Entsetzen hingenommen wird wie irgendeine andere Krankheit, an der man stirbt; in diesem von Wesen wimmelnden Reiche zählt das Einzelleben des Menschen nichts, so wie unendlich viel bei den kleinen Stämmen der Südseevölker, deren Kriege nicht vier Jahre, sondern vier Stunden dauern und enden, wenn die eine Partei einen Toten und zwei Verwundete zu beklagen hat. So kostbar ist das Einzelleben bei diesen Völkern, daß sie den totgeschlagenen Menschen auch im Tode noch dadurch ehren, daß sie ihn oft als Leckerbissen verspeisen.

Drei Jahrtausende hatte in einer in sich vollendeten Zivilisation dieses ungeheure Reich der Mitte bestanden, als es, im letzten Drittel des vorigen

Jahrhunderts, von der europäischen Zivilisation überfallen, sich mit nichts anderem zu wehren verstand als mit einer mittelalterlichen Kriegskunst, einer verachtenden Weisheit und einer Kunst der Diplomatie, zu fein gespitzt als daß sie den gefoppten europäischen Gegner, der gegen das Spinnweb im Dunkel dieses chinesischen Wesens wie gegen Balken rennt, nicht immer rasch zum kürzeren Schluß der Gewalt gerufen hätte. Wofür man in den Gewalttaten des aufgeregten Volkes, das den Christen weder als Missionar noch als Kaufmann wollte, immer Rechtfertigung fand.

Als ob über das England der Tudor das Amerika des Präsidenten Coolidge sich stürzte: das ist die Geschichte Chinas zur Zeit seiner letzten Mandschu-Kaiserin Tsü-hi, die als der „alte Buddha" verehrt und so genannt im Jahre 1908 in aller Macht ihres bedeutenden Geistes starb und im dreiundsiebzigsten Jahre ihres Alters, im siebenundvierzigsten ihrer kaiserlichen Herrschaft. Mit ihr wurde auch das alte Reich begraben.

Tsü-ngan, die der Kaiser Hien-fong kurz nach seiner Thronbesteigung im Jahre 1851 zu ihrem höchsten Rang der Kaiserin-Frau erhob, blieb ihre einzige Pflicht schuldig: sie gebar keinen Erben. Am Gemahl, dessen Leben nur Lust an der Frau und Lust am Trunk kannte, lag es nicht. Und Tsü-ngan erkannte ihre Unfruchtbarkeit, mied das Drachenlager des Himmelssohnes und schenkte ihre Sorge den Insassinnen des kaiserlichen Frauenhauses, den jungen Mädchen aus adeligem Geschlechte, Töchtern von Bannerherren, für das kaiserliche Gynäzeum von früh auf bestimmt, von der Schar der

Eunuchen bewacht und erzogen und auf ihre Stunde wartend, wo der Obereunuch sie für ihr Schicksal, das kaiserliche Lager zu teilen, holen würde. Für nicht mehr als eine Nacht. Keines dieser vierzig oder fünfzig Fräulein ergab sich Träumen, daß sich nach solcher Nacht der Purpurmantel mit den eingestickten goldenen Phönixen um ihre Schultern legen würde, das Emblem der Himmlischen Augusta. Sie langweilen sich ein bißchen, diese Kinder, die in allen nötigen Künsten unterrichtet werden. Zu einer bestimmten Stunde des Tages erscheint der Obereunuch zur Prüfung, ob sie das Futter wert sind. Seine abtastenden fleischigen Hände prüfen. Manche spürt es, schlecht bestanden zu haben und nächstens unter den bloßen Dienerinnen zu verschwinden. Besonders jetzt, wo die Kaiserin sich mehr als früher um sie kümmert. Schon zweimal ist sie dagewesen und gleich darauf kam gegen die Regel, daß alle drei Jahre die Insassinnen erneuert werden, ein neuer Schub Mädchen. Darunter war dieses Mandschufräulein Ye-ho-na-la, die sich von ihnen absonderte, trotzdem sie von nicht besserem Adel war. Vielleicht glaubte sie ihrem leicht gebogenen Näschen verpflichtet zu sein. Vielleicht machte das sie so stolz.

Da stehen sie, aufgerufen vom Obereunuchen, in einer langen Reihe, alle in ihren wassergrünen Kleidern, an den Seiten geschlitzt, daß man die seidenen Hosen sieht, die über den hochstöckeligen Schuhen schließen, und in der kurzen, rosenfarbenen Jacke mit der blauen Gürtelschleife. Unter der dicken Bleiweißschminke und dem Karmintupfen auf Lippen, Nasenspitze, Wangen, das Grübchen im Kinn, dem Antimon, das die Augen verlängert, den zitternden Schmetterlingen aus blauer, grüner, schwarzer Seide im auf chinesische Weise hochgebauten Haar sieht eine aus wie die andere und jede wie ein zierliches höchst gebrechliches Spielzeug. Und ihnen so ähnlich schreitet die Kaiserin die Reihe ab, lächelt etwas resigniert, sich der Zeit erinnernd, wo der vierte Sohn des Kaisers Tao-kwang sie aus eben diesem Frauenhause gerufen hatte, das sie nun besuchte, um jene zu erraten, die dem Kaiser das Kind geben und damit neben ihr als Mutter des Thronfolgers Kaiserin dem Titel und dem Rang nach sein würde. Vielleicht ist sie vor dem Adlernäschen der Ye-ho-na-la nachdenklich geworden. Aber zwei Jahre mußte diese im Frauenhause verbringen und war zwanzig alt geworden, bevor das Zeichen sein rotes Licht auf sie warf.

In einem Retiro des kaiserlichen Palastes befindet sich das Register des Frauenhauses. Schmale Karten aus dunkelgrüner Jade geschnitten tragen in Gold die Namen der Mädchen: Zärtlichkeit heißt eine, die andere Perlenglanz, eine dritte Sonnenleuchten, Meer der Jade eine, Erfinderische eine andere, Lachender Lotus, Pflaumenblüte des Morgens. Der Kaiser hat in einer müßigen Stunde des Tages in dieser Bibliothek gelesen, seine Phantasie einen Namen gewählt, und bei einbrechender Nacht wartet der Eunuch vom Dienste auf das Täfelchen. Dann eilt er ins Serail, die Mädchen hören hinter den dünnen Wänden ihrer Zellengemächer den dumpfschweren Laut der Filzschuhe, jedes blickt auf. Und vor der Tür der Erwählten hängt er das

Zeichen auf, die Laterne aus rotem Horn, und das Licht zittert durch das Türfenster über die Wartende, die sich sofort erhebt und entkleidet. Denn da tritt schon der Eunuch ein, den ärmellosen purpurnen Mantel unterm Arm, und die Nackte zittert nackt zu sein vor dem Blick des riesigen empfindungslosen Mannes, der schon den weiten Mantel über sie geworfen hat wie eine mächtige Umarmung, sie packt, aufhebt und mit seiner Last durch die Korridore läuft. Da und dort klappert ein neugieriges Rollfensterchen, erstirbt ein Seufzer, erstickt ein Lachen. Der Eunuch beeilt sich. Seine Finger graben sich durch den Mantel ins Fleisch, sein Atem geht fauchend unter der Last, unter der Lust. Ein kurzes Stück Weges geht in der klaren Nacht, die das Opfer in einem beglücktem Zuge trinkt, aber da bedrängen schon wieder die tausend Gerüche eines Palastes. Und der dampfende keuchende Träger legt seine kostbare Last auf ein Lager. Es ist sehr weich. Acht wattierte Decken bilden es, darüber liegt gelbe Seide straff, dann blaue Seide. Das Dunkel des Raumes wird Halbdunkel von zerstreuten Punkten Lichtes, — nicht festzustellen, ob es Augen sind oder Nachtlämpchen. Auf einem Tischchen neben dem Lager ertastet die Hand gläserne Flaschen. Hien-fong, der ein großer Trinker ist, langt nach ihnen nicht weniger oft als nach den Reizen des Mädchens.

Es ist drei Uhr und die Nacht zögert noch, sich in Tag zu wandeln. Eine Stimme fällt in das schlaflose Schweigen: „Der Kaiser ist gebeten." So fordert es die Tradition, daß der Kasier vor der Sonne sich vom Lager erhebe, um im Kerzenlicht des

Thronsaales mit den Großmandarinen des Reiches die Staatsgeschäfte zu besprechen. Übelgelaunt wie immer, denn die Geschäfte sind ihm verhaßt, erhebt sich der Herr der zehntausend Jahre, noch übelgelaunter dieses Mal, denn die Frau war köstlich gewesen und zum Verweilen ladend. Und während er seinen blauen Mantel umlegt, bringt der Eunuch der letzten Nacht die Ausgezeichnete ins Frauenhaus zurück und schreibt einen Rapport für den Fall der Schwängerung.

Am 27. April des Jahres 1856 erfuhr die Kaiserin Tsü-ngan, daß eine Frau des Harems einen kaiserlichen Sohn geboren habe. Als Souveränin dankte sie dem Himmel. Als Frau wußte sie, daß nun eine andere ihren Platz haben würde: Tsü-hi wurde Gattin-Mutter und Kaiserin. Tsü-ngan wußte, was das bei diesem Kaiser bedeuten konnte, der nichts als ein von Eunuchen und Frauen bedienter Schwächling war mit den Zeichen frühen Todes im Auge. Sie verließ ihren Palast nicht mehr, und der Kaiser fragte, als man ihren Namen nannte, ob sie denn noch lebe. Er glaubte sie schon vor zwei Jahren gestorben. Daß diese Frau in loyalem Verzicht sich selber abgesetzt und vor den primordialen Gesetzen der Mutterschaft gebeugt hatte, das verstand er nicht. Er sah nur Auflehnung gegen eheliches Recht und die Natur. Aber die sehr fromme Frau gab keinen Botschaften und Bitten nach, verblieb in ihrem östlichen Palast und überließ es der Kaiserin des westlichen Palastes, die Melancholie des Kaisers zu bestehen. Aber es erwarteten sie weit schwierigere Dinge.

Es gibt allerlei politische Wissenschaften, aber keine

Wissenschaft der Politik. Denn sie ist eine Kunst. Keine Angelegenheit von Prinzipien, sondern des Taktes. Es ist weit mehr gute Politik ohne Intelligenz gemacht worden als mit ihr. Gute Politik, das ist erfolgreiche Politik und der Zufall hat am Erfolg größeren Anteil als sonst etwas. Um ein bedeutender Staatsmann zu sein, braucht man kein großer Mensch zu sein. Nicht einmal ein Mensch schlechthin, denn es würde ihm das politische Geschäft das Herz umdrehen. In große Geschehnisse vermengt sein und Glück haben in seinen Geschicklichkeiten bis dorthin, wo die Situation so schlecht wird, daß der Geschickte dem Starken Platz macht, der Staatsmann dem General: anders ist der Staatsmann nicht zu definieren. Das Wohl der Nation, die Zukunft des Vaterlandes: Wattons, die sich der Politiker um Brust und Waden legt. Oder Schallverstärker seiner Stimme. Oder Dekorationsstücke seiner Bühne.

Im gesteckten Rahmen dieses Bildnisses einer Frau die politische Historie einiger Jahrzehnte aufrollen, hieße das Bild um Licht, Farbe und Leben bringen um eines Gleichgültigen willen, das in seinen wesentlichen Zügen jedem vertraut ist als das Bemühen der europäischen „Barbaren" — nicht anders, nicht richtiger nennen sie alle chinesischen Dekrete — jene Geschäfte zu machen, die mit dem Nachdruck von Marinegeschützen und gelandeten Truppen entriert den ungefragten Partner willfährig machen sollen, die Bedingungen jenes anzunehmen, der ein Kaufmann ist und als Konquistador auftritt. Oder auch mit dem ganz lächerlichen Anspruch eines Kulturbringers und hier an ein Volk, das Philosophen hatte zu einer Zeit, als diese Kulturbringer und -träger noch in den Wäldern Eicheln fraßen. Nicht das brennende Peking ist zu nennen und nicht der von einer internationalen Soldateska zerschlagene und geplünderte kaiserliche Stadtteil, denn das sind Kriegssitten überall, aber eine Photographie aufgenommen im Jahre 1900: sie zeigt den kaiserlichen Thronsaal der Roten Stadt, und auf dem Throne Herrn Pichon, den Gesandten Frankreichs, umgeben von einem Dutzend anderer Eroberer im Cut, im Bratenrock, im Reitdreß, gestiefelt und gesporont und mit Schnurrbärten aller Art, eine Gesellschaft hier spaßig wirkender Parvenüs von vorgestern inmitten dieser dreitausendjährigen großen Welt. Während diese Aufnahme der Sieger gemacht wurde, schlugen die Sieger der kleineren Grade den „Götzenbildern" lachend, brüllend die Köpfe ab oder verpackten die Schlaueren gestohlene Seide. Das Maschinengewehr ließ die Eroberer sich als die Spitzen jeder Zivilisation dünken und jene, die es nicht besaßen oder nur sehr schlecht damit umgehen konnten, für „Wilde" erachten, um nichts besser als Urwaldneger oder die braunen Leute der Südseeinseln. Ein erstaunliches Schauspiel höchster Würde und feinsten Verstandes bietet inmitten dieser Stiefel und Bärte, Geschütze und Plünderungen, großer Worte und schäbiger Geschäfte, „offner Tür" und Gewehrkolben, taufender Missionare und geldgieriger Kaufleute das, was China dagegen aufbietet, geschlagen als Materie, immer sieghaft im Geiste. Und unter allen diesen chinesischen Köpfen der feinste, der einer Frau: Tsü-hi. Man nahm diese „Barbaren aus den abgelegensten Winkeln der Welt“ nicht weiter ernst noch wichtig. Sie besetzen Taku, marschieren auf Peking, aber Chinas Armee wird, so glaubt man, damit fertig werden. Man wußte ja nicht, daß diese Barbaren viele Schiffsladungen ihrer schwer bewaffneten Kulis herbeiführen können, Monate hindurch. Erst zwei Jahrzehnte später bereiste ein chinesischer Gelehrter die europäischen Länder, sah die Waffenfabriken dieser Völker und was in Kasernen und auf Übungsplätzen an zahllosen Mannschaften zur Verbreitung des Christentums ausgebildet wurde. Auch ohne den Rat Kungs, des kaiserlichen Bruders, der für eine hinhaltende Politik mit diesen Engländern und Franzosen war und gegen den äußersten Widerstand, zu dem die konservativen Prinzen in der Umgebung des Kaisers rieten, zog Tsü-hi die natürlichen Gaben ihres Geistes, von denen sie wußte, den chinesischen Armeen vor, von denen sie auch wußte und vor allem dieses, daß sie nicht viel taugten. Als die Ratgeber des Widerstandes ihre Sache verloren sahen, rieten sie gegen den Willen der einsichtigen Kaiserin zur Flucht des Hofes oder vielmehr zu dem jährlichen Jagdausflug des Kaisers nach Jehol. Dahin machte sich der nicht endende Zug der Senften, Eunuchen, Panzerreiter und Bogenschützen auf. Die ganze rote Stadt zog nach Jehol in eiligem Aufbruch, der so sehr das Zeremoniell störte, daß man den Kaiser Hienfong allen Augen preisgab, als er, eine Pelzmütze über die Augen gezogen, auf Krücken zu seiner Sänfte schwankte. Die französische Brigade Collineau stand schon vor dem Südtor, und die letzten, welche die rote Stadt verließen, waren die tatari-

TSÜ-HI

schen Reiter, die noch rasch umbrachten, was an europäischen Gefangenen da war.

Was den Sohn des Himmels sich allen irdischen Augen zeigen ließ, war die Sorge, daß für seinen „Jagdausflug nach Jehol" auch das Wichtigste nicht vergessen und gut verpackt wurde: die Mädchen, die Mignons, die Getränke. Die beiden Kaiserinnen und sein dreijähriger Sohn kümmerten ihn weniger, weder jetzt noch in Jehol, und dieses andere pflegte er so sehr, daß er am frühen Morgen des 22. August 1861 „den Drachenwagen bestieg" und „Gast des Himmels" wurde, nämlich starb. Inzwischen schloß Kung den Frieden mit den Barbaren. Um den dreijährigen Thronfolger ging in Jehol der Kampf zwischen der Mutter und Witwe Tsü-hi und den fünf Eisenkappen-Prinzen um Tsai-Yüan, den Regenten aus Gnaden der kaiserlichen Agonie. Um das Kind dem Namen, um die Macht der Sache nach. Es war ein Kampf auf Tod und Leben. Tsü-hi ließ Kung hinterbringen, sein Friede sei von den Regenten gefährdet, und Kung kam nach Jehol. Sie brauchte seine Geschicklichkeit, und sie gewann sie mit der ihren: sie war sechsundzwanzig Jahre alt und eine ihrer Schönheit bewußte Frau. Der schöne Garde-Hauptmann, den sie sich gewonnen hatte, diente ihr womit er konnte, als Spion, als Aufpasser. Aber der überaus kurzsichtige Kung hatte den weiteren Blick. Die Regenten glaubten, sich in der andern Kaiserin, in Tsü-ngan, ihre Position verstärken zu können. Aber diese Frau, noch nicht dreißig, war ganz nur ihrem Schmerz hingegeben. Und die schon um ihr Leben Zitternden lagen vergeblich vor ihr auf den Knien, daß sie ihnen Macht aus ihrer Macht gebe, die sie nicht üben wollte und auf die sie verzichtete, wie auf den Schmuck, auf die langen Hülsen für die Fingernägel, auf frische Schminke.

Der Hauptmann lag mit seinen Ohren heimlich an dieser Unterredung und berichtete. Nun war Tsü-hi ihrer Sache sicher. Daß die andere es in Unbeweglichkeit den Regenten abgeschlagen hatte, sich als die sich rächende Nebenbuhlerin zu benehmen, ihr also nicht ans Leben wollte, — dieses Geheimnis besaß sie nun und sagte es Tsü-ngan, daß diese Verschwörer gegen ihr Leben sterben müßten. „Es ist eine politische Notwendigkeit, die sie zum ewigen Schweigen verurteilt."

Die Rückkehr des Hofes nach Peking war beschlossen, der Tag der Abreise festgesetzt. Kung verließ eine Woche zuvor Jehol. Gleich nach ihm zogen vier von den Regenten aus. Vielleicht, um Kung zu töten aus einem Hinterhalt. Aber das konnte für Tsü-hi nur das Ende einer Intrige aus Politik bedeuten. Nichts mehr an ihrem sicheren staatsmännischen Siege ändern. Sie hatte wieder das kaiserliche Kind, sichtbares Zeichen ihres Sieges, unter dem sich sofort die Garde der Eunuchen um sie sammelte. Den Regenten aus eignen Gnaden blieb kaum eine Handvoll Leute.

Drei Tage später hatte die Rote Stadt wieder ihr Idol: den Kaiser. Und vierundzwanzig Stunden danach war keiner der Verschwörer mehr am Leben. Den zurückgebliebenen und verspätet eintreffenden Su-Tschun fing man auf der Straße vor Peking. Auf dem Schaffot klopfte er, bevor ihm der Henker den Kopf abschlug, den Staub mit einer hübschen Geste aus seinen seidenen Kleidern.

Tsü-hi wurde nur was ihre Macht betraf mit diesen Verschwörern fertig, deren Anschauung und Gesinnung, was die Barbaren betraf, sie teilte. Den Frieden hielt sie für eine Geste, einen geschickten Betrug, der nichts am traditionellen Leben Chinas änderte. Sie war erschüttert, als sie merkte, daß das gar nicht nur ein toter Buchstabe sei, sondern daß sie die dauernde Anwesenheit von Repräsentanten dieser barbarischen Völker in Peking dulden müsse und daß diese berechtigt seien, direkt mit dem Sohn des Himmels zu verkehren, daß man weiter die Einrichtung eines Bureaus für die auswärtigen Angelegenheiten respektieren müsse, — mit diesem Volke von Händlern direkt verkehren, diesen Leuten, die nichts als ihren Profit im Kopfe hatten, auch wenn sie als Prediger ihrer Religion auftraten. Der Mitregent Prinz Kung hatte viele Arbeit mit dieser Frau, die oft aufschrie, genau wie jene, deren Schrei sie erstickt hatte. Aber Kung besaß die Autorität eines, der den Staat in schwierigster Situation gerettet hatte, vielleicht auch ihr Leben. Im Jahre 1842 fuhr das Schwert der Barbaren nur aus der Scheide, im Jahre 1858 blitzte es, aber in diesem Jahre 1860 traf es die Rote Stadt ins Herz. Was da 1860 als Friede unterzeichnet wurde, das mußte jedem gebildeten Chinesen wie eine Erniedrigung erscheinen. Daß mit dem Eintritt Chinas in den Interessenkreis der europäischen Völker sich Gesetze des Lebens der Völker erfüllen und China nicht nur nicht zugrunde, sondern einer „größeren Zukunft" entgegengehen solle, — wie sollte eine solche Vergangenheit solche Modernität des Augenblickes billigen oder auch nur verstehen? Aber das eminent praktische anpassende Denken des Chinesen fand die Mittel, ohne sich als fortschrittlich zu formulieren, das Neue hinzunehmen ohne das Alte aufzugeben. Was nicht so einfach war, da sich nach den beiden Signatarmächten auch alle andern Staaten Europas mit dem gleichen Anspruch und Recht meldeten, — was für ein seltsames Land dieses Europa, das so viele Rassen und Staaten enthält, die alle nichts zu fressen haben, dachten mit Kung die chinesischen Beamten-Gelehrten. Und Tsü-hi hörte wohl, daß diese Königin Victoria einiges Recht über ihre Staatsleute hatte, aber daß sie nicht jedes Recht habe und es sich auch so mit diesen andern Dynasten dieser vom Verhungern bedrohten europäischen Völker verhalte, das verstand sie nicht und bestätigte ihr, daß diese Könige tief unter dem Sohn des Himmels stünden. Welche Anmaßung, daß sie sich den Abgesandten solcher Könige sie empfangend zeigen sollte! Daß sie hinter dem sie verbergenden Vorhang ihre Stimme hörten — schon das war zu viel.

Aber weit mehr Aufmerksamkeit als diese Barbaren, die nicht weit über die Küstenstädte hinauskamen, verlangten die aufständischen Chinesen selber, deren Anführer sich mit jeder neuen Provinz, die er eroberte, einen höhern Titel gab, nun schon nicht mehr Hong sich nannte, sondern Himmlischer König und von Christus als von seinem Bruder sprach, und war ein Schulmeister in Honkong gewesen und da ein Baptist geworden. Er würde nicht sterben, predigte er seinen Anhängern, sondern am siebenten Tage auferstehen, um seine Scharen weiter zum

Siege zu führen über die Großen und Mächtigen des Reiches und die usurpatorische Dynastie von jenseits der großen Mauer. Nun residierte dieser Bruder Christi in Nanking mit Hunderttausenden seiner Anhänger. Dieser chinesische Johann von Leyden schien das Ende der Mandschu zu bedeuten, als die Barbaren gegen Peking zogen, und gerade aus diesem Umstand, sich so als Macht anerkannt wenn auch bedroht zu sehen, gewann die Dynastie ihre Kraft: noch galt sie, noch war sie da. Es war nach der Unterzeichnung des Friedens ein guter Einfall Yehonalas, diese selben Barbaren mit ihren so wirksamen Kriegsmaschinen gegen die Tai-ping-Rebellen in Dienst zu nehmen. Der Engländer Gordon erhielt den Oberbefehl, dieser helläugige Mensch, dem die immer wieder gelesene Bibel neben dem nie gezogenen Revolver in der Tasche steckte und der vor seiner Armee einherging mit nichts als einem Reitstöckchen in der Hand. Nanking fiel, brannte nieder, mit ihm der jüngere Sohn Jehovas mit Tausenden. Tai-ping war zu Ende. Tseng, Gordons Helfer, der am Rande des Reiches gegen Westen das Jahr zuvor die muhamedanischen Chinesen ausgerottet hatte zu Millionen, dieser weise Tseng, der seinen Freunden seine Gärten zeigte und was er da Neues in Gurken versuchte und Melonen, und dem immer der Henker zur Seite schritt, er wurde Vizekönig von Nanking. Gordon bekam zur Belohnung die gelbe Reitjacke, die doppelte Pfauenfeder und eine dicke goldene Medaille. Diese schenkte er ein paar Jahre später in London einer alten Bettlerin auf der Straße. Er besaß nichts anderes. Die Regierung seines Landes erinnerte sich seiner erst, als sie ihm Kartum als verlorenen Posten anvertraute, um ihm die Hilfe etwas zu spät zu schicken. Denn als diese kam, hatten ihn die Krieger des Mahdi schon in Stücke gehauen.

Tsü-hi war es etwas müde geworden, sich so ausschließlich und intensiv mit den Staatsaffären zu beschäftigen. Sie war eine sehr gebildete und den heiteren Dingen des Lebens geneigte Dame, liebte es, Geschichten zu hören, in Büchern zu lesen, das Theater zu sehen, die Geschicklichkeiten der Schauspieler, der Sänger und Musikanten zu bewundern. Aber Onkel Kung bekam es zu spüren, als er glaubte, aus einem Berater des Thrones, was sein Titel und Amt war, ein eigenmächtiger Regent zu werden. Als er höchst unklug und vergeßlich es wagte, an seine Verdienste um die Erhaltung des Thrones zu erinnern, wurde er von Tsü-hi, die seinen Ernst drei Jahre lang ertragen hatte, kurz entlassen. Und nach Monaten erst wieder in Dienst genommen, auf Vorstellungen von Beamten, wie es im Dekret hieß, Milde für Strenge walten zu lassen. Tsü-hi war eine intelligente Frau und erkannte und anerkannte Talente. Wie das des jungen Li-hung-tschang, der sich schon bei Gordon ausgezeichnet hatte und eben dabei war, mit neuen Revolutionären aufzuräumen, mit diesen Langhaaren, die sich zum Abzeichen das Haar nicht in Zöpfe flochten, und diesen Rotbärten, die sich einen roten Roßschweif unters Kinn banden. Ihr Führer Klein-Yama, ein Bandit, der sich in einer gelben Sänfte tragen ließ und sich sieben Minister ernannte, dieser satanische Fürst, wie man ihn nannte, hatte ja wenig Vertrauen zur Zucht seiner Armee, mit der er im Reiche herumzog. Anders hätte er nicht jedem seiner Leute mit einem glühenden Eisen ein Zeichen in den Oberschenkel gebrannt, um sie zu hindern, überzulaufen, denn an diesem Zeichen hätte man sie erkannt und hingerichtet. Mit diesen Leuten wurde Tseng und Li fertig irgendwo weit im Reiche. Kung war wieder in Gnaden aufgenommen. Man brauchte ihn für den Verkehr mit den Fremden. In die Rote Stadt kam er selten, schickte nur Nachricht. Tsü-hi war sehr froh, diesen bebrillten Pedanten so selten zu sehen. Und die Eunuchen, die schon lange untätig gewartet hatten, bekamen Arbeit.

Ein traditionelles Institut des chinesischen Regierungssystems sind die Zensoren. Ihr Amt ist es, den Thron in seinen Maßnahmen und seinen Verhaltungen zu kritisieren. Ihre im klassischen Chinesisch abgefaßten Schriftstücke werden aufmerksam bei Hofe gelesen, beantwortet und zu dem übrigen gelegt. Kein Zensor erwartet es anders. Seine Tätigkeit ist ein bureaukratisches Zeremoniell wie das Austauschen von Höflichkeiten bei der Begrüßung. Weniger alt, oft abgeschafft und wieder eingeführt ist das Institut der verschnittenen Hofdiener. Kein Streitfall wird im Chinesischen nach dem augenblicklichen Wert oder Unwert des Umstrittenen entschieden. Ein Volk, dessen oberster Kult die Ahnenverehrung ist, hat nicht bloß so Gegenwarten und Realpolitiken. Sondern den Beweis seiner Jahrtausende, die nicht bloß moderne Geschichtsbücher sind, sondern Ligitimierung des gegenwärtigen Lebens. In der großen antiken Zeit der Chou-Dynastie hatten die Eunuchen keinen Einfluß. Er kam im Zerfall auf, in der Ära der Lehnsstaaten, und Kon-fu-tse mißbilligt ihren Einfluß. Die Manschus übernahmen als Eroberer Betrieb und Personal des chinesischen Hofes; auch die Eunuchen. Aber es gab da schon früh Vorhaltungen, daß jene „nur fähig seien, den Boden zu fegen und durchaus kein Recht hätten, Zutritt zum Monarchen zu haben.“ Es kam ganz auf den Monarchen an, welche Rolle die Eunuchen spielten. Der letzte Ming-Kaiser ließ seinen Obereunuchen enthaupten und allen Eunuchen verbieten, die Rote Stadt zu verlassen. Unter den großen Manschu-Kaisern Kang-Hsi und Chien-Lung spielten sie gar keine Rolle und fegten den Boden. Das änderte sich unter den späteren zugunsten der Eunuchen. Wohl ließ der Kaiser Kuang-Hsü seinen Obereunuchen prügeln, aber der war doch kaiserlicher Mignon gewesen und rächte sich im Boxeraufstand. Hien-fong starb erschöpft in den Armen seiner Lieblinge. Wie der Sohn, den Yehonala von ihm hatte, der junge Kaiser Tung-Tschih an den Eunuchen starb. Sie waren, wie es im Chinesischen heißt, die Macht der Dunkelheit an hoher Stelle. Das heißt die Macht hinter dem Throne. Zuweilen schöne Burschen, zuweilen begabte; manchmal beides in einem.

Die von der Politik ermüdete Tsü-hi begab sich zur Erholung in diese seltsame turbulente Kastratenwelt, die ihren Palast des Ewigen Frühlings füllte mit ihren Geschichten und Intrigen, ihrem Geschwätz und Gekeif, ihren spaßigen Gewohnheiten und seltsamen Geschmacken. Sie heißt sie verweilen und ihr erzählen. Sie läßt sich von ihnen vorspielen. Sie amüsiert sich köstlich. Ganz Peking spricht davon, und schon erheben die Zensoren ihre Stimme, warnend, und schon antworten darauf kaiserliche Dekrete, sich verwahrend, daß die Eunuchen Einfluß auf die Staatsgeschäfte nähmen, übermäßig beschenkt würden oder gar stehlen und sich bereichern. Die Sprache der Zensoren ist so kühn wie energisch die Antwort aus dem Palast. Das für die Galerie gespielte Stück entsprach allen Erwartungen. Aber „in der tiefen Abgeschlossenheit unseres Palastes" gab es das reizendste chinesische Trianon unter der Leitung des schönen Hämlings Siao, der ein vorzüglicher Schauspieler war, unerreicht in den großen Frauenrollen der historischen Stücke und höchst erfinderisch in täglich neuen Amüsements. Er trieb es ein bißchen arg und ist, wie eingangs erzählt, geköpft worden auf Betreiben Kungs, der die solchem Greuel ganz abholde Kaiserin Tsü-ngan trotz ihrer Angst vor der Mit-Kaiserin gewann, ihre Unterschrift und Siegel unter den Befehl zu setzen. Zur selben Zeit wurden der Tsü-hi noch weitere sechs Eunuchen erdrosselt. Und von da ab hatte man jeden Grund, ihre Wutausbrüche zu fürchten.

An die Stelle Siaos trat der nicht weniger hübsche, aber weit geschicktere, vorsichtigere und klügere Eunuch Li-Lien-ying, der mit siebzehn Jahren „seine Familie verlassen" hatte, wie man offiziell die Operation nennt. Siebzig Jahre, bis zum Tode der Kaiserin, blieb er in ihren Diensten, als Berater, als Genosse ihrer Vergnügungen, als Kamerad. „Wir beide", so nannte er sich und die Kaiserin hohen Beamten des Reiches gegenüber, die ihm alle tributär waren, ihm, der sich mit der vierten Rangklasse, die den Eunuchen nur gestattet ist, begnügte und auf alle Ehren verzichtete, aber nicht auf hundert Mark, die er zu fordern hatte. Er betrieb im größten Stile den Ämterverkauf, nahm Bestechungsgelder und Provisionen, und teilte mit der verschwenderischen Kaiserin. Unter seinen Leuten hieß er der „Herr der neuntausend Jahre", also nur um tausend Jahre weniger hatte er im Titel und heimlichen Rang als der Kaiser selber. Man wagte solche Gotteslästerung, so bedeutend war die Rolle, die Li spielte neben denen seines Theaters. Während der Irrfahrten des verbannten Hofes im Jahre 1900 hatte Li alle seine in der Roten Stadt vergrabenen Schätze eingebüßt. Einer seiner Vertrauten hatte die Orte den Franzosen verraten und Lis Schatz war nicht die geringste Beute, die sie machten. Das erste, was Li nach der Rückkehr tat, war, daß er mit Erlaubnis der Kaiserin den Verräter köpfen ließ. Li hat aber aufs neue verdient. Als er starb, hinterließ er ein Vermögen von drei Millionen Pfund Sterling, in Leihhäusern und Wechselgeschäften angelegt. Nicht sehr viel, da er für den Verkauf eines hohen Amtes 40000 Pfund bekam. Aber dieser Li war mehr als ein geschickter Finanzier seiner Tasche. Auch mehr als ein Lustigmacher seiner Herrin. Daß sie die Herrin bleibe, darum bemühte sich dieser erfinderische Kopf, und nicht nur weil dies sein Vorteil war. Aber Tsü-hi brauchte gegen den wachsenden Einfluß Kungs und der frommen Kaiserin ein Gegengewicht, das ihr die Eunuchen allein nicht geben konnten, auch die Geschicklichkeit Lis nicht, der die hohe und niedere Beamtenschaft korrumpierte. Li erinnerte Tsü-hi an ihren Sohn, den künftigen Kaiser Tong-Tsche, der ganz unter den Einfluß der andern Kaiserin gekommen war, die sich schon einbildete, es sei ihr eigenes Kind. Tsü-hi hatte keinerlei Gefühle für dieses blasse schwächliche Geschöpf, das alle Zeichen der Degeneration trug, kaum ein Wort sprach, nie lachte und ins Leere schaute. Gerade diese starre Idolhaftigkeit, die keinerlei individuelles Leben zeigte, entzückte die konservativen Chinesen des Hofes, denn so und nicht anders ist der Kaiser-Gott. Aus keinem Schlaf, so schien es, nur aus seinem Bett hob man jeden Tag um vier Uhr früh dieses leblose Püppchen und setzte es auf den Thron, wie es das Zeremoniell vorschrieb, daß der Kaiser um diese Zeit seinen Regierungsgeschäften obliege. Vor dem starren Kinde gaben Bericht, berieten die Räte und faßten Beschlüsse. Schlag fünf wurde das Kaiser-Kind wieder in seine Nursery zurückgebracht oder zu den Lehrern, wo es den Schreibpinsel führen lernte und die Buchstaben singen, ohne Widerwillen, aber ohne jede Neigung.

Li erinnerte Tsü-hi, daß der Kaiser nächstens fünfzehn Jahre alt würde und das Gynäzeum, das ganz vernachlässigte, durchaus der Erneuerung bedürfe. Die Eunuchen, der Sohn, das kaiserliche Frauenhaus: Tsü-hi erkannte, daß hier die Mittel lagen, ihre Macht zu behaupten.

In Tientsin massakrierten die fremd- und christfeindlichen Chinesen den französischen Konsul, die Missionare, die Klosterfrauen und die getauften Chinesen. Aber das war Sache Kungs und Li-hungtschangs. Tsü-hi war damit beschäftigt, das Frauenhaus zu füllen. Kung befand sich gerade beim französischen Gesandten, ihm zu sagen, daß die Tientsiner Rebellen hingerichtet seien, als ihm der Gesandte vom Fall von Sedan Mitteilung machte. Prinz Kung sagte zu einem seiner Begleitoffiziere: „Bringen Sie meine Karte zur deutschen Legation und sagen Sie, ich werde morgen vorsprechen.“ Und zu Herrn von Rochechouard: „Am selben Tage, wo ich Frankreich mein Beileid ausdrücke, kann ich nicht gut Deutschland gratulieren.“ Kung war geschickt in jedem à propos.

Tsü-hi brauchte ein Jahr, um das Frauenhaus zu beleben, das ihren Sohn beleben sollte. Und der Fünfzehnjährige fand was ihm das Frauenhaus bot weit mehr nach seinem Geschmack als Unterricht und Staatsgeschäfte. Er verlor seine morbide Misanthropie, wenn auch nicht seine weichen weiblichen Gesichtszüge und die lässige Trägheit seiner Bewegungen. Er erkannte als seine Geliebte ein Mädchen, das den Namen „Eleganz“ bekommen hatte, und als feststand, daß dieses Mädchen durch den Kaiser in anderen Umständen war und ihm eine Tochter gebar, war alles Nötige geschehen, um den Kaiser zu verheiraten. Seit dem Kaiser Kang-hi des Jahres 1665 mußte der Kaiser vor seiner Thronbesteigung sich verheiraten. Ein Dekret vom 10. März 1872 bezeichnete die Braut: die Tochter Ha-lu-to des Doktors der kaiserlichen Akademie Tschung-Ki. „Sie ist lieblichen Charakters, voll Sorgfalt, gebildet und ernsthaft.“ Diese Schwiegertochter hatte aber die andere Kaiserin ausgesucht unter ihren Anhängern, — es war ein Schlag gegen Tsü-hi. Sie wartete ihre Zeit ab. Damals, als man ihr den Siao umbrachte, hatte sie im ersten Zorn den Obereunuchen der Ost-Kaiserin erdrosseln lassen, welche Unbeherrschtheit ein Fehler war. Sie wußte jetzt, daß die Rache auf langsamen Füßen geht, um ihr Ziel zu erreichen.

Die fremden Gesandtschaften bestanden darauf, dem neuen Kaiser ihre Aufwartung zu machen ohne Kotau. Das konzedierte man ihnen nach vielen Beratungen, nicht aber den Eintritt in die Rote Stadt. Außerhalb derer Mauer wurde ein Palast für diesen Empfang hergerichtet. Blasser noch als sonst von der wassergrünen Seide seiner Kleider und mit ängstlichem Gesicht sah der Kaiser diese fremdartigen Leute, die sich nur tief verbeugten und aus Papieren was vorlasen, worauf der Interpret übersetzte, was der junge Kaiser stotternd kaum zu Ende brachte: eine Frage, ob die Herren in guter Gesundheit wären. Dann gingen die Herren, und ein chinesischer Beamter meinte, mit einigem guten Willen könnten sich diese Barbaren leidlich zivilisieren lassen. Die von der Roten Stadt redigierte Beschreibung dieses Empfanges lautete so: „Die fremden Gesandten kamen in Waffen. Nachdem sie eingetreten waren, schloß man die Tore. Sie begrüßten den Kaiser durch bloßes Kopfneigen. Neben dem Thron stand ein Tisch, vor dem jeder der Gesandten der Reihe nach sein Beglaubigungsschreiben vorlas. Zuerst kam der Engländer. Aber kaum hatte er einige Worte gelesen, als ihn ein solches Zittern faßte, daß er nicht weiter konnte. Vergeblich sprach der Kaiser voll Güte und fragte ihn; keine Antwort kam. Darauf kamen die andern dran. Sie waren alle von solchem Schrecken gepackt, daß sie ihre Schriftstücke zu Boden fallen ließen, weder lesen noch sprechen konnten. Prinz Kung ordnete darauf an, daß Palastleute die Herren unter den Arm nehmen und ihnen so die Stufen hinunter helfen. Aber ihr Schrecken war so groß, daß sie sich nicht aufrecht halten konnten, sich auf den Boden setzten, schweißbedeckt, um Atem zu holen. Dem Festmahl beizuwohnen, das man ihnen bot, wagten sie nicht und begaben sich so rasch als möglich in ihre Quartiere. Prinz Kung sagte ihnen: Hab' ich euch nicht gesagt, daß es keine Kleinigkeit sei, den Kaiser zu sehen? Ihr wolltet mir nicht glauben. Jetzt wißt ihr es. Die Gesandten gaben zu, daß es eine überirdische Kraft sei, die vom Kaiser ausginge und die sie so erschreckt habe. Daran erkennt Ihr diese hohlen Menschen, diese Fanfarons und Poltrone."

Der Empfang der fremden Gesandten durch einen chinesischen Kaiser, erstmalig in der Geschichte des Reiches, ist ein Symbol. Das mit größter Mühe aufrecht erhaltene Gleichgewicht der Kräfte der Roten Stadt war gestört. Was diese drei Köpfe, die beiden Kaiserinnen und Prinz Kung, in zehnjähriger Arbeit mit Hilfe von Koterien, Clanen, Appetiten und Geschicklichkeiten geschaffen hatten, daß es wie eine Einheit aussehe und wirke, das fiel, begann sich aufzulösen. Nun hatte, großjährig gesprochen, nur mehr dieser junge Kaiser die Macht. Den drei abgesetzten Mächten blieb kaum mehr ein Prestige. Aber nur dem Titel nach hatte dieser gänzlich erfahrungs- und kenntnislose Jüngling, dieser blasse, stammelnde Knabe die Macht. Wo sie wirklich sein würde, das beschäftigte die Rote

Stadt. Nur dies wußte sie: daß sie aus Intrigen geboren würde. Die Egoismen der Roten Stadt versuchten neue Gruppierungen, suchten neue Affinitäten im Widerspiel der Interessen und Leidenschaften, damit der Apparat funktioniere. Die berühmten Praktiker des Palastes wußten, daß die Souveränität Tong-tsches, ganz illusorisch, wie sie war, ihnen nichts nütze und kümmerten sich nicht um ihn, sondern suchten anderwärts ihre Geschäfte aus louchen Betrieben. Ganz vereinsamt war der Kaiser ein Patron ohne Klienten. Es war nicht leicht, einer Kamarilla so vieler Münder ein Gebiß zu liefern.

Rasch verließ das wenige, was er an Geistigkeit haben mochte, den Kaiser. Er verkam in gröbsten Neigungen. Er verzehrte ungeheure Mengen Zuckerzeug und Kuchen. Die Küchenchefs der Eunuchen hatten gute Zeit. Aber eine Politik war damit nicht zu machen. Nur ein Gaudium. Gutmütig gab der Kaiser zu, daß er von Staatsgeschäften gar nichts verstünde und auch nichts verstehen wolle, denn sie seien höchst langweilig. Essen, das sei schön, auch bei seiner Frau sein oder bei Eleganz, der „edlen Konkubine" oder bei der Erfinderischen, der Konkubine erster Ordnung oder bei Hübscher Jade und Glanz der Gemme, Konkubinen der zweiten Ordnung. Die Ost-Kaiserin machte Vorwürfe, versuchte des Kaisers Beschäftigung ins Politische umzugestalten. Aber schon war die West-Kaiserin auf dem Plan: sie, beide Kaiserinnen, hätten sich bei der Thronbesteigung feierlich verpflichtet, von jeder Beeinflussung des Kaisers abzusehen und Schweigen zu bewahren. Tsü-ngan breche dies Versprechen, indem sie wie in den Tagen ihrer gemeinsamen Regentschaft eine Nebenregierung konstituieren wolle, die sich des freien Willens des Kaisers verbrecherisch bemächtige. Jeder verstand die Worte Tsü-his. Niemand war überrascht. Man hatte ihre Rückkehr erwartet. Aber war sie denn fort gewesen? Dieses Unsichere, Schwankende, Zerfließende in der Roten Stadt, das war ja ihr Werk, getan mit Hilfe der Eunuchen und der Frauen. Daß es so bleibe, wollte sie. Aber mit ihren Worten erklärte sie sich, und alles in der Palast-Stadt erklärte sich für sie. Die maßvollen und tugendhaften Formeln, mit denen sie auf das Widerrechtliche der Ost-Kaiserin aufmerksam gemacht hatte, fand entzückte Zustimmung. Man hatte es durch das diplomatische Geschick der Rede leicht gemacht bekommen, sich so zu stellen, als merkte man nicht das Paradox, daß Tsü-hi an die oligarchische Regierung der Clan-Chefs appelliert hatte, die Absolutität des Monarchen zu schützen. Worin bestand diese? In der leeren und öden Isolation einer Autokratie über jeder praktischen Wirklichkeit. Nicht einmal seine jungen Verwandten, die Prinzen, durfte der Kaiser um sich haben. Auch die Pferde nicht reiten. Nicht Bogenschießen. Seine Kuchenmahlzeiten wurden eingeschränkt, oft bis zum Hunger. In den Pavillon der literarischen Blüten wurde er, der ganz talentlos war, eingeschlossen für Stunden, um Gedichte zu machen. Sein Leben wurde das eines Götzenbildes. Wie das seiner Kaiserin-Frau. Als diese sich einmal schüchtern zu bemerken erlaubte, daß sie doch mit höchsten Ehren durch das Haupttor in den Palast gezogen sei, be-

TSÜ-HI
mit ihrem Lieblingseunuchen

kam sie von Tsü-hi zu hören: „Bald werde ich dich durch die gewöhnliche Tür wieder draußen haben.“ Dabei geschah nichts, als daß man sich streng an das Protokoll und das Hofritual hielt, das vom Kaiser die Entmenschlichung forderte.

Der sank wehrlos wortlos in schwere Melancholie. Ihn zu heilen, trennte man ihn von seiner Frau, die weinte und zitterte. Ihn zu erheitern führte man ihn in großer Begleitung zu den Ruinen des Sommerpalastes. Der irre Gefangene taumelte und schwankte vor solcher Freiheit, im Anblick nie geschauter Seen, blühender Bäume. Den Sommerpalast wollte er wieder aufbauen, und schon nahmen die Interessenten der Umgebung Aufträge entgegen. Kaum hörte die Rote Stadt von dem geheimgehaltenen Plan, als andere Interessenten geärgert, daß nichts in ihre Tasche fließen sollte, protestierten. Es gab eine Revolte der hungrigen Portemonnaies. Es war des Kaisers höchst persönliche Angelegenheit. Er sollte entscheiden, wozu er etwas brauchte, das er nie besessen hatte: Autorität. Die zahlreichen Syndikate der hungrigen Gebisse wandten sich klagend an Tsü-hi: die Verfassung sei verletzt. So nannten sie ihre Börsen. Tong-tsche widerrief sein Dekret und seine Ernennungen zu Lieferanten. Aus denen wurden weitere Gegner. Diese erklärten: „Ein Kaiser, so sich selber überlassen und so unabhängig, bringt unsere Staatsinteressen in Gefahr, ist eine Ursache für Unordnung. Das Heil liegt in einer neuen Regierung.“ Tsü-hi lächelte. Sie beriet sich mit Kung, und sie beschlossen, den Kaiser vor den Prinzen, Großräten, Ritualoffizieren, Kanzlern und Astrologen zu tadeln. Tong-tsche sprach kein Wort. Aber am andern Tage publizierte die Pekinger Zeitung die Absetzung des Prinzen Kung als kaiserlicher Prinz. Tsü-hi brauchte nicht viele Worte, und der Kaiser widerrief die Absetzung, ohne Glauben an jene, die ihm zum Widerstand geraten hatten. Von da ab ließ er sich fallen. Die paar Eunuchen und Frauen, die scheu und im Zwang ihren Dienst taten, ließen ihn seine Einsamkeit grauenhaft wie den Tod empfinden. Er verweigerte zu essen. Er lag und stierte vor sich hin. Bald würde man ihn seiner Verpflichtungen entheben. Das hektische Rot der Schwindsucht setzte sich auf seine Wangen. Man erwartete das Ende. Es kam zu langsam. Tsü-his Obereunuch Li gab einen guten Rat.

An einem Novemberabend ließen den Kaiser die Eunuchen ein gewöhnliches Kleid aus Wolle anziehen, stiefelten ihn, setzten ihm einen Hut aus schwarzem Tuch auf, legten ihm einen Kamtschatkapelz um. Er erfuhr, daß man außerhalb der Roten Stadt Zerstreuungen für ihn habe, und er folgte gehorsam. Keine Wache stand am Tor des Göttlichen Kriegers. In der verbotenen Stadt hatten die Gongs schon befohlen, die Herdfeuer zu löschen. Aber die Straßen der Mongolenstadt waren noch voll Leben. Man drückte sich an die Wand, um die nächtliche Polizei passieren zu lassen, die ein Hauptmann zu Pferde beschloß mit einem Fackelträger zur Linken, der sein Licht auf eine Tafel fallen ließ, darauf Namen und Rang des Offiziers geschrieben stand. Auf den Straßen Pekings herrschte die Ordnung. Das Laster versteckte sich. In Spielhäusern, in Opiumhöhlen, bei Seiltänzern, Gauklern, Jongleuren, bei üppig geschminkten jungen Herrn, in Schnapsbuden und Theatern verbrachte von dieser Nacht ab der Kaiser jede Nacht und berauschte sich, und präsidierte um vier Uhr, bevor die Sonne aufging, eine Stunde lang dem Nei-Ko in der Roten Stadt. Eines Morgens warteten die Räte des Staates vergeblich auf den Knien. Der Kaiser sei krank. Es war fast die Wahrheit. Er lag, von den Eunuchen bewacht, erschöpft irgendwo in der Chinesenstadt; er hatte die ganze Nacht Theater gespielt.

Im Dezember bekam der Kaiser die Blattern, und Tsü-hi ließ ihren sterbenden Sohn ein Dekret unterzeichnen, daß er ihr alle Macht übertrage. Auch der große Rat überlegte seinen Vorteil aus dem Tode des Kaisers. Da gab es ein fünfjähriges Kind von einem Bruder des früheren Kaisers Hien-fong. Natürlich müsse man diesem kleinen Tun eine Regentschaft geben: Tsü-ngan und die baldige Witwe Tong-tsches. Tsü-hi parierte mit einem andern Kinde als Kaiser, denn kam der Kaiser nicht aus ihrer Hand, war ihre Macht nicht mehr. Sie ließ das vierjährige Kind ihrer Schwester holen.

Der Kaiser starb. Chinesische Testamente werden immer von den Erben gemacht. Also verlas Tsü-hi des verstorbenen Kaisers Testament, wonach, da er kinderlos sterbe, Tsü-his, seiner Mutter, Schwesterkind von ihm adoptiert werde mit dem Rechte der Thronfolge.

China hatte seinen neuen vierjährigen Kaiser Kuang-si aus Tsü-his Händen bekommen. Die siebzehnjährige Witwe des verstorbenen Kaisers verschluckte aus Scham und Trauer ihre Geschmeide und starb daran. Das Gerücht ging, sie sei von Li vergiftet worden, als ihre Schwangerschaft bekannt wurde. Ein Staatsrat protestierte mit seinem Selbstmord gegen das neue Regime. Er schloß, was er gegen Tsü-hi zu sagen hatte, mit einem Gedichte: „Der Sang des Vogels, der zu sterben kommt, ist ein Klagegesang. Die Ratschläge eines Mannes, der stirbt, sind vortrefflich. Hier endet, was ich zu bemerken hatte, hier enden meine Wünsche, hier endet mein Leben."

Es starben zu viele an diesem Hofe. Und die beiden toten Kaiser hätte man als Fuchsgeister gesehen, und einer hätte die Regentin angefaucht, um sie zu strafen. Nun starb auch die brave Tsü-ngan. Sie hätte sich selber den Tod gegeben, als sie sich mit achtundvierzig Jahren von einem Liebhaber schwanger sah, — diese so fromme Frau, die nur um das Kaiserkind besorgt war! Tsü-hi lief verspätet das etwas ausschweifende Leben früherer Jahre als böse Nachrede nach, das längst um weit Interessanteres aufgegebene. Sie wußte, warum sie immer um ihre Macht besorgt war. Weil keiner, bis auf Kung, sie sinnvoll ausüben konnte. Sie sah wie sich das politische Problem ihres Reiches komplizierte, und ihr höchst lebendiger lebhafter Verstand war davon gefesselt, suchte wenn nicht eine definitive doch provisorisch annehmbare Lösung. Welche, das wußte sie nicht. Aber daß es ihre Umgebung noch weniger wußte, auch nicht wissen wollte, das hatte sie immer erkannt. Ja, da war nur dieser Kung in den auswärtigen Affären und Negozen. Aber mehr und wertvoller als er dieser Vizekönig von Tschili, die graue Eminenz, Li-Hung-Tschang.

Das war eine Intelligenz, die Initiativen suggerierte. Keinerlei Zweifel hatte er darüber, daß China durch seine Zivilisation, seine Sitten und Bräuche allen fremden Ländern überlegen war. Aber er sagte auch die Punkte, wo es nicht überlegen war: Industrie, Handel, Verkehr, Kriegswesen. Er demonstrierte das. Mit Hilfe des erfolglosen Krieges Chinas gegen Frankreich um Tonking und einer quadratmetergroßen Landkarte des Reiches, auf den Boden des Thronsaales gebreitet, und von Miniatureisenbahnen, die er darüber hinfahren ließ: mit Gütern beladen oder mit Soldaten. Tsü-hi war fasziniert von diesem „größeren China", vorgeführt in einer Miniatüre. Aber da war gerade nach zehnjährigem siegreichen Krieg gegen die Muselmanen im chinesischen Turkestan dieser alte Haudegen Tso Tsong-tang zurückgekommen, mit allen Ehren eines Triumphators in der Roten Stadt empfangen. Und der sprach, wie immer glückliche Generäle reden, daß man das Reich ans Ausland verkaufe, wo man ihm äußersten Widerstand leisten müsse. Wenn man auf ihn höre, dann gäbe es in acht Tagen keinen Fremden mehr auf chinesischem Boden. Man müsse nur skrupellos vorgehen. China sei reich an allem und habe ein vorzügliches Menschenmaterial für den Krieg. Tsü-hi war auch von dieser Männlichkeit fasziniert, und vergaß die Eisenbahnen Li-Hung-Tschangs. Das Unfruchtbare eines Regierens aus dem Dunkel der Palastintrigen mit Hilfe der alten Anzeiger, Angeber und Schacherer hatte sie erkannt und aufgegeben. Mit legalen Mitteln wollte sie öffentlich regieren mit einem neuen Personal ohne schlechten Ruf aus einer Vergangenheit, ohne Neigung zu üblen Kompromissen für die Zukunft. Sie war bereit, das Neue zu gewinnen, das Alte darüber nicht zu verlieren. In den Extremen stand das vor ihr: Li-Hung, der politische Mensch, Tsong-tang, der kriegerische, jener ein unsicherer Versuch, dieser ein eben errungener Erfolg. Aber doch nur ein Erfolg gegen jene Stämme im fernen Westen, während hier im Osten des Reiches jeder Krieg gegen die Barbaren verlorenging. Die Schwankende in ihrer sterilen Ruhe zu empfangen standen die Eunuchen mit Li-lien-yin an der Spitze im Hintergrunde wartend. Die Kabale rührte sich, diese Frau loszuwerden. Kuang-si, gaben die Astrologen bekannt, sei sechzehn Jahre alt geworden: am 7. Februar 1887 müsse er großjährig gesprochen werden und den Thron besteigen. Erst will ich ihm eine Frau geben, erklärte Tsü-hi. Sie zögerte das zwei Jahre hinaus, und Kuang-si bekam nach einer Probe seiner Mannbarkeit mit den Konkubinen, der dreizehnjährigen Köstlichen und der fünfzehnjährigen Glanz der Geschmeide, die Tochter eines Offiziers aus der Familie der Yeho-na-la zur Frau. Der Vater war ein Bruder Tsühis. Die junge Kaiserin-Tochter verachtete ihren Gatten, lebte nur für die Interessen ihrer Tante. Tsü-hi konnte also beruhigt die souveräne Macht dem Kaiser übertragen.

In der Roten Stadt trieb Li-Hung-Tschang einen industriellen Snobismus mit Telephonen, Eisenbahnen und andern barbarischen Wunderdingen. Scharen von barbarischen Ingenieuren warteten an den Mauern auf immer neue Aufträge für Spielzeug. Noch immer regierte die Kaiserin Tsü-hi. Um den jungen Kaiser waren ihr zu viele Gesichter, denen sie mißtraute, Leute aus der Gefolgschaft Kungs. Der Obereunuch verstand sich auf die Spionage und hinterbrachte. Der junge Kaiser unterzeichnete schweigend ein ihm von der Kaiserin geschriebenes Dekret, das zwei Minister entließ wegen verleumderischer Reden über Tsü-hi. Der großen Tradition verpflichtet mit ihrem ganzen Wesen sah diese Frau die neuen Dinge wie wohl nötige, aber lästige und kleinliche Plagen. Sie konnte sich nicht entscheiden, so wurde sie immer zur Seite gedrängt, dorthin, wohin sie längst nicht mehr wollte, zurück in die sinistren Mittel der Roten Stadt, Eunuchen und Frauen, deren Gebrauch ihr längst schon Routine geworden als daß sie Befriedigung in ihrer Handhabung hätte finden können. Nicht ihre Beamten drängten sie ab und dorthin, wie es ihr scheinen mußte. Diese gaben nur den Druck, den die sich vorschiebenden Posten der Fremdeninvasion Chinas ausübten weiter. Was sich vollzog, war der Untergang des alten Reiches, Schritt um Schritt, und der Beginn einer Zertrümmerung ins Chaotische, in Einzelstücke je nach Kraft, Geschick und Interesse der eindringenden Fremdstaaten oder vielmehr ihrer modernen Kapitalien. Aus dem alten Kuli wurde der moderne Kuli-Arbeiter der Fabrik. In dieser neuen Fassonierung war er noch weit weniger geneigt als früher, einem kaiserlichen China zu dienen, das die Manschus beherrschten. Und der Kuli schnitt sich das Dienstzeichen ab: den Zopf. Nun verlor man auch noch den Krieg gegen die Japaner, die Zwergaffen, wie sie in den offiziellen chinesischen Dekreten genannt werden. Und Prinz

Kung wurde wieder der wichtigste Mann, nachdem Li-Hung-Tschang mit seiner Versicherung, daß die chinesischen Streitkräfte den japanischen zehnmal überlegen wären, so unrecht hatte. Tsü-hi verlangte, um zu sehen was sie gelte, die pomphafte Feier ihres sechzigsten Geburtstages. Später, sagte ihr, der von Kung beratene Kaiser, wenn der Krieg mit Japan aus ist, jetzt sei kein Geld da. Es blieb bei einer intimen Feier im Palast.

War doch dieser Li-Hung-Tschang der Klügste? Da war der Krieg mit Japan verloren, und dieser Mann brachte die Barbarenmächte auf Chinas Seite und Japan mußte Port Arthur zurückgeben. Allerdings gegen sehr viel Geld. Aber schon kassierten die fremden Protektoren Chinas für ihre Hilfeleistung weit mehr ein, als für ihren Schutz China erhalten hatte. Prinz Kung starb darüber, ging unter in einem diplomatischen Imbroglio, das er nicht mehr verstand, und gerade noch bevor sich Tsü-his neue Partei seiner bemächtigte, die ganz alt-chinesisch war: Jong-Lu, ein Tartarengeneral, ihr Neffe; Prinz Tuan, der Boxerchef; Kang-Yi mit seinen Palastbeamten, und Li, der Obereunuch. Da Kung tot war, mußte die Partei warten, was weiter geschah.

Überall standen Reformatoren auf, neue Konfutsiusse. Der Kaiser empfing sie zu hunderten. Die Dekrete, die sie abfaßten, rochen nach Pulver. Die Generäle wurden umworbene Personen. Und überall tauchten Generäle auf. Sammelten Truppen. Wie dieser Juan-Schi-kay im Norden. Der im Süden. Jener im Osten. Abgesandte horchten sie aus. Yuan war bereit, diesen Jung-lu wie einen Hund abzustechen. Auch mit der „Dame Na-la", wie man Tsü-hi in diesen Kreisen nannte, würde er fertig werden.

Aber es kam so, daß Tsü-hi dem Kaiser nicht nur Vorwürfe über seine sinnlose Politik machte, sondern, um ihm zu zeigen, wer hier die Macht habe, mit dem Fächer ins Gesicht schlug. Er unterzeichnete seine Abdankung und ernannte seine Adoptivmutter zur alleinigen Regentin. Die neuen Konfuziusse erlitten alle Arten von Todesstrafen, ihre Frauen schickte man den turkestanischen Chinesen, soweit von ihnen noch was übrig war. Den Kaiser sperrte man ein. Wenn er seine müden Augenlider hob, sah er nichts als die faltigen Gesichter lächelnder Eunuchen. Aber seine gefälschte Unterschrift steht unter allen Dekreten der Reaktion. Den fremden Geschäftsträgern wird gesagt, der Kaiser sei krank. Sie ziehen lange Gesichter. Sie kennen die Krankheiten, an denen Manschu-Kaiser leiden und sterben.

Tsü-hi, die Herrscherin, improvisierte ihre Politik von Tag zu Tag. Sie sucht den gierigen Fremden zufriedenzustellen und den für seine Vergangenheit fanatischen Chinesen, den Manschu, der Angst vor den Fremden hat, und den Chinesen, der die Fremden liebt oder „den Fortschritt". Sie ist intransigent und progressistisch, je nachdem. Eine sehr kluge Frau, die jeden zu benützen versteht, keinem ihr Vertrauen schenkt, außer dem einen, dem Eunuchen Li. Dessen ist sie sicher. Sie weiß: wer den Weg zu ihr durch Li nehmen will, der ruiniert sich. Wie Jung-lu, der Außenminister geworden ist und sich schon von den Engländern kaufen läßt, die am besten bezahlen. Aber er nimmt von den andern, auch wenn es weniger ist. Tsü-hi sucht Unbestechliche. Die gibt es nur unter den Hassern der Fremden. Wie der Prinz Tuan einer ist, der Boxerchef, dessen Sohn sie zum Thronerben ernennt. Das hieß, sich für die „Gesellschaft des großen Messers" erklären, für die Boxer gegen die fremden Mächte. Aber Tsü-hi gibt den Damen der fremden Gesandtschaften einen Tee, bezaubert alle, berührt mit ihren Lippen jede eingeschenkte Tasse und sagt mit ihrer süßesten Stimme: „Eine Familie! Alles eine Familie!" Inzwischen organisiert sich die Armee der Rächer, die Ruhmreichen Tiger. Die Gatten der bewirteten entzückten Damen verlangen die Auflösung der Banden und die fremden Admiräle schießen ein bißchen an der Yang-tse-Mündung. Tuan ist im Großen Rat für Losschlagen. Der gekaufte Jong-lu ist reservierter. Aber „Tod den Fremden" begeistert die Rote Stadt bis ins Eingeweide der Rotgürtel und Gelbgürtel und der letzten eunuchischen Diener, welche die Leibstühle leeren.

Am 14. August 1900 zog die internationale Armee in Peking ein. Der Hof war geflohen. Diesmal fast bis ins Tibet. Hier in der alten Hauptstadt Singanfu lebte Tsü-hi ein Jahr. Neben ihr der Schatten des Kaisers, seine Frau, seine Frauen, Prinzen und Prinzessinnen, die Gürtel aller Farben, Bannerherren, Würdenträger. Lebte von Fischen, die man sich fing. Und Herr dieses Hofes war Li, der Obereunuch Tsü-his. Auf der Heimreise im Jänner 1902 erfuhr die Kaiserin den Tod Li-Hung-Tschangs. Er hatte sich übergessen an Zuckerzeug.

Aber zuvor löste er noch die Angelegenheit des Sühneprinzen, der vor den Thronen der europäischen Barbaren Kotau machen sollte mit einem befolgten Rat. Dem Eunuchen, der die Rolle des Sühneprinzen spielte, wurde nach seiner Rückkehr der Kopf abgeschlagen. Er bat selber darum. Aber es wäre auch ohne diese seine Bitte besorgt worden.

Schlimm waren die Barbaren mit der Roten Stadt umgegangen in den zwei Jahren: nichts hatten sie niedergebrannt, aber weit Ärgeres: sie hatten allerlei nach ihrem Geschmack her- und eingerichtet, und der Anblick verletzte das feine Auge dieser Frau weit stärker als die rauchenden Trümmerhaufen von damals es taten, als sie aus Jehol zurückkam. Vor so vielen Jahren. So jung damals! Wie alt jetzt! Der alte Buddha, wie man sie nannte, saß allein, betrachtete die weiße Asphyxie ihrer Finger, spürte da und dort diese merkwürdige Sensation der Kälte an Stellen des Leibes. Aber sie gab dem nicht nach. Der Kaiser lebte wie sein Vorgänger sein schwaches Leben zu Ende unter den Händen der Frauen. Tsü-hi mußte regieren. Die Fremden drängten zu Entscheidungen. Den Boxerprinzen schickte sie in Verbannung. Nichts mehr war es damit, daß dessen Sohn Kaiser würde. Aber sie rührte doch nur so gedrängt an den Hebel der Regierungsmaschine. Lieber sah sie den ausgelassenen Stücken zu, die sich der Kaiser vorspielen ließ, das so komische Stück vom Hochzeitsbett oder das so unanständige vom Lüstling oder das sentimentale vom Jadespiegel. Oder sie selber spielte die von ihr bevorzugte Rolle der Kwan-Yin, der

Göttin des Erbarmens, neben ihr Li als buddhistischer Bonze. Vom „Fortschritt" gab es immer neues Spielzeug. Die photographische Kamera, lange von den Riten verboten gewesen, war das neueste. War denn noch was zu sagen und zu bedeuten? Ja, man kabbalierte ja noch ein bißchen, aber doch nur so in catimini. Tsü-hi regierte unbeschränkt, auch von Koterien des Palastes frei, und es gab immer delikater werdende politische Fragen. Ihr Interesse daran ließ im Alter nicht nach, so wenig wie ihre Ungeduld über sich selber, daß sie nicht im höchsten Maße den Verstand für alle diese neuartigen Probleme besaß und immer wieder Räte brauchte, immer wieder diese Beamten, die an ihre Tasche dachten, dumm waren und logen. Da hatte sie eine Studienkommission nach Europa und Amerika geschickt, zwei Jahre war sie weggewesen, und nun zurückgekehrt, brachte sie statt vernünftiger und brauchbarer Projekte nichts mit als ein lächerliches Gepäck von falschen Wahrnehmungen und Informationen, die sich untereinander aufs absurdeste widersprachen. Das machte es den Eunuchen und Weibern leicht mit ihren billigen Behauptungen und Vorstellungen, das Fremde tauge in nichts nicht für China, und waren, die das sagten, ihr doch so liebe und vertraute Leute, und die Kaiserin weinte und sagte ihnen, sie hätten recht, der Fortschritt sei eine ebenso dumme wie abscheuliche Sache, mit der sich China nicht beschmutzen wolle. Und nichts derlei solle sie künftig beschäftigen, Fächer malen wolle sie und Gedichte machen auf die Kindesliebe und das Verharren in der Tugend. Darin starb sie. Und mitten in ihr Sterben hinein gab es einen andern Toten: den Kaiser Kuang-si. Im Prinzen Tsai-fong bestimmte sie noch den Thronfolger, und dann trat sie die große Reise auf dem Drachenwagen an, um zwei Uhr nach Mittag des 15. November 1908. In dem langen Zuge des Trauergefolges gab es nur einen einzigen, der wahren Schmerz zeigte, und das war der mühsam seinen mächtigen Bauch schleppende alte Eunuch Li. Er begrub China, das Reich.

## *INHALT*

## *VERZEICHNIS DER ABBILDUNGEN*

www.ingramcontent.com/pod-product-compliance
Lightning Source LLC
Chambersburg PA
CBHW060815310726
48980CB00002B/305
* 9 7 8 3 8 4 6 0 7 7 7 9 5 *